나는 대충 살고 싶지 않다

나는
대충 살고
싶지 않다

대범하게 시도하고,

열렬히 사랑하라

리쓰위안 지음 ㅣ **오하나** 옮김

시그마북스
Sigma Books

나는 대충 살고 싶지 않다

발행일 2020년 4월 25일 초판 1쇄 발행
2020년 8월 3일 초판 2쇄 발행
지은이 리쓰위안
옮긴이 오하나
발행인 강학경
발행처 시그마북스
마케팅 정제용
에디터 최윤정, 장민정, 최연정
디자인 김문배, 최희민

등록번호 제10-965호
주소 서울특별시 영등포구 양평로 22길 21 선유도코오롱디지털타워 A402호
전자우편 sigmabooks@spress.co.kr
홈페이지 http://www.sigmabooks.co.kr
전화 (02) 2062-5288~9
팩시밀리 (02) 323-4197
ISBN 979-11-90257-36-7(03820)

《生活需要孤独感》
作者: 李思圓

이 도서의 국립중앙도서관 출판예정도서목록(CIP)은 서지정보유통지원시스템 홈페이지(http://seoji.nl.go.kr)와
국가자료종합목록 구축시스템(http://kolis-net.nl.go.kr)에서 이용하실 수 있습니다. (CIP제어번호 : CIP2020010577)

* 시그마북스는 (주)시그마프레스의 자매회사로 일반 단행본 전문 출판사입니다.

차례

제1장 모든 오늘이 인생 최고의 날이다

제2장 모든 인생에는 저마다의 리듬이 있다

제3장   아름다운 인생일수록 기꺼이 번거롭다

제4장   무소의 뿔처럼 혼자서 가라

제5장 인생에는 고독도 필요하다

제 1 장

모든 오늘이 인생 최고의 날이다

쓸데없이 읽는 책,

쓸데없이 하는 일,

쓸데없이 보내는 시간,

전부 이 어지럽고 복잡한 세상에 보이지 않는 탈출구다.

자신이 원하는 방식으로 살아가기

01

이런 말을 들어본 적이 있을 것이다.

'내 안의 욕망을 소중히 하세요. 외면하지 말고, 억누르지 말고, 없애버리지도 마세요. 자신이 좋아하고 잘하는 일을 하세요. 대세에 휩쓸리지 말고, 유혹에 흔들리지 마세요. 타인과 비교하지 마세요. 내가 만족하는 나를 만드세요. 물론, 무엇보다 내 마음속에 품고 있는 것을 믿고 지켜낸다는 건 쉽지만은 않은 일입니다. 하지만 이것만 해낸다면 당신의 앞날은 더 안정적이고 여유로워지며 더 많은 연륜과 깨달음이 생길 뿐만 아니라 더 즐겁고 행복해질 것입니다.'

아마 많은 사람들이 이렇게 생각할 것이다. 일리 있는 말이지만 그게 어디 쉽냐고.

왜냐하면 현실을 살아가는 우리에게는 제한과 속박, 그리고 어쩔 수 없는 일들이 너무나 많기 때문이다. 그런 것들이 우리를 당장 먹고 살 걱정, 월급 걱정, 인간관계에서 생기는 자질구레한 걱정들에서 벗어날 수 없게 만든다.

사람들은 상실을 두려워한다. 실수를 두려워하며, 실패를 두려워한다. 그 결과 차라리 지금 밟고 있는 이 좁은 바닥에서나마 아쉬운 대로 견디는 쪽을 택하는 것이다.

하지만 결국 알게 될 것이다. 세상이 만들어놓은 기준 속에서 타인이 바라는 모습대로 살아가는 것만으로는 진정한 행복도 삶의 보람과 성취감도 느낄 수가 없다는 사실을 말이다.

이는 주체적인 욕망과 생각으로 자신이 좋아하는 일을 시도하고, 보고 싶은 사람을 만나며 살고 싶은 인생을 만들어가야 느낄 수 있다.

02

다음은 A라는 독자의 실제 경험담이다.

A는 대학교에서 컴퓨터 공학을 전공했는데, 졸업 후 썩 마음에 들지 않는 전공을 살리는 대신 다른 직업을 찾아보기로 했다. 그래서 술도 팔아보고, 광고 디자인도 해보고, 심지어 자동차도 판매도 해봤다. 하지만 무엇을 해봐도 탐탁지 않은 탓에 늘 간신히 입에 풀칠하는 정도밖에 되지 않았다.

A는 방황했고, 절망했으며, 자포자기했다.

그러던 어느 날 문득 이런 생각이 들었다. '최소한의 생계만 유지할 수 있는 일을 하면서 여가 시간을 이용해 내가 좋아하는 사진을 공부해보는 건 어떨까.'

당시 A는 휴일마다 공짜로 다른 사진작가의 어시스턴트를 자처했다. 가방을 들고, 짐을 끌고, 기기를 나르면서도 싫은 기색 없이 불평한마디 하지 않았다.

A가 이토록 참고 견딜 수 있었던 것은 오로지 촬영 기술을 배우고 싶다는 일념 때문이었다. 앞으로 좋아하는 일을 하며 살아가기 위해서라면 이정도 고생쯤은 이미 각오하고 있던 터였다.

3년 후, 굳센 의지와 식지 않는 노력으로 점점 성과를 내기 시작했다. 그리고 마침내 일을 그만두고 수많은 유명인들과 함께 작업하는 정식 사진작가로 독립할 수 있었다.

A가 말했다. 처음 꿈을 가졌을 때 자신 역시 이 꿈이 진짜로 실현될 거라고는 생각하지 못했다고.

누구나 마음속에 꿈이 있다. 하지만 알 수 없는 결과에 대한 두려움이 시종일관 우리의 발목을 잡고 있다.

사실 진심으로 시도해보면 알 수 있다. 중요한 것은 모든 것을 버리고 밑바닥부터 다시 시작해야 하는 과정이나 그후의 결과가 아니라, 마음속의 욕망을 위해서 들이는 노력 그 자체라는 사실을. 이러한 경험과 여기서 느낀 것은 당신의 평생 재산이 되어준다.

03

내 친척 D에게는 오랫동안 좋아한 여성이 있었다. 하지만 말을 꺼내기가 부끄러워 고백을 미루는 동안 그들은 친구도 연인도 되지 못한 채 결국 사이만 어색해졌다.

나는 D에게 말했다. 누군가를 좋아하는 일이 잘못도 아니고 창피한 일은 더욱 아니라고. 진짜 친구라면 이런 일로 절교하지 않을 테지만, 고백하지 않는다면 영원히 사랑할 수 있는 가능성마저 놓치는 꼴이 된다고.

그후 D는 그 여성에게 데이트를 청했고, 마침내 둘은 본격적으로 사귀게 되었다. 비록 반 년 후 성격 차이로 결국 헤어졌지만 말이다.

하지만 D는 조금도 후회하지 않는다고 했다. 어쨌든 열렬히 구애한 덕분에 마음속 집념을 내려놓을 수 있었고, 만약 홀로 고군분투한 그 시간들이 없었더라면 아마도 평생 마음속에 담아두었을 거라고 말이다.

누구나 한 번쯤 짝사랑을 한 경험이 있을 것이다. 그때 간혹 내 상상 속 근심 걱정 때문에 상대와 함께하고픈 마음을 단념하기도 한다. 하지만 고민해본 사람만이 고민하지 않을 수 있으며, 고집해본 사람만이 고집을 포기할 수도 있는 것이다.

사람들은 애써 표현한 자신의 진심이 거절당할까봐, 혹은 진짜로 함께하게 되었을 때 상대방이 내가 생각했던 것과 다를까봐 미리 걱정을 한다.

하지만 이보다 더 괴로운 것은 한번 시도해볼 용기조차 없는 것이다. 그렇게 계속해서 마음속에 맴도는 그 생각은 시도 때도 없이 당신을 덮쳐 하루도 마음 편할 날이 없게 만든다.

04

아마도 다들 이런 생각을 한번쯤 해보았을 것이다.

해야만 하는 일을 하고, 만나야만 하는 사람들을 만나며, 버텨야만 하는 삶을 버티고 있는 것만으로도 이미 충분히 지친 탓에 마음속 깊은 곳에 애써 묻어둔 꿈을 실현시키는 것까지는 차마 엄두도 내지 못한다고 말이다.

하지만 하고 싶은 일을 한다는 것이 그렇게 어려운 일만은 아니다.

무엇보다 자신의 한계부터 생각하면 이후의 가능성은 모두 닫히고 제대로 노력하는 것조차 힘들어진다.

보고 싶은 사람을 만나는 것 또한 어려운 일이 아니다. 진심을 가로막고 있는 것은 높은 산과 깊은 물 같은 것이 아니다. 얻으면 얻는 대로 잃으면 잃는 대로 늘 노심초사하는 마음가짐은 도전하지도 않으면서 포기하지도 못하게 만들 뿐이다.

원하는 인생을 만드는 것도 사실 그리 어렵지 않다. 내 인생의 방향키는 누구도 아닌 바로 나 자신이 쥐고 있기 때문이다. 사람들을 따라 익숙한 길을 갈 것인지 아니면 자신의 마음에 귀 기울여 가고자 하는 길로 갈 것인지는 자신에게 달렸다. 중요한 것은 당당함과 능력, 그리고 결심뿐이다.

우리는 어쩔 수 없이 하는 일, 어쩔 수 없이 돌보는 부모, 어쩔 수 없이 견디고 있는 이 삶 때문에 더 좋은 곳으로 나아가지 못한다고 생각한다.

하지만 가슴에 손을 얹고 생각해보라. 정말 자신의 목표를 가로막고 있는 것이 사는 게 바쁘다거나 기력이 없기 때문인가?

이나모리 가즈오*는 이렇게 말했다.

'진심으로 원하지 않는 것을 가까이 두고 살 순 없습니다. 동시에 당신이 진정으로 원한다면, 방법은 반드시 있습니다.'

만약 죽을힘을 다했음에도 이루어지지 않는다 해도 이 역시 걱정할 것 없다. 우리가 걱정할 것은 꿈꾸지도 노력하지도 않았으면서 나중에 이런 말로 자신을 안심시키는 일뿐이다.

"어차피 불가능한 일이었어."

---

* 稻盛和夫 : 일본에서 가장 존경받는 3대 기업가 중 하나.-옮긴이

고독, 현대인들의 유행병

01

내 지인 중 사회초년생인 C에게는 티베트에 가겠다는 꿈이 있었다. 그리고 계획을 세워 이 꿈을 실현시켰다.

C가 내게 찬짱선을 따라 핀 들꽃, 맑은 물이 유유히 흐르는 타공초원, 그리고 빛과 그림자의 경계가 모호한 신두차오와 그곳의 높고 웅장한 풍경, 드문드문 보이는 소와 양, 들쭉날쭉한 짱자이의 모습을 말해주었을 때의 놀라움과 감동은 말로 다 할 수 없을 정도였다.

나는 C에게 매우 감탄했다. 분명 바쁜 업무 탓에 휴가 내기도 쉽지 않은데다가, 현재 직장에 들어간 지 그리 오래되지 않아 휴가 일수도 많지 않았다. 하지만 C는 하고 싶은 일을 한다는 것이 결코 어려운 일만은 아니라고 말했다.

여행 같은 경우, 마음속에 욕구가 싹트는 즉시 이를 실현시키기 위해 노력하기 시작하면 된다. 시간이 부족할 땐 평소 추가 근무를 해서 업무를 처리한 후 휴가 기간을 조정하고, 자금이 부족할 땐 절약할 수 있는 것을 최대한 아껴 쓰며, 함께 갈 사람이 없을 땐 혼자만의 여행길에서 즐거움을 찾는 것이다.

그러나 현재 많은 젊은이들은 일상의 무료함을 원망하면서도 한편으로는 매일같이 드라마를 보고 쇼핑을 하며 게임을 하는 데 적지 않은 힘을 쏟는다. 그러는 동시에 돈을 낭비하고 사치품을 사들이며 남들에게 뽐내기 바쁘다.

여행을 통해 우리는 세상을 보는 눈이 넓어지고, 견문이 쌓이며, 수많은 새로움과 흥미로움을 만난다. 반면 무료한 일상은 그 무료함에 점점 잠식될 뿐만 아니라, 우리의 삶 속 반짝반짝 빛나는 것들을 더 이상 찾기 어렵게 만든다.

우리가 얼마나 재미있는 삶을 사는지는 외부적인 조건의 우열이 아니라, 삶을 대하는 방식, 앞으로 나아가려는 의지, 원하는 삶을 살기 위해 고군분투할 의지로 결정된다.

02

오랜만에 만난 친구 L은 그야말로 환골탈태한 듯 완전히 딴 사람이 되어 있었다.

과거 L은 내게 사업이 어렵다거나 스트레스가 너무 많다거나 사회생활이 힘들다는 말을 자주 했다. 그런 자신의 삶이 너무 무료하다고 느껴 결국 홍콩대학에서 마케팅 관리 1년 과정을 수강하기로 결정했다.

당시 L은 사업과 학업을 겸하느라 매우 바쁘게 생활했다. 신기한 것은 그때의 바쁜 생활은 이전까지와 사뭇 달랐다는 점이다.

지금까지 L의 삶의 목표는 오로지 돈을 버는 것뿐이었다. 하지만 공부를 시작하면서 더 좋은 스승을 만나고, 더 우수한 인재들을 접하며, 더 많은 경험을 한 L은 문득 자신의 세상도 더 넓어지고 있음을 깨달았다.

예전엔 무엇을 해도 별 재미를 느끼지 못했던 L은 요즘 고작 2천 자짜리 레포트를 쓰기 위해 백만 자가 넘는 전문 서적을 다섯 권씩 읽으면서 지식을 쌓는 기쁨을 알아가는 중이다.

나는 L에게 이미 안정적인 직업과 가정을 이룬 중년에 들어 공부를 시작하는 게 무슨 의미가 있느냐고 물었다.

그러자 L은 다음과 같은 비유를 들어 설명했다. 과거 자신의 인생이 끝이 정해진 일방통행이었다면, 지금은 선택할 수 있는 인생의 다른 길이 엄청나게 많아졌음을 느낀다고. 이제는 언제든지 방향을 틀 수 있는 샛길이 좌우에 널려 있고, 심지어 쉼 없이 시도하고 깨우칠 수 있는 구불구불한 산길도 보인다고.

사실 수많은 중년들에게 삶이란 이미 무미건조하고 무료하며 마지못해 살 뿐이다. 왜냐하면 그들은 봉양해야 할 부모와 책임질 자식이 있어 어깨가 늘 무겁기 때문이다. 그래서 대부분의 경우 지금까지 살던 대로 살며 오로지 안정만을 추구한다. 그 탓에 습관적으로 편하고 익숙한 곳에 머문 채 지적 욕구나 성취감은 잊고 산다.

하지만 같은 연령대라도 여전히 생동감 있는 삶을 살고 있는 사람들이라면 알고 있다. 나이가 어떻든 자신의 삶에 한계를 두어선 안 된

다는 것을. 가능한 한 자신의 삶에 충실하고 한층 나아지도록 노력해
야 한다는 것을.

03

며칠 전 작가 협회에서 하는 강의에 참석한 적이 있다.

그곳에서 자기소개 시간에 70세가 가까워 오는 노부인을 만났다.
노부인은 젊은 시절 작가가 꿈이었으나 줄곧 지방 잡지사에서 편집
일을 했다고 한다. 퇴직 후에는 손주들을 돌봐주거나 노인 모임에 참
석하는 등 여러 잡다한 일로 시간을 허비해왔다.

그러다 3년 전, 지금 글을 쓰지 않으면 앞으로 다시는 기회가 없을
거라는 생각이 들었다고 한다. 그래서 약 1년 반 동안 시간을 들여
20만 자가 넘는 글을 완성했다. 당대唐代에서 현대로 오는 타임슬립물
로, 백발이 성성한 노부인이 13세 소녀가 되어 써내려간 소설이다.

노부인은 젊은 시절 두목*의 시 「증별贈別」 중 '자태가 사뿐하고 몸
짓이 나긋한 열세 살 소녀, 꽃 피울 날만을 기다리는 초봄의 꽃봉오리
같구나. 양주성 십리 길 늘어진 가인들, 주렴을 걷어 올려 미모를 뽐
내도 비할 길 없네'라는 글귀를 읽었을 때 이 이야기를 생각했다고 한
다. 그래서 이를 바탕으로 마음속에 품고 있던 가장 아름답고 감동적
인 사랑 이야기를 써낸 것이다.

---

* 杜牧: 당나라 말기의 시인.-옮긴이

마지막으로 노부인은 이렇게 말했다. 자신에게는 삶이 끝나는 그날까지 계속될 창작에 대한 열정이 아직 가득하다고.

당시 나는 이 모습을 동영상으로 찍으며 가슴이 벅차올랐다. 사람 사이의 가장 큰 차이를 만들어내는 건 '그 사람이 마음속에 꿈을 품고 있는지 그렇지 않은지'라는 생각이 들었다.

많은 사람들이 점점 늙어가는 자신의 모습을 두려워한다. 늙는다는 것은 곧 할 수 있는 일은 점점 줄어들고 이 때문에 남겨지는 아쉬움은 점점 많아진다는 뜻일 테니까.

하지만 인생을 재미있게 사는 사람들은 나이가 아무리 많아도 여전히 생동감 있게 살아간다. 벤자민 프랭클린은 '어떤 사람은 스물다섯에 죽어 일흔다섯에 묻힌다'라고 말했다. 하지만 일흔다섯이 넘어서도 여전히 소년의 마음으로 사는 사람도 있다. 시간은 마음속에 탐구정신과 희망을 품고 꿈을 좇는 사람들은 영원히 버리지 않기 때문이다.

04

요즘 직장에서도 일상에서도 별 재미를 느끼지 못하는 사람들이 매우 많다.

자신에 대한 기대치는 점점 낮아지고, 뭐든 무성의한 태도로 일관하며, 대충 시간을 때우는 느낌으로 하루를 보내고 나면 결국 남는 건 무기력하고 무미건조하며 생동감이란 찾아볼 수 없는 일들뿐이다.

이 젊음에 집안에 틀어박혀 휴대전화로 sns와 동영상만 보는 인생은 자연히 따분해질 수밖에 없다. 집밖으로 나가 자연을 즐기고, 사람들과 어울리고, 주변 세상을 알아간다면 한층 풍족해진 세상을 느낄 수 있을 것이다.

　마지막으로 당신도 곧 깨닫게 될 것이다. 진정으로 생동감 있는 삶을 사는 사람이란 마음속에 시 한 구절과 이상향을 품고, 행동에 활기를 싣고, 넘치는 열정으로 쉼 없이 앞으로 나아가는 사람이라는 것을.

주체적으로 살아가기

01 신혼집

어느 예비 부부가 신혼집 문제로 골머리를 썩고 있었다.

여자는 남자에게 결혼 전 신혼집을 반드시 구할 것을 요구했다. 그 것도 자신과 공동명의로 말이다. 남자는 이것이 너무나도 불합리하다 는 생각이 들었다. 왜 자신의 돈을 들여 집을 사는 데 상대방이 숟가 락을 얹느냐는 것이다.

여자는 신혼집으로 결혼을 보장받고 싶어 했고, 남자는 그런 여자 가 너무 속물처럼 느껴졌다.

이에 옳고 그름을 논하고 싶지는 않다. 각자의 생각이 있을 테니 말 이다. 단지 이런 생각이 든다. 도대체 우리는 무엇을 위해 결혼하는 것 일까?

분명 현실적인 문제를 떠나서 생각할 수는 없을 것이다. 우리는 집, 차, 그리고 나머지 재산들 때문에 결혼 생활 중에도 고단한 싸움을 하고 조율하는 과정을 겪는다. 그러나 이러한 물질적인 문제를 제외하면 결혼 안에는 서로에 대한 믿음, 의지, 그리고 확신이 있다.

진심으로 사랑하는 사람을 만났을 때는 지나치게 방어하거나 재고 따지지 말아야 한다. 상대방과 사사건건 따져서 조금의 손해도 보면 안 되는 사업을 하려는 게 아니지 않은가.

내가 너무 이상주의자인 건지, 아니면 결혼이란 게 원래 그렇게 잔혹한 건지 잘 모르겠다.

결혼에 대해 말할 때 많은 사람들이 중요하게 생각하는 것은 상대방이 안정적인 직업이 있는지, 좋은 가정환경에서 자랐는지, 부모님의 노후 준비는 되어 있는지 등이다. 하지만 결혼에는 끝나지 않는 잔소리나 이유 없이 상처를 주지 않는 것, 그리고 무슨 일이 있어도 서로 놓지 않는 결심이 더 중요하지 않을까?

02 거울

얼마 전부터 사무실에 거울이 하나 있으면 좋겠다는 생각이 들었다. 동료가 모 브랜드의 거울을 추천했는데, 굉장히 아름답고 좋은 물건이었지만 가격이 조금 비싸 고민이었다.

그러던 중 퇴근길에 리어카를 끌고 가는 노인을 보았다. 그 리어카 안에는 온갖 잡동사니들이 실려 있어 흡사 작은 잡화점 같았다. 그리고 때마침 거울도 있었다. 덕분에 나는 단돈 500원에 붉은 색 줄무늬와 큰 꽃무늬가 있는, 무척 촌티 나는 거울 하나를 살 수 있었다.

어느 날 동료가 지나가다 이 거울을 발견하고는 날 이상하게 보며 말했다. "이 촌스러운 걸 돈 주고 샀단 말이야?"

나는 당당하게 대답했다. "잘 보이기만 하면 되지."

동료는 그런 날 못 말리겠다는 듯 쳐다보다 자리를 떴다.

가끔 나도 내 소비관이 다른 사람들과 조금 다르다는 것을 느낀다. 그렇다고 값이 나가는 물건을 절대 사지 않는 것은 아니다. 가격만큼 가치가 있는 물건도 분명히 있으니까.

하지만 비싼 물건을 살 수 있는 것은 일종의 능력이고, 저렴한 물건을 무시하지 않는 것은 일종의 교양이다. 이 둘을 모두 인지하고 자유롭게 운용하는 동시에 물욕에 사로잡히지 않는 사람만이 즐겁고, 단순하며, 너그러운 삶을 살 수 있다.

나는 근검절약만이 옳다고 주장하고 싶지는 않다. 좋은 물건은 분명 그만큼의 값이 나간다. 그렇다고 사치를 조장하려는 것도 아니다. 돈을 많이 쓰지 않더라도 충분히 배불리 먹고 따뜻하게 입으며 제대로 살아갈 수 있다.

중요한 것은 우리가 사는 물건이 우리의 체면과 우월감을 얼마나 채워주는지가 아니라, 그 물건 자체의 가치가 제대로 발휘되는지다.

03 여행

예전에는 해외여행을 갈 때면 마치 이사를 준비하는 사람처럼 며칠 전부터 짐을 챙겼다.

올해 여름, 나는 조금 냉정해지기로 했다. 그래서 일부러 여행 짐을 싸지 않았다.

여행 전날 밤, 나는 약 30분가량을 들여 배낭에 네 가지 물건을 챙겨 넣었는데, 바로 갈아입을 옷 세 벌, 샤워 용품, 좋아하는 책 세 권, 그리고 노트북이었다. 그리고 이 30분 중에서 최소한 15분쯤은 어떤 책을 가져갈지 고민하는 데 보냈다. 예전 같았으면 어떤 치마를 챙길지 고민했을 것이다.

사실 최근 몇 년 사이 나에게는 큰 변화가 있었다. 바로 필요한 물건이 점점 줄어든다는 것이다. 그렇다고 극단적인 미니멀리스트의 삶을 살고자 하는 것은 아니다. 단지 언제부턴가 나도 모르게 간단한 짐만 챙겨 다니는 것을 좋아하게 된 것이다. 만약 누군가 내게 내일 당장 세계 일주를 떠나자고 해도, 내가 챙길 물건은 고작 몇 개가 전부일 것이다.

사람이든 물건이든 계속 더하기만 하다 보면 결국 이것도 아쉽고 저것도 갖고 싶고 이것도 필요하고 저것도 버리지 못하는 상태가 된다. 이런 마음 상태로 살아간다면 상당히 피곤해지는 것은 당연하다.

하지만 짊어진 짐이 적을수록 피곤함도 줄어들 듯이, 근심이 적은 사람일수록 더욱 자유롭고 홀가분하게 살 수 있다.

우리는 가진 게 많을수록 알차고 안정감 있는 삶을 살 수 있을 거라 착각한다. 그러다보니 손에 쥐고 몸에 걸치고 마음에 담아두는 것들만 점점 많아지는 것이다.

그러나 사람은 이 세상에 빈손으로 태어나 떠날 때 역시 깃털 하나 가지고 가지 못한다.

마음속에 더 많은 시간과 공간을 위한 자리를 비워놓아야 한다. 그래야 영혼이 깃들 자리가 생기고, 몸과 마음이 흐트러지지 않고 균형을 잡을 수 있을 것이다.

긴 인생, 가볍게 살자

어른이 될수록 사는 게 재미없다고 느껴본 적이 있는가.

우리는 늘 자신이 가진 것도 없고, 미래도 불투명하며 운까지 없다고 생각한다. 그러나 제대로 철이 들면 깨닫게 되는 게 있다. 바로 우리의 인생이 생각만큼 그렇게 비관적이고 불안하며 불안정하지만은 않다는 사실이다.

01 만족을 알자

어떤 사람이 강가에서 낚시를 하고 있었다. 그 사람은 물고기를 잡으면 일단 작대기를 꺼내 크기를 잰 다음 작대기보다 큰 물고기는 도로 강에 풀어주었다.

이를 보던 다른 낚시꾼이 의아해하며 물었다. "남들은 더 큰 물고기를 낚지 못해 안달인데, 당신은 왜 전부 놔주는 겁니까?"

그러자 이 사람이 아무렇지도 않게 대답했다. "왜냐하면 우리 집솥이 딱 이만 하거든요. 너무 크면 안 들어가서요."

이것은 일종의 생활 태도다. 어떤 사람들은 아무리 큰 대가를 감수하더라도 무리하면서까지 이익을 추구하기도 한다. 아마도 지갑에 든 돈이 많을수록, 손에 움켜쥔 권력이 강할수록 근심 걱정 없이 무사태평한 삶을 살 수 있다는 믿음 때문일 것이다. 그래서 자신의 건강을 돌보지 않고 곁에 있는 가족, 친구들과 함께 보내는 시간도 포기한 채 한계와 원칙을 기만하면서까지 필요 이상의 물질과 재력을 얻으려 한다.

'재산이 아무리 많아도 밥은 하루에 세 끼이고, 집이 아무리 넓어도 밤잠은 길어야 삼 척이다'라는 말처럼, 누추한 집에서 소박한 찬과 술만으로도 즐거운 삶을 사는 사람도 많다.

그러나 누군가는 그 어떤 산해진미와 넓은 저택, 언제든 사람을 부릴 수 있는 권력을 가지고도 말 못 할 만큼 힘든 인생을 살기도 한다.

물질적인 것에 대해 지나치게 탐욕을 부릴 필요는 없다. 지나침은 부족함과 같으니 결국 마음을 어지럽히고 평온함을 깨뜨려 늘 노심초사하게 만들 뿐이다.

반면 정도를 지킬 줄 아는 사람은 이성과 자제력을 잃지 않고, 언제나 맑고 단정한 정신 상태에 머무르며 이로 인해 물욕이 넘치는 세상에 빠지지 않는다.

만족을 모르는 사람은 욕망과 야심이 점점 커져 결국 아무리 채워도 채워지지 않는 지경에 이른다. 그러나 만족을 아는 사람은 자신이 소유한 환경 속에서 가장 본질적이고 단순한 안정을 찾을 수 있다.

불교에서 말하길 '만족을 아는 법인즉슨 마음이 풍요롭고 즐거우며 안온한 것이다. 만족을 아는 사람은 길바닥에 누워서도 안락할 것이요, 만족을 모르는 사람은 천당에서도 제 마음 같지 않을 것이다. 만족을 모르면 부유해도 가난할 것이요, 만족을 알면 가난해도 부유할 것이다'라고 했다.

대부분 기본적인 생활의 안정과 인생의 즐거움은 우리가 얼마큼 소유하고 있는지와 큰 관계가 없다. 그러니 일생을 끝없는 소유욕으로 낭비하는 것보다, 그 시간과 정성으로 마음을 깨끗이 하고, 정신을 맑게 하며, 태도를 올바로 하는 것이 낫다.

02 지금을 살자

매일 아침 절 마당에 떨어진 낙엽을 청소하는 동자승이 있었다.

새벽같이 일어나 낙엽을 쓰는 일은 정말이지 쉽지 않았다. 특히 가을이 되면 바람이 부는 족족 나뭇잎이 쏟아져 내렸다. 그래서 매일 아침마다 한참 동안 그 나뭇잎을 치우는 것이 이 동자승에게는 매우 귀찮은 일이었다.

그러던 어느 날 스님이 동자승에게 말했다. "내일은 청소하기 전에 먼저 나무를 흔들어 나뭇잎을 모두 떨어뜨려봐. 그럼 모레는 청소를 하지 않아도 되잖아."

다음 날 새벽같이 일어난 동자승은 열심히 나무를 흔들어 내일치 낙엽까지 떨어뜨린 다음 모조리 쓸어버렸다. 그날 동자승은 종일 기분이 좋았다.

그다음 날, 마당에 나온 동자승은 눈이 휘둥그레졌다. 마당에 여전히 낙엽이 가득 쌓여 있는 것 아닌가. 동자승은 매우 상심했다.

그때, 지나가던 노스님이 동자승에게 말했다. "어리석긴. 오늘 얼마나 애를 쓰든 내일은 내일의 낙엽이 떨어지는 법이거늘."

이미 느끼고 있는지도 모르겠지만, 빠른 속도로 흘러가는 인생 속에서 우리는 모두 지쳐 있다. 이는 우리가 재수 없는 일을 너무 많이 당해서도 아니고, 어려운 일을 너무 많이 겪어서도 아니며, 넘을 수 없는 고비가 있어서도 아니다. 우리는 단지 걱정이 많은 것뿐이다.

이를테면 졸업하자마자 언제쯤 돈을 벌어 집과 차를 살 수 있을지 걱정하고, 취업하자마자 언제쯤 승진하고 월급이 오를지 걱정하며, 연애를 시작하자마자 언제쯤 결혼해 아이를 낳을 수 있을지 걱정하는 식이다.

성인이라면 모두 이러한 단계를 거쳐왔을 것이다.

물론 현실 속 보이지 않는 스트레스도 분명히 있다. 집이 없으면 사생활를 보호하기 어렵고, 돈이 없으면 억울한 일들이 많을 것이며, 서른에는 일과 가정을 모두 성공적으로 꾸려야 하니까 말이다.

또 한편으로 우리는 일에 대해서든 사랑이나 결혼에 대해서든 너무 늦는 건 아닌지 전전긍긍하느라 늘 막차를 놓친 사람처럼 초조해한다.

사실 인생이 진행되는 속도에는 저마다의 규칙과 시간이 존재한다. 서둘러지지도 않을뿐더러 서두른다고 빨리 해결되지도 않는 일들이 아주 많다.

그러니 우리에게는 지금 당장 밟고 서 있는 문제만 있을 뿐이다. 오늘의 고통은 오늘 감내하고, 내일의 보상은 내일 즐긴다. 해야만 하는 일을 열심히 해내며, 소중한 사람을 잊지 않고 소중히 여긴다. 괜히 섣불리 고통을 피하려거나 장애물을 치우려는 시도는 공연히 일을 더 망치는 꼴이 될 수 있다.

03 정도를 알자

한 소녀가 아끼던 손목시계를 잃어버린 후 내내 마음이 좋지 않아 밥도 물도 먹지 않아서 결국 병이 나버렸다.

어느 날 소녀에게 병문안을 온 신부님이 물었다. "만약 네가 10만 원을 잃어버리면, 나중에 다시 20만 원을 더 잃어버려도 괜찮을 것 같니?"

소녀가 대답했다. "당연히 안 괜찮죠."

이에 신부님이 말했다. "그런데 왜 손목시계를 잃어버린 후에 그동안의 즐거움까지 더 잃어버리려고 하니? 심지어 건강까지도 말이다!"

그 말을 들은 소녀는 마치 꿈에서 깨어난 듯 침대에서 벌떡 일어나 말했다. "맞아요! 더 이상 그 무엇도 잃어버리지 않을 거예요. 지금부터 손목시계를 보상할 방법을 찾겠어요."

이 이야기를 듣고 소녀의 유치함을 비웃는 사람이 있을지도 모르겠다. 하지만 그런 방관자들도 막상 당사자가 되면 똑같이 바보 같은 결정을 할 수도 있다.

정도를 안다는 것은 말은 쉬워도 행하기는 어렵다. 사람들은 무언가를 잃는 것을 두려워하고, 잃고 난 후에는 이를 부정하고 회피하려 하기 때문이다.

이때 어떻게 현실을 직시하고 문제를 처리해 그 난관에서 벗어날 수 있는지는 저마다 가지고 있는 지혜와 능력에 달렸다.

예를 들어 때때로 기분을 상하게 하는 사람이나 일을 맞닥뜨릴 때, 우리는 화를 내거나 억울해할 수 있다. 하지만 내가 운이 나빴든지 아니면 상대방이 잘못했든지 어차피 벌어진 일은 돌이킬 수가 없다. 이런 경우 기분을 재빨리 전환하는 게 최대한 손해를 줄일 수 있는 방법이다.

서양에는 '이미 엎질러진 우유 때문에 울지 말고, 이미 떠난 사람 때문에 아파하지 말며, 이미 내 것이 아닌 물건 때문에 후회하지 마라'는 속담이 있다.

인생에는 내 마음 같지 않은 일들이 너무도 많다. 지난 일들에서 벗어나지 못한다는 것은 자신에게서 벗어날 수 없다는 것이다. 대다수의 경우 우리는 우리에게 일어나는 일의 좋고 나쁨을 스스로 결정할수는 없겠지만, 그 일들이 우리에게 미치는 영향의 좋고 나쁨은 우리 스스로 통제할 수 있다.

정도를 모르고 그칠 줄 모르는 것은 진흙탕에 빠져 있는 상태와 다름이 없다.

그러니 내 마음 같지 않은 사람과 일들에 얽매여 있지 말고, 고통, 실수, 실패에 빠졌을 때 재빨리 내 상태를 조정하고 다시 시작하는 것만이 가장 현명한 방법이라고 할 수 있겠다.

즐거움이란 대부분 내면의 감각이다.

물질적인 면에서 만족할 줄 알고, 삶 속에서 지금을 사는 법을 알며, 감정적인 면에서 정도에서 멈추는 법을 알면 즐거움의 원천을 찾은 것이나 다름없다.

행동, 꿈을 위한 최고의 의식

나는 매달 독자들과 독후감을 공유하는데, 언젠가 H라는 독자가 자신도 독서를 무척 좋아한다고 글을 남겨서 내가 최근 어떤 책을 읽고 있느냐고 물은 적이 있다.

그러자 H는 이렇게 말했다. "일이 너무 바쁜 탓에 퇴근하면 피곤하고 주말에도 늘어져 있느라 책 읽을 시간이 그리 많지 않네요."

내가 말했다. "그렇다면 당신은 독서를 좋아하는 게 아니에요."

그러자 H가 발끈해 대답했다. "우리 집에 고전 서적만 수천 권 있거든요. 여유만 생기면 다 읽을 수 있다고요."

솔직히 말해, 나는 그 말을 믿지 않는다.

어떤 일이든 입으로만 좋아한다고 말하고 행동하지 않는다면 둘 중 하나다. 충분히 좋아하지 않거나, 자신을 속이고 있는 것이다. 절대로 시간이 없다거나 할 일이 많아서 같은 이유는 아니라는 말이다.

한때 내 주변에 많은 지인들이 실용적인 자격증을 따는 것에 관심을 가졌다. 자격증을 따놓으면 앞으로 승진이나 연봉 협상에서도 유리하고, 능력이 있다는 표시기도 하기 때문이라는 이유였다. 하지만 매번 말만 번지르르했다. 그들은 '더 할 수 없을 때까지 노력하고, 나 자신을 감동시킬 때까지 싸우겠다'고 당찬 포부를 밝혔지만 결국 말 뿐이었다.

그러나 한 친구는 그야말로 '행동파'였다.

그 친구는 시험을 보기로 결정하자마자 일사천리로 공부 계획을 세웠다. 그러고는 모든 시간을 책을 보고 예습과 복습을 하는 데 쏟았다. 심지어 주말에도 학원을 다니거나 관련 모임에 참가했다. 하지만 결과는 안타깝게도 커트라인에서 단 5점이 부족했다.

아마도 누군가는 이렇게 말할지도 모른다. 열심히 해도 어차피 결과는 실패 아니냐고. 하지만 나는 그렇게 생각하지 않는다.

진정한 노력이란, 결심이 얼마나 큰지, 믿음이 얼마나 충분한지, 얼마나 기세등등한지에 달린 것이 아니라, 얼마나 성실했는지에 달린 것이다. 말만 번지르르하면서 막상 제대로 실행하지 않는 사람은 그 말이 아무리 청산유수라 해도 소용없다.

내가 무척 좋아하는 말이 있다.

'노력이 반드시 성공을 보장해주지는 않지만, 노력하지 않으면 결코 성공할 수 없다.'

노력했지만 성공하지 못했다면, 그다음에는 성공할 기회가 온다.

어제는 친한 동생이 전화를 걸어와 여자친구와 헤어졌다고 말했다.

이유를 묻는 내게 동생이 대답했다. "정말 좋은 여자였는데, 나랑 잘 안 맞았어."

나는 고개를 절레절레 흔들었다. "안 맞는 게 아니라, 네가 안 좋아하거나 아니면 덜 좋아한 거겠지."

동생은 그런 내 말에 발끈했지만 이유를 듣고는 입을 다물었다. "넌 여자친구랑 그렇게 가까이 살면서 일주일에 한 번 만나 밥 먹고 영화 보는 것도 힘들어했잖아. 시간이 없다는 애가 매일 게임은 빼먹지 않고 하면서 말이야. 피곤하다는 말은 달고 살면서 친구들 만나는 장소엔 빠지지 않고 달려 나갔지. 게다가 말로는 여자친구를 다 이해한다 했지만 화낼 땐 달래준 적도 없잖아."

그때 난 『어린왕자』에 나오는 이 말을 떠올렸다.

'내 장미도 지나가는 사람이 보면 너희들과 똑같다고 생각하겠지. 하지만 나에게는 너희들 전부보다도 더 소중해. 왜냐하면 내가 물을 주었기 때문이야. 내가 덮개를 씌워주었기 때문이야. 내가 바람막이로 보호해주었기 때문이야. 내가 벌레를 잡아주었기 때문이야. 그 장미가 불평하거나 자랑하는 것을, 심지어 침묵까지도 내가 귀 기울여 들어주었기 때문이야. 왜냐하면 그건 바로 내 장미기 때문이야.'

우리가 누군가를 좋아하는 마음이나 소중한 감정을 표현할 때에는 입으로 아무리 달콤한 말을 해도 행동으로 보여주기 전까진 그 진심을 알 수 없는 법이다.

당신도 마음속에 품고 있는 수많은 생각과 포부들을 단지 말로만 표현하고 있진 않은가.

말만 하고 행동하지 않는 습관은 일종의 허상을 만들어, 단지 말만으로도 이미 '대단한 일을 하는 훌륭한 사람'이 된 것으로 착각하게 만든다. 그 모든 일이 저절로 이루어질 거라고 말이다.

이를테면 작가가 되고 싶다고 말하면서 펜을 들지 않는다거나, 여행을 하고 싶다고 말하면서 발을 떼지 않는다거나, 피아노를 잘 치고 싶다면서 연습을 하지 않는 식이다.

그렇게 당신이 가진 모든 이상과 희망을 단지 몇 마디 말로 포장된 원대한 포부 속에 맡긴다.

아무리 먼 길도 한 걸음 한 걸음 걷다보면 결국 종착지에 도착하게 된다. 그러나 아무리 가까운 길도 발을 떼지 않으면 언제나 제자리일 뿐이다.

반드시 기억해야 한다. 만나고 싶은 사람, 하고 싶은 일, 이루고 싶은 목표 등을 말로만 떠드는 것보다 일단 행동하는 것이 중요하다는 것을.

노력할수록 말은 적어지고 행동은 많아져야 한다.

모든 오늘이 인생 최고의 날인 것처럼

01

언젠가 다음과 같은 글을 보고 깊이 공감한 적이 있다.

'쓸데없는 책을 읽고, 쓸데없는 일을 하고, 쓸데없이 시간을 보내는 것은 전부 생각지도 못한 곳에서 나 자신을 넘어설 수 있는 기회를 만들어준다.'

현재 많은 사람들은 어떤 일을 하든지 '쓸모'를 목적으로 한다. 예를 들어 보통 승진, 월급 인상, 돈벌이 등은 쓸모가 있지만, 시 쓰기, 피아노 연주, 노래하기 등은 쓸모없다고 생각한다.

어쩌면 쓸모 있는 일을 함으로써 우리가 부유한 생활을 누릴 수 있고, 외부적인 명예와 이익을 가질 수 있는 것인지도 모른다. 그러나 우리를 진정으로 즐겁게 만들어주는 것은 왕왕 쓸모없어 보이는 것들이다. 별로 중요하지 않은 취미생활이 견디기 힘든 일상 속에서 위로와 나아갈 힘이 되어주기도 한다.

02

나는 기분이 가라앉았거나, 의욕을 상실하거나, 피곤하고 늘어질 때면 오후 휴식 시간에 근처 도서관에 걸어갔다 오는 것을 좋아한다. 혼자서 길을 걷는 동안 볕을 쬐고 음악을 들으며 바람을 쐬는 그 시간은 명상을 하기에 참 좋다.

그렇게 도서관에 도착해 그야말로 책의 바다에 빠진 기분이 드는 순간 얼마나 행복한지 모른다.

그러고는 책꽂이를 돌며 좋아하는 책을 골라 대여하기까지, 일련의 과정은 마치 꼬르륵 소리가 날 정도로 배가 고픈 순간 아주 맛있는 밥을 게 눈 감추듯 먹어치우는 것과 같은 느낌이다.

나에게 독서란 그야말로 뼛속 깊이 박힌 습관이다. 이를 버린다는 것은 영혼을 버리는 것과 마찬가지다. 만약 어느 날 내가 나아갈 방향을 잃어버린다면 이는 필시 오랜 시간 책을 읽지 않은 탓이다.

나를 아는 친구들은 일을 하고 일상을 꾸려가는 와중에 매일 빼먹지 않고 책을 읽는 내 의지력이 늘 감탄스럽다고 말한다. 사실 많은 사람들이 독서를 매우 어려운 일이라고 여기는 것 같은데, 책이 가져다주는 학식과 지혜는 책을 읽을 때 들이는 모든 노력을 충분히 능가한다.

책은 내 인생에서 스승, 친구, 그리고 동료라는 세 가지 역할을 수행하고 있다. 일이나 인간관계가 잘 풀리지 않을 때면 나는 책에서 해결 방법을 찾는다. 누군가에게 이해받거나 격려받고 싶을 때에도 책 속에서 나를 고무시키는 모범을 찾는다. 그리고 혼자 있을 때 재미있는 소설을 찾아 읽는다.

따라서 좋은 책이란 내 뒤에서 끊임없이 채찍과 당근을 주는 '보이지 않는 귀인'이라고 할 수 있다.

03

한 번은 건축 자재 사업을 하면서 매우 다양한 사람과 교류하는 친구 P를 알게 되었다.

P에게 술자리에서 억지웃음을 지으며 빈말을 주고받는 일이란 매우 흔했다. 그러고는 집에 돌아가 시간이 허락하는 한 거의 매일 취미 생활을 즐겼는데, 바로 붓글씨였다.

P는 붓을 들어 먹물을 묻히는 그 순간, 온 세상이 잠시 멈춘 듯한 기분이 든다고 했다. 한 획 한 획 공을 들이는 그 과정 속에서 어떠한 획순으로 쓸지 어떤 필체를 선택할지 어떻게 결점을 가릴지 모두 자신의 두 손에 달려 있다.

어떤 목적을 이루기 위해서 접대를 하고 아부를 할 필요가 없다. 단지 쓰고 싶은 글자를 쓰는 것뿐이었다. 그 순간만큼은 온몸과 마음이 자유로워짐을 느꼈다. 그것은 억만금을 주고도 살 수 없는 것이다.

언젠가 P의 사업이 잘 안 풀리던 시기가 있었다. 그 시간 동안 붓글씨가 P의 유일한 해방구였다. 원래는 당분간 휴가를 가려고 했는데, 붓글씨를 쓰는 그 조용한 시간 동안 문득 고민의 갈피가 잡혔다고 했다. 그렇게 자연히 여러 방법들이 떠올랐고, 빠르게 마음이 정리되면서 눈앞의 안개가 걷히고 다시 시작할 수 있었다.

어쩌면 인생의 많은 문제들이 이렇듯 단지 좋아하는 취미 활동만으로도 풀릴 수 있는 것인지도 모른다.

이는 마치 너무 팽팽히 당기면 쉽게 끊어지는 고무줄과도 같다. 언뜻 보기에 아무런 실질적 도움이 되지 않아 보이는 취미활동은, 말하자면 긴장과 이완을 조절해주고 나아가고 물러설 때를 놓치지 않게 해주는 인생의 윤활제라고 할 수 있다.

04

나에겐 M이라는 먼 친척이 있다. M은 가정주부인데, 남편은 출장이 잦고 아들 역시 기숙사 생활을 하고 있어서 집에는 늘 혼자뿐이었다.

그럴 때면 M의 머릿속엔 온갖 잡다한 생각이 떠올랐다. 남편이 바람을 피우는 건 아닌지, 아이가 공부를 게을리하는 건 아닌지 하는 생각에 밤잠을 설치기 일쑤였다.

그렇게 잠들지 못할 때마다 십자수를 놓기 시작했다. 집안 형편이 넉넉지 못하고 친구도 많지 않은 탓에 혼자서 적은 돈으로 할 수 있는 취미를 찾은 것이다.

그렇게 시작된 십자수가 M을 엄청나게 변화시켰다.

첫째, 무언가 몰두할 일이 생기고 그로 인해 분주해지면서 더 이상 잡생각을 할 여유가 없어졌다.

둘째, 중년인 M은 갱년기 증상으로 화가 치밀어오를 때마다 십자수를 하는 버릇을 들였다. 너무 서두르다보면 선이 흐트러지기 일쑤였고 바늘에 손이 찔리는 경우도 허다해서 너무 급하지도 느리지도 않게, 평정심을 유지하면서 한 땀 한 땀 수놓아야 했다. 그 과정이 감정을 진정시키는 데 많은 도움이 되었다.

셋째, 성취감을 느낄 수 있었다. 거대한 풍경화, 초원을 달리는 말, 한가득 피어 있는 꽃 등을 완성시키는 데 일 년 중 절반의 시간을 들이며 서서히 마음속에 자신감과 희열이 가득 차올랐다.

생존하기 위해서 여러 자질구레한 일을 견뎌야 하는, 생기라곤 찾아볼 수 없는 시간 속에서 취미란 우리에게 나아갈 수 있는 힘을 준다. 고난을 견딜 수 있는 용기를 주고, 인생의 버팀목이 되어준다.

05

요즘 많은 사람들이 더 좋은 직장에 들어가기 위해, 더 큰 집을 사기 위해, 아이들을 더 좋은 학교에 보내기 위해, 대부분의 시간과 정신을 물질적인 조건에 쏟아붓고 있다.

왜 우리는 더 이상 생활고를 걱정하지 않아도 되는 안정적인 상황에서도 더 많이 가지기 위해 불필요한 스트레스를 받고 사서 걱정을 하며 행복해지지 못하는 걸까?

사실 우리의 일생은 구체적으로 필요한 사물과 그다지 필요 없어 보이는 관심사들로 구성되어 있다. 전자는 우리에게 생존 능력을 주고, 후자는 진정한 삶의 질을 높여준다.

취미와 관심사를 계발하는 일은 언뜻 쓸데없고 불필요해 보일지 모르나, 실제로는 이 복잡하고 어지러운 세상에 보이지 않는 탈출구가 되어준다. 이는 우리를 보호하고, 더 나은 몸과 마음 상태를 만들어주며, 더 깨어 있는 나를 찾아줄 것이다.

최고의 나를 만드는 방법

01 좋은 책 읽기

누군가 말했다. 사람은 살면서 큰 행운을 총 세 번 만난다고. 첫 번째
는 배움에 있어 좋은 스승을 만나는 것, 두 번째는 직장에서 좋은 선
배를 만나는 것, 세 번째는 함께 가정을 이룰 좋은 반려자를 만나는
것이다.

하지만 이것은 어디까지나 이상적인 바람일 뿐, 대다수의 인생은
많든 적든 모두 부족함과 아쉬움을 안고 산다.

성인이 된 이후 가장 적은 자본을 들여 가장 빠르게 그 부족함과
아쉬움을 채울 수 있는 방법이 바로 독서, 그중에서도 좋은 책을 읽
는 것이다. 이 넘실대는 책의 바다 속에서 거의 모든 작가들은 저마다
의 사고방식과 삶의 경험을 통해 이야기를 펼치고 있다. 그들이 전달
하고자 하는 상식, 의견, 관점 등은 합리적일지 모르나 모두 정확하다
고 할 수는 없다.

따라서 그중에 옳고 그름 혹은 좋고 나쁨을 식별하는 것이 매우 중

요하다.

이는 마치 식사를 하는 것과 같다. 별 영양가 없는 책은 아무리 읽어봐야 학문 증진에 조금도 도움이 되지 않는다. 이런 책들은 도리어 우리의 품행을 망가뜨리고 수준을 끌어내리며 인생을 잘못된 길로 인도할 뿐이다.

그러나 좋은 책들은 우리의 마음에 자양분이 되어주고 수준을 높여주며 정신을 정화시켜준다. 세월과 함께 흐르며 옛 사람들의 손을 거쳐 현대인에게까지 인정받고 추앙받는 고전들이 바로 그것이다.

우리가 읽고 있는 책은 기본적으로 우리의 정신적 수준을 나타낸다. 이는 독일의 철학자 포이어바흐가 말한 '내가 먹는 음식이 곧 나 자신이다'와 같은 이치다.

주변 환경이나 사람은 내 마음대로 결정할 수 없지만, 좋은 책을 골라 읽는 것은 자신의 힘으로도 충분히 할 수 있고, 그다지 어려운 일도 아니다. 게다가 그에 비해 얻을 수 있는 이익은 매우 크다.

02 좋은 사람 사귀기

당신 주변엔 어떠한 친구들이 있는가? 성실하고, 진취적이며, 투지가 있고, 끊임없이 당신을 격려해주는 친구들인가? 아니면 게으르고, 의기소침하며, 무기력해서 끊임없이 당신을 소모시키는 친구들인가?

사실 당신 주변의 친구들이 당신의 앞날을 결정한다고 해도 과언이 아니다.

왜냐하면 사람은 사회성을 가지고 있기 때문이다. 당신이 어떤 사람인지에 따라 자연스럽게 같은 부류의 사람을 끌어들인다. 동시에 당신은 자주 접촉하는 사람에게 은연중에 동화된다.

당신과 가장 가까운 친구 여섯 명의 성향, 수준, 능력의 평균치가 바로 당신의 대략적인 모습이라는 이론이 있다.

예를 들어 태양과 같은 사람과 가까이 하면 아무리 어두운 사람이라도 그 곁에서 눈부시게 빛날 수 있다. 그러나 종양과 같은 사람과 함께라면 본질이 나쁘지 않은 사람도 서서히 좀먹다가 결국 똑같은 부류가 되고 만다.

증국번*은 이렇게 말했다.

'친구를 선택하는 것은 인생의 첫 번째 의미다. 일생의 성패는 오로지 친구가 현명한지 아닌지, 진실한지 아닌지에 달렸다.'

저급한 사람과 장시간 어울리다보면 내 노력과 상관없이, 고결한 심성으로 투지를 불태우며 선량한 인품을 유지하기가 점점 어려워진다.

반대로 좋은 사람을 만나면 설령 내가 좀 부족하더라도 그런 나를 끌어주며 끊임없이 좋은 쪽으로 이끈다. 나 자신이 본래 괜찮은 사람이라면 좋은 친구는 그런 당신이 더욱 발전할 수 있도록 좋은 자극이 되어줄 것이다.

따라서 우리는 가급적 긍정적인 사람들과 함께하는 동시에, 부정적이고 비관적이며 염세적인 사람들과는 멀리해야 할 것이다.

---

* 曾國藩: 중국 청나라의 정치가이자 문학가.-옮긴이

동시에 더 나은 나 자신을 만드는 데도 노력을 게을리해선 안 된다. 실력이 부족하거나 마음가짐이 불량하고 마음이 넓지 않은 상태에서는 좋은 친구들을 사귀기가 더욱 어려울 테니 말이다.

03 세상을 알아가기

우리는 모두 태어나면서부터 고정된 테두리 안에서 각종 제약을 받으며 살아간다.

만약 그 안에 갇혀 있는 상태로 격식을 타파하거나 난관을 돌파하고 지혜를 쌓으려 하지 않는다면, 결국 머리가 굳고 생각이 뒤처진 채로 고착화된 방식에 갇혀버리고 말 것이다.

이러한 각종 속박에서 벗어나기 위해서는 반드시 세상을 알기 위해 노력해야 한다. 이를 위해 우리는 두 가지를 학습해야 한다.

첫째, 자신을 알고, 천지를 알며, 중생을 알아야 한다.

우리는 우리와 다른 세상을 보기 위해 나아가야 한다. 산을 올라보지 않으면 산이 얼마나 높은지 알 수 없고, 물을 건너보지 않으면 물이 얼마나 깊은지 알 수 없는 법이다. 세상을 보지 않고 어떻게 이 세상이 무슨 색인지 알 수 있단 말인가?

자신의 눈으로 직접 이 아름다운 풍경과 광활한 세계와 뛰어난 사람들을 본 사람만이 우물 안 개구리가 되지 않고 겸손함을 배울 수 있다. 그야말로 진정한 '뛰는 놈 위에 나는 놈 있다'는 이치를 이해할 수 있게 되는 것이다.

둘째, 좋은 것은 나누고 나쁜 것은 삼켜야 한다.

누구나 물질적인 면에 있어 소중한 것이 있는 반면 아쉬운 것도 있고, 감정적인 면에서 얻은 것이 있으면 포기한 것도 있을 것이다. 이미 잃은 것은 담담히 견디고 얻지 못한 것에 대해서는 관대하게 받아들여야 한다.

우리는 일상을 살면서 스스로 참고 치유하고 봉합하는 것뿐만 아니라, 상처와 고통, 아픔 등을 받아들이고 느끼고 경험하는 법 또한 배워야 한다. 그래야만 그 모든 것이 나만의 경험이 된다.

04

이 세상에는 살아가는 사람 수 만큼이나 다양한 살아가는 방식이 있다. 그것들에 맞고 틀림은 없지만 좋고 나쁨은 존재한다. 이는 물질적인 조건의 우열보다는 인격 수양과 학식의 차이로 구분되는 경우가 많다.

사실 사람들은 직업과 나이는 달라도 내면 깊은 곳에서 강해지고 유능해지길 갈망하는 것은 똑같다.

이를 위해서 우리는 다음과 같은 일을 할 수 있다.

첫째, 좋은 책을 읽어 자신의 우매함을 고치고, 악을 방지하며, 선을 지향한다. 빅토르 위고가 말한 것처럼 매일 좋은 책을 읽는다면 모든 어리석음은 마치 불 위에 놓인 것처럼 점점 녹아내릴 것이다.

둘째, 좋은 사람을 가까이 두고 자신 역시 더욱 성실하고 열심히 앞으로 나아갈 수 있도록 노력한다. 어느 즈후* 이용자의 말처럼 태양과 함께라면 가진 것 없는 달도 찬란히 빛날 수 있으니 말이다.

셋째, 넓은 세상을 알아가며 편협해지지 않고 더욱 트인 시야를 가지도록 한다. 가진 것이 없는 사람만이 온 세상을 가질 수 있다. 힘을 가진 사람일수록 그 힘을 드러내지 않는 법이다. 왜냐하면 그들은 겸손을 알며 오만하지 않기 때문이다.

누구나 내면과 외면의 눈을 모두 크게 뜨고 풍부한 교양과 마음의 양식을 채우는 동시에 끊임없이 단련해서 변화를 겪고 나면 한층 발전한 자신을 만날 수 있을 것이다.

---

* 知乎 : 중국의 지식 공유 플랫폼.-옮긴이

노력하는 사람은 고독하다

01

며칠 전, 아는 편집자가 이런 말을 한 적이 있다. 연락처를 정리하면서 보니 예전에 활동했던 꽤 괜찮은 작가들이 지금은 이미 직업을 바꾸거나 아예 글쓰기를 포기했더라고.

그것이 무척 아쉽다고 했다. 만약 그 사람들이 아직 있었다면 지금 활동하는 일군의 작가들은 모두 뒤로 밀려났을 거라고 말이다.

처음에는 나도 같은 생각이었다. 하지만 나중에 다시 생각해보니, 그 가설은 성립하지 않는다.

내가 글을 쓰기 시작한 지도 어느덧 3년째가 되었다. 그동안 내 주변의 능력자들은 확실히 쉴 새 없이 바뀌고 있다. 그렇게 남은 사람들이 재능이나 실력이 가장 뛰어나다거나 저력이 제일 크다고는 말할 순 없어도, 가장 꾸준한 사람들임에는 틀림없다.

이 '꾸준함'이라는 말이 하찮게 느껴지는 사람도 많을 것이다. 그들의 성공은 다른 사람들의 포기 덕분이라고 말하고 싶을지도 모른다.

사람들은 종종 꾸준함을 너무 쉽게만 생각한다. 딱히 넘어야 할 문턱도 조건의 한계도 없으니 누구나 할 수 있는 것이라고 말이다. 하지만 진짜 꾸준할 수 있는 사람은 극소수다. 대부분의 사람은 자신과의 싸움에 져서 도중에 그만둔다.

99보와 100보는 단 한 걸음 차이라고 생각하는 사람도 있을 것이다. 하지만 그 한 걸음 속에 얼마나 큰 의지력과 얼마나 강한 집중력이 필요한지, 이 악물고 주먹을 꼭 쥐는 순간들이 얼마나 많았는지 아는 사람은 극히 드물다.

그들에게는 그 모자란 한 걸음 속에 있는 자신의 나태함과 경솔함과 쉽게 포기하는 마음이 보이지 않는 것이다.

이 세상에 쉬워 보이는 꾸준함 속에는 모두 끝없는 어려움이 숨어 있다.

02

예전에 한 친구가 내게 속상하다며 하소연을 했다. 친구에게는 업무 능력도 지식 수준도 자신과 별 차이가 없는 직장 동료 W가 있었다. 그런데 경쟁만 붙으면 W가 친구보다 아주 조금 더 세심하다는 이유로 늘 이기는 것이었다.

예를 들어 보고서를 쓸 때 두 사람의 명확한 논리에는 모두 문제가 없었지만, 친구의 보고서에는 오타가 있는 반면 W는 한 번도 그런 실수를 하지 않았다.

PPT를 준비할 때 내용 면에서는 누구 하나 뒤처지지 않았지만, 친구는 자신이 보기에 좋은지만 신경 쓴 반면 W는 상사의 시력까지 고려해 글씨 크기를 크고 굵게 하고 중요한 부분에 밑줄을 그었다.

어쩌면 이런 세심함이 이미 익숙한 사람들에게는 별것 아닌 일처럼 보일지도 모른다.

만약 친구도 일을 시작하기 전에 한 번 더 생각하고, 일을 하면서 조금 더 집중하고, 일이 끝난 후 몇 번 더 검토해보았다면 충분히 할 수 있었을 것이다.

그러나 바로 그것이 문제였다. 친구는 알고 있었으나 하지 않았다. 이 작은 차이는 얼핏 사소해 보일지 모르나 실은 엄청나게 컸다.

세심함이란 일에 대해 그 사람이 가진 집중력, 인내심 그리고 책임 감을 보여준다. 세심하지 못한 면을 보이는 것은 곧 경솔하고, 게으르며 불성실한 면을 들키는 꼴이 된다.

당신보다 아주 조금 더 나아 보일 뿐인 다른 사람의 강점 속에는 당신이 결코 따라잡을 수 없는 뛰어남이 존재한다.

03

학창시절 우리 반에는 행사가 있을 때마다 진행을 도맡아 하는 Z라는 친구가 있었다.

당시 많은 친구들이 겉으로는 부러움의 눈빛을 보내면서도 속으로는 조금씩 못마땅해 했다. 왜냐하면 Z는 발음이 썩 좋지도 않았고, 진행 능력이 뛰어나게 출중한 것도 아니었으며, 외모가 압도적으로 눈에 띄는 편도 아니었기 때문이다. 매번 무대 중앙에서 스포트라이트를 받는 그 친구는 사실 조건만을 놓고 보자면 가장 뛰어난 인재라고는 할 수 없었던 것이다.

졸업 후 몇 년이 지나 열린 동창회에서 친구들이 당시의 이야기를 꺼내자, 선생님이 말씀하셨다. "사실 그때 너희들이 활발하게 참여했다면 공평하게 가장 뛰어난 학생을 뽑았을 거야. 그런데 너희 대부분은 행여 눈이라도 마주칠까 움츠리고만 있었지. 그런데 Z는 손을 번쩍 들고 자진해 나섰어. 덕분에 기회는 늘 자연스럽게 그 아이에게 돌아간 거야."

우리는 종종 아주 별것 아닌 이유로 다른 사람들보다 뒤처진다는 생각이 들 때가 있다. 하지만 그 별것 아닌 것에는 당신에게 없는 힘과 용기가 내포되어 있다.

자신 있게 앞으로 나서는 사람들은 보통 외향적이고, 천성적으로 용감하고, 비웃음을 두려워하지 않는 성격으로 보인다. 좀 더 본질적으로 말하자면 그들은 마음 상태가 건강하고, 자신을 믿으며, 실패를 두려워하지 않는다고 할 수 있다.

반면 소심하게 자신을 숨기는 사람은 간단히 말해 부끄러움을 잘타고 내향적이라고 볼 수 있지만, 조금 더 깊이 생각해보면 이는 곧체면을 중시하고 거절당할 것을 미리 걱정하며 시도를 두려워하는 것이다.

04

나보다 잘 나가는 사람을 볼 때 '별로 대단치도 않네'라고 생각해본 적이 있는가.

나도 끝까지 포기하지 않고 할 수 있지만 단지 너무 게으를 뿐이라고, 나도 더 노력할 수 있지만 단지 그러고 싶지 않을 뿐이라고, 나도 사실 더 잘될 수 있지만 단지 뽐내고 싶지 않은 것뿐이라고 말이다.

이를 테면 학창 시절 다른 친구들이 새벽같이 일어나 단어를 외울 때 당신이 일어나지 않은 것은 그렇게 아등바등 살고 싶지 않아서였을 테고, 직장에서 다른 동료들이 상사에게 지시받은 업무를 완벽히 마칠 때 당신이 조금씩 부족했던 것은 직장 일에 그렇게까지 매달리고 싶지 않아서였으며, 다른 사람들이 내세울 만한 장기 하나쯤 가지고 있는 것에 비해 당신에게 아무것도 없는 것은 주목받고 싶지 않아서라고 생각하는 식이다.

이런 식의 사고방식은 본인이 사실 매우 똑똑하고, 못 하는 게 아니라 안 하는 것뿐이라고 착각하게 만든다. 그러나 결국에는 당신을 할 수 있는 것도 하고자 하는 의지도 없는 채 그저 대강대강 사는 사람으로 만들 뿐이다.

사실 나보다 나은 사람들에게는 모두 배울 만한 점이 있다. 그러니 우리는 겸허한 태도로 자세를 낮추고 그들과의 차이점을 찾아 본받아야 한다. 거만한 자세로 모든 실패의 원인을 노력하고 싶지 않았다는 핑계 한마디로 돌리려하지 말아야 한다.

언젠가 한 교수님이 '성공한 사람은 성공한 이유를 말할 수 있지만, 실패한 사람은 실패한 핑계를 찾을 자격이 없다'고 말씀하셨다.

이 말을 처음 들었을 때 나는 너무 편파적인 의견이라고 생각해 동의할 수 없었다. 하지만 훗날 내 주변에서 이런 경우를 너무 많이 접하다보니 점점 그 깊은 뜻을 이해하게 되었다.

수많은 사람들이 뒤엉켜 살아가는 이 세상에서 성공이란 그리 쉬운 일이 아니다.

그러나 성공은 또한 간단할 수 있다. 그저 다른 사람이 포기한 순간에 조금 더 버티고, 다른 사람이 나태해지는 순간에 조금 더 열중하고, 다른 사람이 전전긍긍할 때 조금 더 용기를 낸다면 마침내 승리할 수 있는 것이다.

기억하라. 이 세상에 쉬운 노력이란 없다. 쉬워 보이는 성공만 있을 뿐!

진짜 중요한 것을 찾을 땐 자신에게 의지하라

아마도 모든 사람에게 한 번쯤은 젊음의 광기가 있었을 것이다.

그 시절 우리는 하늘이 얼마나 높은지, 땅이 얼마나 넓은지, 세상이 어떻게 돌아가는지도 모르면서 이 세상을 바꿀 수 있다고 믿었다.

작가 왕샤오보 역시 다음과 같이 말한 적이 있다.

'내 나이 스물하나였던 그날, 내 생애 가장 빛나는 시기였던 그 시절, 나는 수많은 꿈이 있었다. 나는 사랑하고 싶었고, 배부르고 싶었고, 일순간 하늘을 반쯤 뒤덮는 구름이 되고 싶었다. 그러나 훗날 나는 알게 되었다. 삶이란 원래 더디게 무뎌지는 과정이라는 것을. 하루하루 늙어감과 동시에 내 꿈 또한 하루하루 사라져 끝내 나는 얻어맞은 소와 같은 모습이 되었다. 그러나 스물한 번째 생일에는 이런 날이 오리라곤 꿈에도 알 수 없었다. 그 시절 나는 영원히 용맹할 줄 알았고, 그 무엇도 날 길들일 수 없을 거라고 믿었다.'

사실 인간의 성장이란 길고 지난한 과정이다. 세상만사에는 모두 저마다의 규칙과 이치가 있다는 사실을 직접 경험하고 체험해보기 전까지는 절대로 알 수 없기 때문이다.

01 유일하게 믿을 수 있는 것은 나 자신뿐

어릴 적 부모님은 내게 "크면 모든 일을 스스로 해결해야 한다"고 말씀하셨다.

당시 나는 비록 겉으로는 티를 내지 않았지만 마음속으로는 '다들 부모님 품을 떠나면 자신의 능력과 매력만으로 살 수 있어요'라고 생각했다.

그러나 정식으로 사회에 발을 들여놓은 후에야 알게 되는 것이 있다. 출세를 하면 숟가락을 얹으러 오는 사람들이 얼마나 많은지. 반면 곤경에 빠지면 손을 내미는 사람은 얼마나 드문지. 설령 한때 간이고 쓸개고 다 빼줄 것 같았던 사람이라 해도 말이다.

이런 이야기가 있다. 어떤 신도가 관음보살에게 절을 올리기 위해 사원을 찾았다. 한참 절을 하다가 문득 옆을 보니 역시 절을 올리고 있는 사람이 보였다. 그런데 그 모습이 흡사 제단 위에 있는 관음보살과 똑같이 생긴 것이 아닌가. 신기한 마음에 그 사람에게 조심스레 물었다. "혹시 관음보살님이십니까?"

그러자 그 사람이 대답했다. "맞습니다."

이 신도는 더욱 신기해 또 물었다. "그런데 왜 본인한테 절을 하고 계십니까?"

그러자 관음보살이 대답했다. "남에게 부탁하는 것보다 나에게 하는 것이 더 낫기 때문이지요."

괴로움을 얼굴에 드러내지 않고, 타인에게 희망을 걸지 않는 것, 이

것이 바로 성숙함의 지표라고 할 수 있다.

세상만사는 자신에게 달렸다. 돈은 스스로 벌어야 하고, 길은 스스로 가야 하며, 눈물은 스스로 닦아야 한다. 아무리 바닥까지 떨어져도 스스로 인내하고 치료할 줄 알아야 한다.

류퉁*은 다음과 같이 말했다.

'그 어떤 일도 타인에게서 희망을 기대하지 마세요. 공적인 일이든 사적인 감정이든 말이죠. 그렇지 않으면 우리가 내릴 수 있는 유일한 결론이라곤 "내 힘으론 어쩔 수 없다"는 것뿐입니다. 내게 안정감을 줄 수 있는 사람은 오직 나뿐입니다.'

마침내 당신도 알게 될 것이다. 자신을 믿는다는 것은 일종의 부득이함이자 유일한 선택이며 나아가 퇴로가 없는 강인함이라는 것을.

02 유일하게 포기하지 않는 사람은 부모님뿐

우리 대부분은 누군가를 받아들이거나 혹은 누군가에게 받아들여져 평생을 함께한다.

그러나 연인 관계에서 우리는 종종 성격 차이, 장거리 연애, 가정환경 차이 등으로 쉽게 상대방의 손을 놓아버린다. 심지어 결혼 후에도 경제적 문제나 외도 등으로 한때 우리가 그토록 깊이 사랑했던 사람에게 상처를 줄 때가 있다.

＊ 刘同: 중국의 유명 엔터테인먼트 기업 인라이트 미디어의 부대표이자 작가.-옮긴이

그래서 이런 의문이 들기도 한다. 이 세상에 영원히 변치 않는 사랑이란 정말 있을까?

이 질문에 나는 언젠가 한 교수님이 하신 설문 조사가 떠올랐다.

첫 번째 : 그 남자가 사랑하는 그 여자

그 여자는 매끄러운 달걀형 얼굴, 아치형 눈썹, 백옥같이 뽀얀 피부를 가진 절세미인이다. 어느 날 불행히도 차 사고를 당했고, 완쾌 후 얼굴에 크고 흉측한 상처들이 남았다.

이 경우 그 남자는 예전과 다름없이 그 여자를 사랑할 수 있을까?

두 번째 : 그 여자가 사랑하는 그 남자

품위 있고 진중하며 리더십까지 갖춘 무역계의 엘리트인 그 남자가 어느 날 갑자기 파산해버렸다.

이 경우 그 여자는 예전과 마찬가지로 그 남자를 사랑할 수 있을까?

이 질문에 연인 관계에 있는 많은 사람들의 대답이 모두 이상적이지만은 않을 것이다. 그러나 만약 부모님이라면, 백이면 백 긍정적인 대답을 할 것이다.

사실 이 세상에 우리가 가진 게 많든 적든, 건강이 좋은 나쁘든, 성공하든 실패하든, 결점이 많든 적든, 용서받을 수 없는 잘못을 얼마나 많이 저지르든, 얼마나 큰 상처를 주든 상관없이 우리를 결코 버리지 않는 사람이 있다면 바로 부모님일 것이다.

그래서 세상에서 아무리 많이 거절당하고 삶이 아무리 내 마음 같지 않고 실패가 아무리 끝이 없어도 잊지 말아야 할 것이 있다. 바로 우리 뒤에는 그런 나를 누구보다 사랑하는 부모님이 있다는 걸 말이다.

더불어 하나 더 기억해야 한다. 부모님이 살아계실 때 마음껏 효도해야 한다는 것이다. 부모님이 살아계신 동안에는 언제나 길이 있지만 돌아가시고 나면 남는 건 후회뿐일 테니까.

03 유일하게 포기해선 안 되는 것은 인생뿐

가끔 이런 적이 있지 않은가. 일도 잘 안 되고, 기분도 안 좋고, 마음도 내 것 같지 않고, 그래서 입맛도 없고 잠도 잘 안 오며 나 자신에게 괜히 화만 날 때.

어쩌면 젊을 땐 이런 모습이 제법 멋있다고 느껴질 수도 있을 것이다. 그래서 한없이 몸을 혹사시키고 건강을 챙기지 않으며 자신이 도대체 어떻게 살고 있는지 관심도 두지 않는다. 그런 식으로 자포자기한 채 자신을 괴롭히고 방임하는 것을, 자신을 괴롭게 하는 일에 대한 징벌쯤으로 생각하고 인상을 잔뜩 찌푸리며 자신의 불만족스러움을 표현한다.

인생을 제대로 사는 방법을 모르는 사람은 지혜와 안목이 부족해 계속 그렇게 살 수밖에 없다.

한 승려가 선사禪師에게 물었다. "중이 도를 닦는 일에 비결이 있습니까?"

그러자 선사가 대답했다. "배고플 때 먹고, 졸리면 자는 것이다."

승려는 이해할 수 없었다. "보통 사람이 밥 먹고 자는 것과 선사의 그것은 다릅니까?"

선사가 말했다. "보통 사람은 밥 먹을 때 좋은 것만 골라 취하느라 가리는 것이 많고, 잠잘 땐 잡생각이 가득하다."

먹고 자는 일은 매우 단순하다. 그러나 잘 먹고 편히 자는 것은 매우 어렵다. 즐겁게 밥을 먹고 조용히 잠드는 것은 일종의 수행인 것이다.

이 세상에 밤새 고민하며 잠 못 이룰 만큼 가치가 있는 일은 없으며, 몸을 뒤척이며 밤새 눈물을 흘릴 만큼 가치가 있는 사람 또한 없다. 그렇게까지 기분이 가라앉아 불행해도 되는 일이란 결코 없다.

인간으로 태어난 우리 모두는 살면서 너무 많은 어려움을 맞닥뜨린다.

하지만 그 어떤 상황 속에서도 자기 자신을 잘 돌보고 일상을 저버리지 않으며 삶을 열심히 살아가는 태도를 버려선 안 된다. 설령 마음처럼 되지 않는 일들, 그 풀리지 않는 매듭을 어쩔 수 없이 포기해야만 하는 순간에도 여전히 치열하게 살아나가야 한다. 사실 우리 모두는 끊임없는 자아 성찰과 시도, 그리고 반성 속에서 점점 완성되어 가는 것이다.

살면서 다소의 시련은 어쩌면 피할 수 없을지도 모른다. 알아채지 못하는 실수가 있는가 하면, 도무지 건너뛸 수 없는 과정도 있다. 하지만 우리는 여전히 나만의 유일무이한 인생을 살아가는 여정 속에서, 경험과 지혜를 쌓고 삶에 한층 통달하게 된다.

어른이 되면 마침내 알게 되는 것들이 있다.

첫째, 사람은 스스로 성장한다.

갖고 싶은 물건은 스스로 사고, 원하는 삶은 스스로 만들어간다. 어려움에 빠졌을 땐 이를 악물고 버티며, 자신의 머리채를 스스로 잡고 빠져나와야 한다. 다른 누구보다 나 자신을 믿고 의지하는 것이 가장 확실하다.

둘째, 효도는 이를수록 좋다.

이 세상에서 무엇으로도 대신할 수 없고 명예와 이익에 따른 부침이 없으며 오랫동안 변함없이 무조건적인 사랑을 주는 사람은 오로지 부모님뿐이다. 그러나 우리는 그 사랑의 소중함을 모른 채 종종 잊고 산다.

대만의 어느 작가는 다음과 같이 말했다.

'부모는 오래된 집과 같다. 그 집은 우리를 위해 비바람을 막아주며 따뜻하고 안전하게 보호해준다. 하지만 집은 집일 뿐이다. 우리는 집과 이야기를 나누지도, 소통하거나 보살펴주지도 않는다.'

그러니 너무 늦게 깨닫고 후회하는 일이 생기기 전에 부모에 대한 깊은 사랑을 지금 당장 표현해야 한다.

셋째, '삶'이란 그저 '살아가는' 일이다.

이 세상에 태어나서 밝은 빛과 충만한 사랑을 받으며 꽃길만 걷는 사람은 없다. 사람은 누구나 수많은 고난과 역경을 경험한다.

아마도 끝없이 일어나는 내 마음 같지 않은 일들이 완벽히 사라지는 날은 없을 것이다.

영화 〈일대종사〉에 다음과 같은 말이 나온다.

'마흔이 되기 전까지 내게 '높은 산'이란 없었다. 인생에서 가장 넘기 힘든 것은 바로 "삶"이더라.'

당신은 과거에도 현재에도 어쩌면 미래에서도 비바람과 파도를 피할 수 없을지도 모른다. 그럼에도 잊지 말아야 한다. 배불리 먹고, 충분히 자고, 건강을 지켜야 한다는 것을. 적을 물리치고 앞으로 나아갈 때에는 나 자신만이 내 편이기 때문이다.

살아가면서 어떤 말들은 때론 황당무계하다고 생각될지도 모른다. 그러나 삶에 채찍질을 당하고 나면 문득 깨닫게 된다. 그 황당무계했던 말들이 사실 다 진짜였다고!

날씨는 바꿀 수 없어도 기분은 바꿀 수 있다

01

작년 여름, 절친한 동생 R이 갑자기 회사를 그만두었다.

그 직장은 R의 부모님이 엄청나게 노력해 얻어낸 자리였다.

내가 사직한 이유를 물었을 때 R이 한 대답에 나는 정말이지 울어야 할지 웃어야 할지 알 수 없었다.

R의 상사가 어느 날 R이 쓴 보고서에 대해 맥락이 부정확하고 조리가 없으며 논리가 부족하다며 매우 공정하고 객관적으로 지적했다고 한다. 하지만 이 말을 들은 R은 매우 화가 나 곧장 따졌던 것이다. "그렇게 직접적으로 말씀하시면 제 기분이 어떨지 생각해보셨습니까? 잘하진 못했어도 나름대로 열심히는 했습니다."

R은 그저 억울했던 것이다. 그동안 장장 삼일 밤을 새워 열 페이지가 넘는 보고서를 완성했는데 결과적으로 상사에게 칭찬 한마디 듣지 못했으니 말이다.

상사는 R에게 직장은 결과가 중요한 곳이지 과정은 보지 않는다고 말했다. 납득이 되지 않는다면 그만두어도 좋다면서. 그 말에 충동적으로 그만두자는 생각이 든 R은 그 길로 문을 박차고 나왔지만, 곧장 후회했다고 한다.

올 해 여름, R은 새로운 직장에 들어갔다. 지금 R은 상사의 거의 모든 요구를 순순히 받아들이고, 공을 독차지하려는 직장 동료의 수작을 침착하게 처리하며, 고객들의 불만을 아무렇지도 않게 걸러 들을 수 있는 사람이 되었다.

나는 R에게 이토록 성격이 좋아진 비결을 물었다.

R이 말했다. 사회에 나와 벽에 부딪혀보니 성깔 있고 경솔하게 행동하고 고집이 센 사람은 결코 대단한 사람이 아니더라고. 가장 대단한 사람은 화가 나도 쉽게 화를 내지 않는 사람이라고 말이다.

두웨성*은 다음과 같이 말했다.

'능력은 있고 성질은 없는 인간은 일류, 능력도 있고 성질도 있는 인간은 이류, 최하위류는 능력도 없으면서 성질만 센 인간이다.'

직장 생활을 갓 시작한 신입들은 아주 약간의 억울함도 참지 못하며, 타인이 나에 대해 말하는 일말의 부정적인 말도 들으려하지 않는다. 또한 조금이라도 무시받는다는 느낌이 들면 쉽게 화를 내고 만다.

하지만 그렇게 사회에서 몇 년쯤 구르다보면 깨닫게 된다. 성질을 부리는 게 멋진 일이 결코 아니라는 것을. 그런 방법으로는 그 어떤 문제도 해결할 수 없을뿐더러 자칫하다가는 밥그릇만 잃게 된다. 그러다

---

* 杜月笙: 20세기 초 범죄 조직인 상해 청방의 수령.-옮긴이

보면 지금까지 쌓아온 것도 심지어 앞으로 나아갈 길까지 망가지는 것이다.

02

2년 전, 지하철에서 줄을 서다가 기골이 장대한 40대 남성을 맞닥뜨린 적이 있다. 그 사람은 목에 번쩍거리는 금목걸이를 하고 사투리를 쓰는 것이 타지방 사람인 듯했다.

그 사람이 내 앞으로 끼어들었을 때 나는 일부러 피하지 않았다. '분명 이 사람이 잘못하고 있는 건데 내가 왜 피해야 하나'라고 생각할 뿐이었다.

하지만 그 사람은 내가 보안검색대에서 가방을 검사하는 사이 쏜살같이 내 앞으로 새치기해 서더니 사나운 눈빛으로 나를 째려보았다. 나 역시 매우 화가 나 지지 않고 째려보며 내가 조금도 겁먹지 않았다는 것을 보여주려 애썼다.

그렇게 서로 5분쯤 째려보다 결국 그 사람이 유유히 자리를 떠났다.

나는 화를 삭인 후 돌이켜 생각해보다 그제야 조금 무서워지기 시작했다. 누가 맞고 틀림을 떠나 정식으로 싸움이 붙었다면 내가 그 사람의 상대나 되겠는가? 다시 말해, 그럴 가치도 없는 일에 뭐 하러 성질을 부리느냐는 말이다. 만약 그 사람이 매우 화가 나 한순간 충동을 이기지 못했다면 다치는 것은 나뿐일 텐데.

그날 이후 나는 또다시 이런 일이 생길 때면 그냥 한 발 양보하고 만다. 화를 내지도 괜히 힘을 빼지도 않고 그저 그들의 횡포를 지켜보면서 말이다. 그래야만 억울한 손해도 혹시 모를 사고도 피할 수 있다. 한때는 이런 방법이 자존심 상하는 일이라고 생각한 적도 있지만, 지금에 와서 돌이켜보면 굳이 그런 사람들과 부딪히는 쪽이 더욱 유치하게 느껴진다.

이런 이야기가 있다. 부처가 속세에 내려와 불법을 전파할 때 종종 다른 사람들에게 모욕과 비웃음을 당했다. 그러나 부처는 좀처럼 화내는 법이 없이 언제나 조금도 개의치 않는 표정이었다.

상대방이 욕설을 멈추자 부처가 여전히 평정심을 유지한 상태로 이렇게 물었다. "만약 당신이 다른 사람에게 선물을 주었을 때, 상대가 그 선물을 받지 않는다면 어떻게 하겠습니까?"

상대방이 대답했다. "싫다는데 도로 갖고 와야지."

부처가 말했다. "마찬가지지요. 지금 당신이 내 앞에서 모욕적인 말들을 쏟아냈지만 나는 그 모욕을 받아들이지 않았습니다. 그러니 방금 당신이 한 그 독설은 자연히 당신이 도로 가져가야 하지요. 그렇다면 당신은 자신을 그렇게 욕한 것과 다름이 있겠습니까?"

우리는 종종 너무나 사소한 일들로 다른 사람을 괴롭히고 나아가 자기 자신까지 괴롭게 한다. 그러나 결국에는 그렇게 싸워봤자 자신의 마음만 상하고 자신의 시간만 손해를 본다는 것을 깨닫게 된다. 심지어 신변의 안전을 위협받을 수도 있다.

03

우리 동네에 '왕 오빠'와 '류 언니'라고 불리던 부부가 이혼했다.

류 언니는 화가 가라앉은 후 재결합을 원했지만 그때는 이미 돌이킬 수 없는 강을 건넌 후였기 때문에 아무 소용이 없었다. 반면 왕 오빠는 이미 류 언니에 대한 실망으로 마음이 완전히 식어버리고 말았다.

사실 류 언니는 꽤 괜찮은 사람이지만 가장 큰 문제점이 하나 있다. 바로 성격이 불같고 쉽게 화를 내는 바람에 툭하면 상대방의 기분을 상하게 만든다는 것이다. 이혼의 도화선이 된 일 또한 왕 오빠가 집에 늦게 들어온 어느 날 류 언니가 큰 소리로 화를 내다가 급기야 텔레비전을 집어 던지며 이혼을 요구했기 때문이었다.

사실 류 언니가 제대로 알지도 못하고 이렇게 화를 내는 게 처음 있는 일은 아니다. 늘 제대로 알기도 전에 화부터 냈지만 왕 오빠는 매번 받아주었다.

그러나 그날은 결국 왕 오빠도 한계에 다다른 것이다. 지금까지 마음속에 꾹꾹 눌러둔 그동안의 억울함과 분노가 한순간에 폭발해버렸다. "만약 나랑 계속 살고 싶으면 이제 그만하는 게 좋을 거야. 만약 나랑 계속 못 살겠다 싶으면 지금부터 각자 지내자."

이 말에 류 언니는 화가 머리끝까지 치밀었다. 평소 싸울 땐 늘 우위를 점령하던 터였다. 어디 감히 상대방이 이기도록 둔단 말인가? 둘은 그 길로 이혼 수속을 밟았다.

이혼 후에야 류 언니는 그날의 진상을 알 수 있었다. 사실 그날 왕 오빠는 확실히 직장에서 야근을 했고, 자신이 생각했던 것처럼 거짓말하고 핑계 대는 일은 없었다. 하지만 모든 건 이미 끝나버린 후였으니 후회한다 한들 어쩌겠는가.

예전에 한 부인이 결혼 50주년 기념일 날 손님들 앞에서 행복한 결혼 생활의 비밀에 대해 이렇게 말했다. "나는 결혼한 그날부터 남편의 열 가지 결점을 꼽았어요. 행복한 결혼 생활을 유지하기 위해서 그 열 가지 결점 안에서는 무엇이든 용서해주기로 나 자신과 약속했죠."

누군가 물었다. "그 열 가지가 대체 뭐죠?"

그러자 그 부인이 대답했다. "솔직히 고백하자면, 지난 50년 동안 나는 그 열 가지 결점을 구체적으로 나열한 적이 없어요. 그저 남편이 어떤 잘못을 저지르는 즉시 내 자신에게 말하는 거죠. 한 번만 봐주자, 저 잘못은 내가 용서할 만한 열 가지 결점 중 하나일 거야, 라고."

많은 사람들이 상대방을 이해하고 포용하며 배려하는 법을 모르는 모난 성격 탓에 돌이킬 수 없는 아쉬움을 남긴다.

가정은 시시비비를 가리는 곳이 아니다. 하지만 많은 사람들이 싸움에는 이기나 사랑에는 실패한다.

04

성깔 없는 사람은 없다. 내 마음 같지 않은 일이나 썩 유쾌하지 않은 일에는 누구나 본능적으로 불량한 정서를 가지기 마련이다.

이를 테면 어릴 적 우리는 기분이 안 좋을 때면 생떼를 쓰고 신경

질을 부렸다. 부모님이 우리가 원하는 것을 주지 않으면 바닥에 누워 발버둥을 치며 우렁찬 울음소리로 반항심을 표시했다.

그러다가 점점 크면서 깨닫게 된다. 불합리하고 불공평한 일을 마주할 때 성질을 부리는 것은 아무 소용이 없다고. 이는 내 기분을 상하게 할 뿐만 아니라 일도 점점 망쳐버린다는 것을.

사회생활을 하면서 가혹한 상사나 냉정한 동료, 포악한 고객들을 만나면 마음을 다스리고 능력을 키우는 계기로 삼아야 한다. 그렇지 않으면 그 직장을 떠나는 수밖에 없다.

인생을 살면서 사람들이 나에 대해 이러쿵저러쿵 떠들거나 무시하고 때론 함부로 대하면서 내 한계를 시험할 때는 그들과 이길 때까지 싸울 것이 아니라면 평화를 위해 조금 양보한들 또 어떤가?

망가진 물건은 새로 사면 된다. 하지만 잘못 뱉은 말로 마음을 상하게 하는 것은 마치 벽에 못을 박는 것과 같다. 다시 빼낸다 해도 완벽히 처음과 같은 모습으로 돌아갈 수는 없는 것이다.

우리는 계속 살아가야만 하기에 온종일 성난 사자처럼 있을 순 없다. 사실 많은 일들에 있어서 누가 경하고 중한지, 맞고 틀린지, 필요한지 아닌지는 마음속으로 이미 알고 있을 것이다.

기억하라. 쉽게 분노하지 않는 것은 어른의 기본 소양이라는 것을!

제 2 장

모든 인생에는 저마다의 리듬이 있다

원하는 게 무엇이든 하고 싶은 게 무엇이든
제일 먼저 할 일은 나 자신을 공부하는 것이다.
다른 사람의 말 한마디, 행동 하나에
이리저리 휩쓸리지 않도록 말이다.

가장 열심히 살던 청년이 실직하다

01

어제 sns 친구 중 가장 열심히 살던 그 친구 B가 실직했다는 소식이 들려왔다. 나는 조금 의아했다. 상식적으로 말이 안 되었다. 왜냐하면 sns 속 B는 매일같이 야근을 하며 바쁘게 살고 있었기 때문이다.

B는 매일 아침 6시가 되기도 전에 하루의 시작을 알렸다. '아침 일찍 일어나 출근하는 길. 새로운 하루도 열심히!' 오후에는 사무실에서 컵라면을 먹으며 자료를 정리하고 보고서를 작성하는 사진을 올리고, 저녁 9시 넘어서는 또 한 번 활기 넘치는 사진과 함께 오늘도 야근을 하지만 젊은 시절에 이 정도 고생은 당연하다는 말들이 올라왔다.

그런 모습을 보고 많은 사람들이 B를 무척 진취적으로 사는 젊은이라고 생각했을 것이다. 언젠가는 반드시 보상받을 날이 올 거라고.

하지만 현실 속의 B는 한 회사에 몸담고 있는 8년이라는 시간 내내 업무적인 발전이 없을 뿐만 아니라, 시야가 넓어지지도 기술이 좋아지지도 않은, 그저 일개 장기근속자일 뿐이었다. B가 뽐내던 모든 노력은 그저 수박 겉핥기식으로 대강 해치운 것에 불과했다.

sns를 하다보면 기필코 다이어트에 성공하겠다고 굳은 다짐을 하는 사람들이 많이 보이는데, 그중 진짜 살을 빼는 사람들은 극히 드물다. 그들은 카메라 앞에서 매 끼 무엇을 먹었는지, 운동을 얼마나 했는지, 주린 배를 부여잡고 얼마나 버텼는지를 생생하게 기록하지만, 카메라 뒤에서는 여전히 소파에 널브러져 간식에 야식까지 두둑이 챙겨 먹는다. 그러다 체중이 줄지 않으면 지금껏 찍어놓은 사진을 꺼내 보며 '나는 원래 물만 마셔도 금방 살찌는 체질이야'라고 자기 위안을 삼는다.

또 어떤 사람들은 자신을 '독서를 좋아하는 문학청년'이라고 소개하면서 땅거미가 내려앉은 저녁 시간만 되면 노란 스탠드 불빛이 켜진 책상 위에 유명한 세계 명작 도서를 놓고 사진을 찍어 올린다. 하지만 사진 촬영이 끝나기가 무섭게 휴대전화를 책 위에 내팽개치고 이를 '독서'라는 아름다운 이름으로 포장한다.

사람들에게 sns가 생긴 후로 노력이란 열심히 하지 않아도 뽐낼 수 있는 일이 되어버렸다는 말을 들은 적이 있다. 당신이 가진 모든 힘과 시간을 이런 'sns용 노력'에 쏟아부으면 언제든 나와 남을 감동시킬 수 있는 것이다. 하지만 실제로 당신은 sns로 보는 것만큼 성실히 노력한 적이 없기에, 그 최선을 다한 것처럼 보이는 사진들은 사실 자신을 속이기 위한 허상에 불과하다.

02

예전에 패키지여행을 한 적이 있는데, 많은 여행객들이 유명 관광지에 도착해 그곳의 아름다운 풍경과 독특한 문화를 감상하기도 전에 마치 경쟁하듯 앞 다투어 자리를 선점한 뒤 여러 각도로 사진부터 찍었다. 그것으로 '내가 여기 왔다갔다'는 것을 증명하려는 듯이 말이다.

그들은 동행한 가이드의 생생한 설명도 귀담아 듣지 않고 그저 고개를 파묻은 채 사진을 보정하는 데 여념이 없었다. 그러고는 sns에 어떤 식으로 올려야 예뻐 보이면서도 특별히 신경 쓰지 않은 척할 수 있는지 고민하고 또 고민했다.

그들은 명소에 가는 족족 사진을 찍고, sns에 올렸다. 마치 sns에서 사람들의 주목을 받아야만 이 풍경들이 헛되지 않는다는 듯이.

식사 시간이 되었을 때에는 이미 모두 지치고 배고파 하늘이 노랗게 보일 정도였다. 그러나 김이 모락모락 나는 음식들이 식탁 위에 오르자 또다시 "잠깐!"을 외치며 사진을 먼저 찍고 나서야 먹기 시작했다.

그날 식탁에는 그 지역의 특색 있는 음식들이 아주 많았다. 하지만 sns에 푹 빠진 그 여행객들은 그 음식들을 진지하게 맛볼 수 없었다. 그들의 만족감은 오로지 sns의 '좋아요'와 댓글로만 채울 수 있었을 테니 말이다. 댓글을 달아주는 사람이 아무도 없을 때면 그들은 마치 음식 맛에 문제가 있는 것처럼 금세 풀이 죽었다.

이렇듯 여행지에서 진짜 풍경이 아니라 카메라 속에 완벽하게 보정된 사진만을 보는 사람들이 얼마나 많을까. 그들에게는 맛있는 음식

또한 그저 친구들에게 뽐내는 도구에 불과했다. 사실, sns 속 사람들은 전부 환상적이고 이상적인 삶을 사는 것처럼 보이기도 한다. 그러나 현실은 막막하기 그지없다.

요즘 많은 사람들이 다른 사람에게 보여주기 위한 인생을 살아가는 것 같다. 자신의 인생은 늘 순풍에 돛 단 듯 잘 나가기만 하고, 온갖 꽃구경에 산해진미를 먹으며 어디든 갈 수 있는 것처럼 말이다.

하지만 현실 속 그들은 문밖에 핀 장미꽃 향기도 제대로 맡아본 적 없고, 평범한 집밥 한 끼 먹을 생각도 없다. 휴대전화에 기록된 이동 경로는 집에서 회사까지가 전부다.

03

최근 사촌 언니는 남편과 사이가 좋지 않아 언제부턴가 결혼 생활을 유지하기 아슬아슬한 정도까지 와버렸다고 말했다. 언니의 말을 듣는 즉시 나는 저번 달에도 sns에 애정이 넘치는 사진을 올리지 않았느냐고 물었다.

내 말에 언니는 허탈하다는 듯이 대답했다. "sns에 올리는 사진이 문제가 아니야. 중요한 건 우리가 진짜 그런 사이냐는 거지. 남편은 기념일에만 꽃 선물을 들고 와. 자신이 얼마나 우리 가정과 아내를 사랑하는지 증명하기 위해서. 사실 평소에는 나한테 눈길을 주거나 나를 보호해주는 일 따위 없는, 마치 목석 같은 사람이거든. 사람들은 기념일에 남자친구에게 크고 비싼 선물을 받는 걸 부러워하지만, 나는 오히려 그렇게 과시하지 않아도 좋으니 평소에 사랑을 느끼게 해주었으면 좋겠어."

언니는 언젠가 시어머니가 하신 말씀을 떠올렸다. 아들이 sns에서만 얼마나 엄마를 사랑하는지 표현하는 건 사실 자신에겐 필요 없다고. sns에 올리는 것처럼 실제로도 시간을 내 자신을 보러 와주길 바란다고.

언니의 시어머니는 홀로 다른 도시에서 살고 계신데, 그다지 멀지 않음에도 남편은 늘 일이 바쁘고 피곤하다거나 시간이 없다는 등 각종 핑계를 대며 잘 가지 않는다고 한다. 하지만 sns상에서 보이는 남편의 모습은 그렇게 효자일 수가 없다.

다음과 같은 이야기가 있다.

한 노인이 오래된 휴대전화를 가지고 AS센터에 방문했다. 수리기사는 휴대전화를 살펴본 후 노인에게 고장 나지 않았다고 알려주었다. 그러자 노인은 낙담한 눈빛이 되더니 돌연 눈물을 뚝뚝 흘렸다. "휴대전화가 고장 나지도 않았는데 어째서 내 자식들에게 전화가 걸려오지 않는 거요?" 노인은 휴대전화를 들고 쓸쓸히 AS센터를 나섰다.

sns 속에서만 자신이 사랑하는 사람들에게 꽃을 바치고 사랑을 고백하고 무수히 다정한 말들과 함께 보고 싶다고 말하지만, 현실 속에서는 사랑도 관심도 표현하지 않는 사람들이 얼마나 많을까.

많은 사람들이 과시하는 애정은 금방 식는다고 말한다. 실은 애정을 과시해서 식는 것이 아니라, 원래부터 그만큼 사랑하지 않는 것일수도 있다. sns상에서 어버이날을 꼬박꼬박 챙기는 사람들의 효심이 단지 sns 속 한정인 경우도 많다.

sns 속 우리의 삶은 천지가 개벽할 변화들로 가득하며, 무궁무진한 방법으로 자신의 희로애락과 모든 생각과 감정을 표현하고 있다. 그러나 그 sns가 우리의 진짜 삶인 것은 결코 아니다. 그것은 그저 일개 표현 수단에 불과하며, 우리 삶의 전부라고 할 수 없다.

첫째, 우리의 노력은 sns에 있지 않다.

우리는 늘 어떤 일을 시작하기 전부터 세상에 우리의 계획과 꿈을 떠벌리고 싶어 하지만, 실제로 성실하게 노력해 자신이 원하는 삶을 쟁취하는 데 성공하는 사람은 얼마 되지 않는다.

그래서 사람들은 약간의 고생이나 억울함, 안 좋은 감정들을 겪는 즉시 그런 상처받은 자신의 모습을 sns에 전시한다. 심지어 노력의 정도를 과장해 사람들에게 자신이 충분히 노력하고 있는 것처럼 보이려 애쓰기도 한다. 설령 나중에 목표를 달성하지 못하더라도 그럴 만한 이유가 있는 것처럼 보이기 위해서 말이다.

우리는 자신을 너무 쉽게 방치하고, 너무 쉽게 만족한다. 노력이란 사실 뽐내기 위해서 하는 것이 아니다. 진정으로 뽐낼 가치가 있는 것은 노력 이후의 결과다.

둘째, 우리의 삶은 sns에 있지 않다.

최근 많은 사람들이 자신의 sns는 열심히 꾸미면서, 정작 현실 속 인생은 개선시키려 노력하지 않는 탓에 모든 미각과 후각 그리고 지각능력을 점점 잃어간다. 그들의 다채로운 삶의 모습은 사진을 자르거나 이어 붙여 보정한 결과물에만 존재할 뿐이다. 심지어 이제는 조용히 앉아 오롯이 음식에만 집중하는 시간, 마음을 열고 눈앞의 풍경을 즐기거나 조용히 아름다운 노래 한 곡을 듣는 것마저도 어려워졌다.

'공유'란 일종의 미덕이다. 하지만 삶의 아름다움은 나 자신이 진심으로 느낀 후 다른 사람에게 공유했을 때 그 의미가 있다.

셋째, 사랑은 sns에 있지 않다.

사랑에는 올바른 표현과 그에 걸맞은 의식이 필요하다. 애정을 과시하거나 표현하는 일은 사실 좋은 습관이다. 그러나 현실 속에서 가족이나 애인에게 사랑을 표현하는 방식과 sns에서 표현하는 방식이 똑같이 진실하고 열렬해야만 그 의미가 있는 것이다.

〈응답하라 1988〉에 이런 말이 나온다.

'아무도 모르고, 본인도 표현하지 않았지만 그래도 정환은 덕선을 좋아했다. 덕선을 위해 남몰래 많은 일들을 해온 정환의 사랑은 그 누구보다도 작지 않았다.'

당신의 인생이 당신의 sns만큼 다채롭고 재미있었으면 좋겠다. 당신이 sns에 전시하는 그 아름다움이 전부 당신이 진심으로 감동받은 것들이었으면 좋겠다. 당신의 sns 속 이상적인 그 삶과 마찬가지로 현실 속 인생도 소홀하지 않았으면 좋겠다.

용감하라, 한 번도 힘들지 않은 것처럼

01

며칠 전 은행에 다니는 친구를 만나러 갔다가 은행 로비를 닦고 있는 청소 아주머니를 보았다.

친구가 말했다. "저 아주머니 통장에 수백억 원이 있다고 하면 믿어지니?"

그 말을 들은 나는 매우 놀랐다. 결코 그렇게 보이지 않았기 때문이다.

친구의 말은 사실이었다. 아주머니의 예전 집이 재개발되면서 적지 않은 보상금을 받게 되었다는 것이다. 그 아주머니는 사실 농촌에 살던 주부였다.

문화 수준도 낮고 글자도 배우지 못했으며 정식 직업도 없었지만, 아주머니는 매일같이 아침 일찍 일어나 밤늦게까지 밭일을 하고 집에 돌아가서는 산더미 같이 쌓여 있는 집안일을 해치웠다.

그런 소소한 일상들로 눈코 뜰 새 없이 바쁜 아주머니는 몸은 고단할지언정 매우 충실한 나날을 보냈다. 그러나 보상금을 받고 이사를 하게 된 이후 돈이 생긴 대신 할 일이 없어져버렸다. 갑자기 삶의 보람과 의욕을 잃게 된 것이다.

아주머니는 온종일 집에서 앉지도 서지도 못한 채 따분한 시간을 보냈다. 그러다보니 언제부턴가 공허감이 생기기 시작했다.

그러던 중 은행에 왔다가 구인 공고문을 보게 되었고, 그렇게 지금까지 청소부로 일하고 있는 것이다.

아주머니의 아들이 몇 번이나 일을 그만두고 집에서 쉬라고 권했지만 그때마다 이렇게 말했다. "집에서 쉬는 게 더 고생스러워."

현재 아주머니는 은행 청소부 일을 하면서 시간을 보내고 있는 동시에, 자신이 그저 노는 사람이 아니라 최소한 이곳에서는 쓸모가 있는 사람이라는 존재감도 가지게 되었다.

나에게는 대학 졸업 후 줄곧 집안에만 틀어박혀 있는 친한 동생이 하나 있다. 그 녀석이 매일같이 하는 일이라곤 먹고 싸고 게임하고 멍하니 시간을 죽이는 일뿐이다. 그런 일상이 매우 소탈하고 자유로워 보일지 모르나 실질적인 삶의 질은 현저히 떨어진다. 그래서 갈수록 성질은 거칠어지고 성격도 과격해지더니 점점 우울한 사람으로 변해갔다.

아마도 많은 사람들이 할 일이 없는 인생이야말로 가장 행복한 인생이라고 생각할지도 모르지만, 사실은 그와 정반대다. 할 일이 없는 인생은 순조롭게 흘러갈 수 없을 뿐만 아니라 수많은 문제를 야기한다.

청나라 문인 서영徐榮이 쓴 시 「권민勸民」에 다음과 같은 글이 있다.

'한가한 이의 정신은 맑지 않지만, 노동한 이의 체력은 가히 실하다.'

사실 노동이란 일종의 수행이다. 책임도 없고 할 일도 없으며 하려 하지도 않는 사람들은 일단 쉬기 시작하면 뭘 해야 할지도 모르게 될 뿐만 아니라, 이로 인해 수많은 사건 사고, 나쁜 습관과 버릇이 생기기 쉽다.

인간의 삶이란 오로지 노동으로 인해 그 가치가 생긴다. 이는 체력적인 것일 수도 있고 정신적인 것일 수도 있다.

우리가 아무리 부유해도 매일 먹고 노는 일에만 관심을 가지고 아무 일도 하지 않는다면 인간으로서의 가치를 상실하는 것이다.

02

우리 동네에 왕 아주머니라는 분이 살고 계신다. 사람들은 아주머니를 썩 달가워하지 않는데, 사람들에게 쓸데없는 소문을 퍼뜨려 자주 시비가 붙기 때문이다.

전업주부인 아주머니는 집안일을 제외하면 딱히 할 일이 없는, 매우 무미건조한 일상을 보내고 있다. 그래서 다른 집 속사정이나 안 좋은 일, 심지어 꾸며내서까지 재미삼아 떠벌리고 다닌다.

처음에는 주변 이웃들 모두 아주머니를 상대해주지 않았다. 그러자 시간이 지날수록 아주머니는 점점 더 큰 화젯거리를 몰고 오거나 사실을 왜곡하는 일들까지 서슴지 않았다.

한 번은 아주머니가 이웃집 아저씨가 바람을 피우고 있다고 거짓 소문을 퍼뜨린 적이 있다. 이 때문에 이혼 직전까지 갔던 이웃집 부부가 나중에 아주머니를 찾아와 한바탕 난리가 나기도 했다.

이런 일로 남편조차 아주머니를 기피했다. 아주머니는 남편이 30분만 늦게 퇴근해도 집을 쑥대밭으로 만들었다.

남편이 아무리 야근하느라 늦었다고 설명해도 귓등으로도 듣지 않으며 고집스럽게 남편이 거짓말을 하고 있다고 여겼다. 남편이 하는 말 하나하나, 일 하나하나가 모두 의심스러워 보이기만 했다.

이에 참다못한 남편이 어느 날 아주머니에게 이혼을 요구했다. 주변 친구들이 말리지 않았더라면, 일찍이 각자의 길을 갔을 터였다.

언젠가 이런 글을 본 적이 있다. 어느 유명한 사업가가 자신을 너무 의심하는 아내 때문에 친구들에게 고민 상담을 했다. 아내가 시도 때도 없이 전화를 거는데, 받지 않으면 받을 때까지 멈추지 않아서 꼼짝 못 하겠다고 말이다.

그러자 다들 이렇게 말했다. 아내를 충분히 안심시켜주고, 더 많이 사랑하라고. 여기서 단 한 사람만이 정곡을 찔렀다. 아내에게 할 일을 주라고, 정당한 일이라면 무엇이든 상관없으니 너무 한가하게 두지만 말라고 말이다.

인생에서 너무 할 일이 없는 것도 썩 좋은 일만은 아니다.

첫째, 할 일이 없으면 쉽게 말썽을 일으킨다. 남들에게 피해를 주는 것뿐만 아니라 자기 자신의 마음도 우울하게 만든다.

둘째, 너무 한가하면 온갖 잡생각이 떠오른다. 그러다보면 하찮은 일에 집착해 사소하고 보잘것없는 일에 정신을 몰두하게 된다. 이 때문에 나와 다른 사람들의 마음까지 불편하게 만든다.

03

친구 R은 매우 안정적인 직장에 다니고 있었다. 비록 월급이 많진 않았지만 혼자 살아가기에는 아무 문제없었다.

하지만 결혼과 동시에 직장을 그만두고 전업주부가 되었다. 처음에는 매우 윤택한 시간을 보냈다. 매달 남편에게 받는 생활비가 제법 넉넉해서 집안일에 쓰고도 많이 남았다. 그래서 하루가 멀다 하고 새로운 옷과 신발, 화장품 등을 살 수 있었다. 다른 주부들에게는 꿈에서나 바라볼 이런 일상이 당시 R에게는 식은 죽 먹기였다.

하지만 그런 날은 오래 가지 않았다. 남편이 바람이 나 R에게 이혼을 요구했기 때문이다.

당시 아무런 마음의 준비도 되어 있지 않았던 R은 남편에게 끈질기게 매달리며 장장 3년 동안 소송을 진행했지만 결국 이혼했다.

우리는 R이 이 난관을 극복할 수 없을 거라고 생각했다. 이혼 후 경제적 지원이 사라진 R 역시 정신적 지주를 잃은 듯했다.

R은 자포자기한 상태로 집안에만 틀어박혀 시간을 보냈다. 그러는 동안 일상은 점점 더 엉망이 되어갔다. 결국 주의를 다른 곳으로 돌리고 자신의 힘으로 다시 일어서기 위해, 매일 아침 만두 가게에서 일하고 오후에는 훠궈 가게에서 일손을 도왔다. 그러다보니 R의 하루는 매일 새벽 다섯 시에 시작해 밤 열 시까지 쉴 새 없이 바쁘게 돌아갔다.

일 년 후, R은 완전히 다른 사람이 되어 있었다. 막 이혼했을 때 했던 우울한 말들은 입에 담지도 않고, 목 놓아 우는 일도 더 이상 없었다. 이제 혼자서도 자신을 보살필 수 있는 능력이 생긴 것이다.

R은 이것이 전부 할 일이 생긴 덕분이라고 말했다. 매일같이 정신없이 바쁘게 시간을 보내다보면 마음 아픈 일이 생겨도 그 아픔에 함몰되어 있을 시간이 없다는 것이다.

그래서 감정적으로 한가한 사람일수록 더 쉽게 타인에게 의지하게 되고, 더 쉽게 안정감을 상실하게 된다.

드라마 〈아적전반생我的前半生〉에 이런 대사가 있다.

'사람이 너무 한가해도 못 써. 할 일이 있어야지. 그래야 답답함에 빠지지 않을 수 있고, 중요한 순간에 아무 데도 의지할 곳 없어 쓰러지지 않도록 자신을 구할 조그만 힘도 생기는 거야.'

또한 할 일이 있어야만 충실한 삶을 살 수 있다. 이는 인생의 큰 좌절이 찾아왔을 때 고통을 줄여준다. 할 일이 있다는 것은 삶을 한층 여유 있고 침착하게 살아갈 수 있는 충분한 힘을 준다.

04

한가함이 곧 행복이라고 생각한 적도 있었다.

한가한 인생이란 더 이상 고생스럽게 일하지도 않고 편한 공간에서 손 하나 까딱하지 않는 인생이라고 생각했기 때문이다.

하지만 현실이 우리를 일깨워준다. 그 한가함 속에는 너무도 많은 나쁜 점들이 숨어 있다고.

직장에서는 한가할수록 곧 가치가 없다는 뜻이다.

소설가 심종문沈从文의 작품 『변성边城』에 다음과 같은 구절이 나온다.

'삶이 너희를 헛되이 하지 않듯이, 너희도 삶을 헛되이 해선 안 된다. 내 일생에 가장 두려운 일이란 한가해지는 것이다. 한가해지는 즉시 인생의 모든 의미가 사라질 것이다.'

일상에서 무료함과 무기력함이란 전부 너무 한가하기 때문에 생기는 문제다. 사람이 시간과 정신을 의미 있는 일에 쓰지 않으면 평행이 깨지기 쉽기 때문이다.

진나라 명장 도간陶侃은 해직 후 집으로 돌아와 할 일이 없어지자 벽돌을 나르기 시작했다. 새벽같이 일어나 벽돌 백 장을 방 안에서 방 밖으로 옮긴 뒤, 날이 지면 다시 그 벽돌 백 장을 방 밖에서 방 안으로 들였다.

벽돌을 옮겨야 한다는 핑계로 할 일을 만들어 우울과 무기력을 예방한 것이다.

감정적으로 사람은 일단 한가해지면 자신을 보살필 능력을 상실하고 다른 사람에게 의지하게 된다. 내가 의지한 산이 제아무리 거대해도 내 두 발로 설 수 없다면 결국 인간으로서 응당 지니고 있어야 할 존엄과 자유, 그리고 선택권이 없는 것과 같다.

젊어서 고생은 사서도 한다

01

한 친구가 창업을 해 인턴을 한 명 뽑았다.

며칠 전 퇴근 후, 중요한 고객이 갑자기 자료를 보고 싶다고 해서 친구는 그 인턴에게 약간의 잔업을 부탁했다. 그러자 인턴은 명확하게 거부 의사를 밝혔다.

사실 친구 회사는 직원에게 그런 부탁을 하는 일이 매우 드물고, 추가 수당도 정확하게 지급한다.

그런 인턴의 태도에 문제가 있다고 생각한 친구는 다음 날 면담을 하려고 했다. 그런데 친구가 입을 열기도 전에, 인턴이 먼저 사직서를 제출했다. 근무시간 이후에는 업무를 할 수 없다고 했다.

친구는 호탕하게 인턴의 뜻을 받아들임과 동시에 한때 함께 일했던 사람으로서 좋은 마음으로 인턴에게 충고했다. "언젠가는 알게 될 거예요. 힘들지 않은 일은 없다는 것을."

인턴은 그 말을 들은 체도 않고 미련 없이 떠났다.

누군가 말했다. 요즘 젊은이들은 조금의 수고로움도 참지 못하고 쉬운 일만 하려고 한다고. 자신이 손해 보거나 억울하다는 생각이 들면 곧바로 다른 직장을 알아보려 해서 일에 전념하지 못한다고 말이다.

우리는 열심히 삶을 개척해나가는 나이에 있다. 안주할 생각만 해서는 안 된다. 잠시나마 편하고자 하는 그 선택 때문에 미래의 당신은 아무 역할도 맡지 못할지 모른다.

중년이 되어 어쩔 수 없이 무거운 책임감으로 중책을 짊어지고 한 가정을 이끌어나갈 때가 되면 알게 될 것이다. 과거 게으름 피운 대가가 이자까지 붙어 당신에게 전부 되돌아온다는 것을.

만약 이제라도 일어나 따라잡기 시작한대도 늦진 않았겠지만 여전히 치러야 할 대가가 있을 텐데, 어째서 아직도 죽을 날만 받아놓은 사람처럼 앉아 있는가.

02

나는 한때 굉장히 폐쇄적으로 시간을 보낸 적이 있다. 당시 직장은 바쁘지도 않고 힘든 일도 없었다. 사는 데 힘든 일이나 고민도 없었다.

당시 나는 시간이 너무 많아 주체를 못 할 정도였다. 매일 퇴근하고 집에 오면 좋아하는 영화나 드라마를 보거나 쇼핑을 하러 갔다.

주말에는 해가 중천에 뜰 때까지 늘어져 잠만 자다가 종일 침대 안에서 휴대전화만 만지작거렸다.

처음엔 이런 생활이 꽤 만족스러웠다. 아무 고생 없이 사는 삶이란

이 얼마나 윤택한가. 하지만 그러는 동안 주변 또래들과 점점 차이가 나는 게 느껴졌다. 그렇게 도저히 따라잡을 수 없을 지경에까지 이르자 그제야 정신이 들었다.

그때 내 sns에는 출중한 능력을 인정받아 승진을 하고 월급도 많이 받는 동창, 유학 중인 친구, 창업에 성공해 부모님께 집을 사드린 지인 등으로 가득했다.

마치 마른하늘에 날벼락을 맞은 듯 공포와 불안이 엄습했다. 내 인생만 이대로 끝나버릴 것 같았다.

나는 젊은 시절 그토록 많은 시간을 아무 의미 없는 일에 쏟아부은 것에 시종 창피함을 느낀다. 하지만 다행힌 것은 각성이 너무 늦지는 않았다는 것이다.

나는 또한 내 나이와 경력에 깊은 위기감을 느낀다. 비록 매일같이 쉼 없이 달려왔지만, 그래서 지치기도 했지만, 만약 지금 멈춘다면 앞으로 다시는 이를 만회할 기회가 오지 않을지도 모른다.

어쩌면 잠깐의 안일함이 그때만큼은 삶을 편하게 만들어줄지도 모르지만, 그 순간이 지나고 나서부터는 고통과 고민, 과거에 대한 후회로 가득할 것이다.

03

한 청년 작가를 만난 적이 있다. 그 작가는 과거 대학 강사였는데, 마음속에 품은 꿈을 위해 과감하게 그만두고 고향으로 돌아와 프리랜

서가 되었다.

그러다 그 작가의 노력과 성실, 출중한 실력과 영향력을 알아본 한 여행 회사의 CEO가 경제적 지원을 해준 덕분에 민박집을 열 수 있었다.

작가는 낮에는 그 민박집에서 각지의 여행객들을 맞이하고, 남는 시간에는 책을 읽고 글을 썼다. 또한 인터넷 촬영 수업을 개설하고 디자인 작업실을 만드는 등, 그야말로 멀티플레이어가 되었다.

그러는 몇 년 동안 작가는 집안에 있던 빚을 모두 갚으면서 재정문제에서 진정한 자유를 얻었다. 게다가 작년에는 자신만큼 훌륭한 여행가를 만나 백년가약을 맺기도 했다.

많은 사람들이 바라 마지않는 물건, 직업과 사랑 그리고 꿈까지 서른도 되기 전에 모두 가진 것이다.

어쩌면 그 작가가 유독 운이 좋았다고 말하고 싶은 사람도 있을 것이다. 하지만 누군가는 알고 있다. 지금과 같은 삶을 살기 위해 매일같이 얼마나 전투적으로 살았는지. 늦잠 한 번 안 자고 게으름 한 번 피우지 않으며, 매일 새벽부터 밤늦게까지 분초를 다투는 하루를 보내다 온몸이 녹초가 되어 침대에 쓰러졌다는 것을.

사람은 누구나 젊은 시절엔 내 앞을 비추어주는 햇살이 영원할 것으로 생각하기에 자유롭게 노닐며 무지몽매한 나날들을 보내기도 한다. 그러다 개구리가 끓는 물에서 서서히 익어가는 것처럼 도망치고 싶으나 그럴 힘조차 없을 때야 깨닫는다. 현재 내가 맞닥뜨리는 모든 함정이 실은 과거의 내가 직접 파놓은 것임을.

04

인터넷에서 이런 말을 본 적이 있다.

'여행도 가지 않고, 모험도 하지 않고, 장학금을 받으려 애쓰지도 않고, 그렇게 익숙한 길만 가려 하면서 종일 휴대전화로 메시지나 주고받고 sns 새로고침이나 하고 인터넷 쇼핑과 게임에 빠져서 80살에도 충분히 할 수 있는 일만 하면서 지낸다면, 당신의 청춘은 무슨 소용입니까?'

응당 공부해야만 하는 시기에 게으름을 피우면, 나중에 그 지식으로 입신양명해야 할 때 고작 단어를 덜 외웠다는 이유로, 작문을 덜 하고 책을 덜 읽었다는 이유로 잔인하게 거절당할 것이다.

응당 일을 열심히 해야 할 시기에 잔꾀를 부리면, 나중에 실력으로 한 발 더 나아가야 할 때 고작 잔업을 덜 했다는 이유로, 일을 덜 하고 업무를 덜 마무리했다는 이유로 한계에 부딪혀 제자리걸음을 하게 될 것이다.

응당 자신을 발전시켜야 할 시기에 지름길을 택하면, 나중에 나만의 장기로 좋은 결과를 내려할 때 고작 피아노 연습을 덜 했다는 이유로, 발표 연습을 덜 하고 발음 연습을 덜 했다는 이유로 눈앞의 기회를 허무하게 날려버리게 될 것이다.

젊은 시절은 치열하게 살기 가장 좋은 시기다. 만약 이 시간들을 소중히 여기지 않은 채 고생도 노력도 하지 않으려고만 한다면, 인생의 후반기에는 이 모든 것이 눈덩이처럼 불어나 있을 것이다. 그 눈덩이는 피하려 하면 할수록 불어나 언젠가는 당신이 더 이상 앞으로 나아가지 못하게 만들어버릴지도 모른다.

행운에만 기대어 이 세상을 살아갈 수 있는 사람은 없다. 억지를 써서 이상적인 인생을 이룰 수 있는 사람도 없다. 손 하나 까딱하지 않고 원하는 것을 가질 수 있는 사람 역시 절대 존재하지 않는다.

대문호 톨스토이는 이렇게 말했다.

'행복은 외부에 그 원인이 있는 것이 아니라, 외부 세계를 보는 우리의 태도에 있다. 고통을 참고 노력할 줄 아는 사람은 행복하지 않을 도리가 없다.'

젊음의 가장 큰 의미는 바로 고군분투할 수 있다는 것이다. 하지만 만약 이 좋은 나이에 안일함을 선택한다면 남은 생은 빈털터리로 무능하게 살아갈 수밖에 없다.

인생의 후반기에 운명의 가장 잔인한 계획을 그저 수동적으로 받아들이며 살아가지 않기 위해서, 젊은 시절 주동적으로 자신의 인생을 써나가는 게 어떨까.

노력은 모든 방황을 묻어두기 위함이다

01

친구 S가 내게 전화를 해서 매우 억울하다는 듯이 말했다. 최근 직장 동료 O의 월급이 올랐는데 자신은 그대로라는 것이다.

나는 친구의 마음을 이해할 수 있었다. O는 지각을 밥 먹듯 하고 상사에게 말대꾸도 서슴지 않으며 심지어 조금이라도 마음에 안 들면 바로 씩씩대며 회사를 그만두겠다고 하는 사람이다.

반면 S는 매일같이 가장 먼저 출근해 가장 늦게 퇴근하는 사원이다. 상사와 동료 그리고 고객들에게도 늘 예의를 갖추며 설령 억울한 일을 겪더라도 그만두겠다고 화를 내기는커녕 늘 참는 편이다.

그러니 아무리 생각해도 이해할 수 없는 것이다. 분명히 O보다 자신이 훨씬 규범을 중시하고 근면 성실한데, 매번 보너스를 받거나 업무평가를 할 때마다 어째서 O를 이길 수 없는 것일까?

사실 S는 O의 업무상 단점만 보느라 가장 중요한 점을 놓치고 있었다. 바로 O의 업무 성적이 줄곧 회사에서 손꼽힐 정도로 우수하다는 것이다. O는 부동의 판매왕 자리를 지키고 있었다.

S는 겉보기엔 매우 노력하며 사람들과도 잘 지내는 것처럼 보이지만, 업무 성적은 그만큼 좋지 못해서 회사에 실질적인 이익과 가치를 가져다주지는 못하고 있었다.

나도 예전에 이런 동료가 있었다. 그 동료는 매우 직설적인 성격이라 많은 사람들에게 미움을 샀다. 그런데 사람들이 상사에게 아무리 건의를 해도 상사는 그 동료를 자를 생각을 하지 않았다. 이에 사람들은 상사가 동료의 뒤를 봐주는 거라고 생각하기도 했다.

나 역시 처음엔 동료의 배후에 엄청난 인물이 있을 거라고 생각했다. 그러다 동료가 이직하고 나서야 알게 되었다. 사실 이 회사에 동료의 배후 같은 것은 처음부터 존재하지 않았다는 사실을. 동료는 매우 전문적이며 희소한 기술을 가지고 있었는데 마침 이 회사가 그 기술이 꼭 필요해 상사들이 그토록 아낀 것이었다.

많은 사람들이 직장을 인간성이 매우 중요한 곳으로 여긴다. 인간성이 좋지 않은 사람은 출세하기 어려울 거라고 말이다.

사실 자세히 관찰해보면, 일하는 데 있어 꼭 필요한 능력이 있는 사람은 성격이 조금 좋지 않거나 화를 좀 잘 내거나 조금 제멋대로 군다고 해도 얼마든지 자신의 자리를 지킬 수 있다.

그러나 성격이 원만하고 상사들에게 예쁨받으며 동료들과도 사이 좋은 사람은 일단 인원 감축이나 감봉 또는 환경을 바꾸어야 할 상황이 오면 제일 먼저 '잘리는' 대상이 된다.

물론 직장이 완전히 실력 위주라고는 할 수 없다. 그러나 보통 사람

입장에서 내 입지를 자유로이 할 수 있는 힘을 가지고 싶다면 먼저 실력을 키우는 것이 우선이다.

02

언젠가 나는 운이 좋게도 인터넷에서 매우 유명한 작가와 sns 친구를 맺게 되었다. 그후 알게 되었는데, 그 작가가 게시물을 올리면 아무리 평범하기 그지없는 글이라도 '좋아요'와 댓글 수가 수백 개씩 달리는 것이다. 게다가 전부 그 작가를 찬양하는 내용이다.

사실 나는 그 모습이 썩 달갑지만은 않았다. 우리는 공통된 친구가 많았는데 내가 보기에 다른 작가들이 아무리 훌륭한 글을 올리거나 그 어떤 눈부신 성과를 얻어도 그 작가는 '좋아요' 한 번, 댓글 하나 달지 않았기 때문이다.

상식적으로 가는 게 있으면 오는 게 있어야 하지 않는가. 예를 들어 내가 당신의 글에 '좋아요'를 자주 누르면 당신 역시 내가 올린 게시물에 최소한의 성의는 표시하지 않느냔 말이다. 그러나 이 작가에게 그런 식으로 사람들의 환심을 사는 일이란 조금도 필요치 않은 듯 보였다.

sns상의 사람들은 그 작가가 올리는 일거수일투족, 말 한마디, 글자 한 자를 전부 칭찬하고 떠받들어주는 등 즉각적으로 좋은 반응을 보였다. 이는 그 작가가 올린 게시물이 그만큼 훌륭해서라기보다 작가 자체가 가지고 있는 영향력과 실력 덕분인 듯했다.

그런가 하면 내 친구 T는 늘 자신이 어느 유명 사진작가, 모 기업의 대표, 유명인 등과 sns 친구를 맺었다고 자랑했다. T는 그런 유명인들의 sns에 유난히도 지극정성으로 댓글을 달았다. 이를테면 명절 연휴 때마다 꼬박꼬박 인사를 남기고, 그들의 게시물이 올라오는 즉시 첫 번째로 '좋아요'를 누르며, 그들이 무언가를 좋아한다고만 하면 최선을 다해 맞장구를 쳐주는 식이었다.

그러나 T가 정작 이 유명인들의 도움이 필요할 땐 아무도 상대해주지 않았다. 이것 때문에 아무리 서운해도 T는 그 유명인들의 계정을 삭제하거나 차단하지 않았다. 왜냐하면 그들을 알고 지내는 게 언젠가는 분명 요긴하게 쓰일 거라고 생각하기 때문이다.

사회생활에서 유용한 인맥이란 내 자신이 얼마큼의 실력을 가지고 있는지에 달려 있다. 유명인을 많이 알고 그들의 개인 연락처를 알며 그들의 친필 사인을 볼 수 있다는 것을 뜻하지 않는다.

게다가 유명인을 아무리 많이 만난다 한들 나 자신이 훌륭한 것이 무엇보다 중요하다. 만약 당신이 있는 곳이 충분히 높고 시야가 충분히 넓으면 자연스레 같은 수준의 사람들과 어울리게 될 것이다. 그게 아니라 단순히 동경하는 사람들의 비위를 맞추고 있을 뿐 자신이 가지고 있는 실력이 없다면, 결국 지금보다 높이 올라갈 수는 없다.

03

어제 집에 돌아가는 길에 이웃에 사는 왕 언니와 마주쳤는데, 언니 표정을 보니 또 남편과 싸운 모양이었다.

언니가 부부 싸움을 하면 누가 맞고 틀린지를 떠나 매번 먼저 고개를 숙이고 사과하는 쪽은 늘 언니였다. 한 번은 싸우고 난 후 너무 화가 난 언니가 충동적으로 문을 박차고 나갔으나, 두 시간 만에 다시 집에 돌아온 적도 있었다.

언니의 남편은 그런 언니를 비웃으며 말했다. "가출한 거 아니었어?" 하지만 언니는 가슴속 화를 간신히 참으며 애써 아무렇지 않은 척 대답했다. "집이 너무 답답해서 바람 좀 쐬고 온 거야."

이런 언니의 인생이 너무 비참하고, 심지어 존중받지 못하는 것처럼 보일지도 모른다. 언니 역시 다 내팽개치고 떠나고 싶을 때도 있고, 제멋대로 성질을 내고 싶을 때도 있다. 심지어 이혼을 생각해본 적도 있다고 한다.

하지만 언니는 남편이 없으면 기댈 수 있는 사람이 아무도 없다는 게 무서웠다. 생활에 필요한 아주 사소하고 자잘한 것들부터 의식주 문제까지, 이 실재하는 모든 것들에 돈이 필요하지 않은 것이 없으니 말이다.

몇 년 전까지만 해도 왕 언니는 잘 나가는 커리어 우먼이었다. 월급도 나쁘지 않았다. 그래서 남편과 연애할 때만 해도 굉장히 자신감이 있었다.

주머니에 돈도 있고 외모도 빠지지 않으며 따라다니는 사람도 많았으니 언니는 누군가에게 고개를 숙이면서 호감을 구걸할 필요가 전혀 없었다.

그런 언니가 결혼하면서 직장에 사직서를 내고 전업주부가 되었다.

수입원이 사라지니 자연히 발언권도 상당히 줄어들었다. 심지어 보고도 못 본 척 남편과 얽히는 것을 피하는 날도 많았다. 그렇게라도 하지 않으면 도저히 살아갈 방도가 없었다.

감정 문제에서 보통 더 강한 쪽은 사랑받는 사람 혹은 능력 있는 사람이다.

전자의 경우에는 상대방이 당신을 사랑하지 않으면 당신은 아무런 힘도 가지지 못한다. 그러나 후자의 경우에는 다르다. 자신을 먹여 살릴 만한 능력을 가지면 상대방의 능력에 기대거나 눈치를 보지 않고 먹고살 수 있다. 심지어 혼자 사는 훌륭한 인생도 얼마든지 있다. 상대방에게서 얻을 수 있는 실질적인 이득을 신경 쓰지 않고, 상대방에게 기대지 않고서도 말이다.

능력이 있으면 우쭐대도 된다는 뜻이 아니라, 애정 관계에 풍파가 생겼을 때 비굴해지지 않고 반격할 수 있다는 뜻이다.

우리가 기본적인 먹고사는 문제도 스스로 해결하지 못해 배 속이 비어 있으면, 우리가 하는 말이나 행동 역시 자연히 힘을 얻지 못하게 된다.

04

사회생활에서든 일상에서든 아니면 연인 관계에서든, 가장 중요하고 가장 기본적이며 가장 핵심적인 것은 다름 아닌 바로 우리가 가진 힘이다.

사회생활을 하면서 구체적인 기술이든 추상적인 조직 능력이든, 어느 방면에서든 탄탄한 능력이 있으면 이름을 드높여 부귀영화를 누리지는 못해도 최소한 어디서든 내가 꼭 필요한 곳을 찾을 수 있다.

일상에서 능력이 있고 어느 정도 수준에 있는 사람은 나보다 높은 수준에 있는 사람을 만났을 때 주눅 들지 않을 수 있고, 나보다 낮은 수준에 있는 사람을 만났을 때 무리하게 그들과 섞이지 않아도 된다.

연인 관계에서 경제적·정신적 독립을 이룬 사람은 상대적으로 평화로운 마음가짐과 평등한 시각을 가지고 있을 수 있다. 따라서 상대방에게 무시당하지 않고 억지로 견딜 일도 없으며 설령 헤어진다 해도 두려울 것이 없다.

우리는 공평한 세상에서 살고 있다. 우리가 가진 실력이 꼭 그만큼의 힘이 된다. 삶이란 조요경*과 같은 것이다. 모르면서 아무리 아는 척해도 언젠가는 그 정체가 들통나기 마련이다.

당신이 가지고 있는 실력의 크기, 그것이 곧 당신이 가지고 있는 힘의 크기다.

---

* 照妖镜: 정체를 숨긴 악마를 비추면 본래의 흉측한 모습이 드러난다는 거울.-옮긴이

당신의 사고방식이 당신의 인생을 결정한다

01

요즘 사람들이 가지고 있는 사물에 대한 이해가 부쩍 천편일률적이라는 생각을 해본 적이 있는가?

이를테면 말이 많은 사람은 무조건 경박하고, 행복을 자랑하는 사람은 분명 불행하며, 당장 일이 없는 사람은 영원히 불안정할 거라고 여기는 식이다.

하지만 내 생각에 화장을 진하게 하지 않는다 해서 모두가 소박한 건 아니고, 말수가 적다고 모두가 진중하고 유식한 건 아니다. 외모를 중시하지만 내면 역시 풍부한 사람도 있고, 토론을 즐기는 동시에 성격이 너그럽고 호탕한 사람 역시 존재한다.

그러나 편견으로 이 세상을 바라보는 사람들이 너무 많다.

사실 낯선 사람, 해본 적 없는 일, 겪어보지 못한 상황이 틀린 것은 아니다. 우리의 시야를 왜곡시키는 것은 그런 직접 보고 들은 것들이 아니라, 그럴 거라고 단정지어버리는 고착화된 사고방식이다.

02

올해 다녀온 유명 관광지에서 어느 50대쯤으로 보이는 아주머니가 갑자기 날 막아서더니 사진 한 장만 찍어달라고 부탁했다. 렌즈에 비치는 아주머니의 모습은 비록 이마에 자잘한 주름과 군데군데 보이는 흰머리로 더 이상 젊다고는 할 수 없었지만, 환한 미소와 또랑또랑한 눈망울, 그리고 목에 감긴 빨간색 머플러가 무척이나 잘 어울렸다.

사진을 다 찍은 후 카메라를 돌려줄 때 아주머니가 고맙다는 말과 함께 이렇게 덧붙였다. "여행을 혼자 다니다보니 사진 찍는 게 쉽지 않네요."

당시 나는 매우 의아했다. 내 상식으로는 여행은 반드시 누군가와 함께 가는 것이었다. 그렇지 않으면 너무 외로우니까.

하지만 아주머니는 몇 년 전 이혼 후 줄곧 같이 여행할 사람이 없다고 했다. 혼자서 여행을 하다보면 지도를 보고 길을 찾는 일도 숙소와 식당을 결정하는 일도 혼자 책임져야 하는데다, 아무리 힘들어도 가방을 대신 끌어줄 사람이 없기 때문에 훨씬 피곤하긴 하다. 하지만 그만큼 자유로워진다고도 했다. 누군가를 기다리거나 참아주거나 타협하지 않아도 된다고 말이다. 그저 온전히 내 마음이 가는 대로 좋아하는 풍경을 보고 좋아하는 음악을 들으며 마음에 드는 숙소에서 묵는 등 모두 내 마음이 가는 대로 따르는 것이다.

아주머니의 말을 듣고 나는 문득 창피해졌다.

사람들은 저마다의 생활 방식이 있다. 우리는 다른 사람의 삶을 체험해본 적이 없으니 상대의 기쁨과 아픔을 헤아릴 수 없을지도 모른다. 하지만 나와 다른 삶의 방식을 이해하고 받아들이는 것이야말로 성숙함의 중요한 지표다.

03

내가 알고 있는 어느 부부는 결혼한 지 몇 년이 지나도록 아이가 생기지 않았다. 유명하다는 큰 병원은 모두 가서 검사하고 치료를 받았지만 여전히 효과는 없었다.

그래서 이 부부는 딩크족으로 살기로 결정했다. 서로 상대의 버팀목이 되어주면서 함께 늙어가기로 말이다.

그런데 주변 친구들이 나서서 이러쿵저러쿵 말을 퍼뜨렸다. 여자 쪽이 문란해서 남자 쪽 대를 일부러 끊어놓는 거라는 둥, 남자가 아이를 원하지 않아 여자에게 엄마가 될 권리를 빼앗는 거라는 둥…. 심지어 누군가는 이 부부를 걱정해주는 척하면서 아이가 없으면 사랑이 식는다는 말을 하기도 했다. 나중에 나이가 들면 누가 이 부부를 봉양하느냐고 말이다.

사실 이 부부 역시 아이가 생기지 않아 매우 절망한 적도 있다. 하지만 어차피 살아가야 할 날들이 아직도 많은데, 계속 마음에 짐처럼 담아둘 순 없었다고 한다.

우리는 종종 습관적으로 하나의 고정된 기준으로 타인을 재단하고 평가한다.

하지만 모든 사람과 모든 인생에는 저마다의 결핍이 있다는 사실은 잘 모르고 산다. 또한 우리가 지금 가지고 있는 것, 쟁취한 것, 앞으로 가지게 될 것들이 모든 사람에게 주어지는 것 또한 아니다. 너그러운 마음으로 타인의 결핍을 바라보는 동시에 뒤에서 비방하지 않고 일부러 상처를 들쑤시지 않는 태도는 일종의 갖추기 어려운 교양이다.

04

며칠 전, 나는 아무 생각 없이 동기들의 단체 채팅방을 읽고 있었다. 모두가 창업에 실패한 W에 대해 열띤 토론 중이었다. W는 대학 졸업 후 곧바로 취업에 성공해 곧 결혼한 후 아이도 낳은, 그야말로 탄탄대로 인생의 승리자였다.

처음엔 모두가 W를 부러워했다. 하지만 얼마 지나지 않아 W는 다니던 회사를 그만두고 스스로 광고 회사를 차렸다.

하지만 현실과 이상은 늘 차이가 큰 법이다.

경험 부족, 기술 부족, 고객 부족으로 회사는 너무 손쉽게 무너졌다. 그리고 지금 W는 다시 일자리를 찾는 중이다.

이에 많은 친구들이 W가 너무 건방졌다고, 주제넘은 짓을 벌였다고 마구 비웃는 중이다. 어쩌면 그 친구들의 눈에는 탄탄대로만 좋은 일이고 좌절을 겪으면 무조건 나쁜 일로 보이는 것 같았다.

하지만 친구들이 모르는 것이 있다. 인생의 정확한 선택과 실패한 결정이 모두 모여야만 바로 그 사람이 되는 거라는 사실을 말이다. 원칙과 한계를 지키는 한에서라면 그 어떤 시도도 결과를 막론하고 모두 우리의 경험을 풍부하게 해준다.

나와 남의 실패에 대해 다각도로 접근하고 분석하는 능력, 그것이 바로 지혜다.

05

사람의 수준과 높이는 그 사람 지갑 속의 돈, 손 안의 권력, 쟁취한 명예와 실리가 아니라 그 사람의 사고방식이 주로 결정한다.

사람의 교양은 화장을 얼마나 잘했는지, 외모가 얼마나 출중한지가 아니라 나와 다른 타인의 생활 방식을 존중해주는 태도에서 우러나온다.

사람의 인품은 그 사람이 법을 잘 지키고 불공평한 일을 하지 않는지가 아니라, 배후에서 타인을 비방하지 않고 그들의 결핍과 부족함을 받아들이는 태도에서 알 수 있다.

사람의 지혜는 그 사람의 높은 학력과 해박한 지식이 아니라, 용기와 결단력으로 시행착오를 겪어 나갈 때 생긴다.

우리는 편협한 시각, 경직된 사고, 고착화된 방식으로 타인의 인생을 억측하고 평가하는 데 익숙해져 있다.

사실 우리의 삶 속에는 아직 수많은 미지의 세상이 숨어 있다. 어쩌면 당신은 동의하지 않을지도 모르지만, 이를 감내하고 받아들이는 태도를 통해 그 사람의 됨됨이와 한계가 구체적으로 드러난다.

모든 인생에는 저마다의 리듬이 있다

사람들이 종종 내게 묻는다. "어떤 유형의 사람을 좋아하세요?"

사실 우수한 사람은 너무도 많다. 하지만 진정으로 나를 탄복하게 만드는 사람은 한순간에 유명해진 사람도 아니고 타고난 천재들도 아닌, 무슨 일을 하든지 자신만의 리듬이 있는 사람들이다.

이는 마라톤과 같다. 출발선에서 막 출발했을 땐 폭발적으로 달려나가는 사람이 선두를 차지할지도 모르지만, 시간이 점점 지날수록 힘이 달리게 된다. 인생의 길은 마라톤보다 훨씬 더 길고 구불거린다. 서두르거나 맹렬히 돌진하기만 하면 도착점에 도달할 수 없을지도 모른다.

01 서두르지 말 것

언젠가 작가 천중스의 자서전을 읽어본 적이 있다.

천중스가 막 장편 소설을 쓰기 시작했을 때, 바로 같은 시기, 같은 지역, 같은 협회에서 작가 루야오가 『평범적세계平凡的世界』로 마오둔문

학상을 수상했다고 한다.

그때 천중스가 얼마나 가시방석이었을지는 안 봐도 뻔하다. 당시 천중스 또한 유명세가 약간 있는 작가였지만, 정식으로 내세울 만한 작품은 단 한 편도 없었다.

천중스의 친구가 더욱 조바심을 내며 말했다. "올 해도 장편을 완성하지 못하면, 그냥 건물에서 뛰어내려."

하지만 천중스는 이렇게 말했다. "나는 누구와도 경쟁하지 않는다. 나는 그저 지난날 이 땅에서 받은 경험과 감상을 써내려갈 뿐이다. 그 어떤 것을 위해서 쓰는 것도 아니고, 그 무엇 때문에 아쉬움을 남기는 것은 더더욱 원치 않는다."

그리하여 서둘지도 늦지도 않게, 차근차근, 소설의 씨앗이 결실을 맺을 때까지, 소재를 준비하고 구성을 만들 때까지, 초고가 완고가 될 때까지, 장장 6년이란 시간을 들여 문학계를 뒤흔든 바로 그 작품 『백록원白鹿原』을 완성했다.

내가 아는 인기 작가 T가 막 글을 쓰기 시작했을 때, 많은 사람들이 T가 죽기 살기로 글을 쓰는 모습이 바보 같다며 좋게 보이지 않았다고 한다. 심지어 그렇게 느린 사람은 죽어도 작가가 될 수 없을 거라며 비웃기까지 했다고 한다.

하지만 T는 아랑곳하지 않았다. 작법학원에 달려가지도 않았고, 자신보다 잘 나가는 사람들을 질투하지도 않았다. T는 그저 매일같이 경솔하지 않고 조급하지 않게 글을 읽고 쓰는 일을 반복하며 매일 2천 자씩 써내려갔다.

주말이나 휴일에도 예외는 아니었다. 그렇게 반복되는 하루하루 속에서 T의 실력은 날로 성장했다.

한 번은 내가 그 비결을 물은 적이 있다. 그러자 T는 단지 이렇게 말했다. "서두르지 말고, 계속 써내려갈 것."

아마도 우리는 영원히 알 수 없을지도 모른다. 이 세상에서 서두르지 않는 사람이 얼마나 대단한지. 그들은 마치 식량을 이고 조금씩 천천히 전진하는 부지런한 개미와 같다.

그들은 아주 비관적이지도 그렇다고 매우 낙관적이지도 않다. 그저 자신의 강한 집중력만을 믿고 의지하며 성실히 가고자하는 곳을 향해 나아갈 뿐이다.

02 나 자신에서 시작할 것

평룬*과 왕스**가 함께 등산을 갔을 때 이야기다.

평룬의 휴식 시간은 불규칙적이었다. 피곤하면 일찍 자고, 괜찮으면 좀 더 깨어 있는 식이었다.

그러나 왕스는 달랐다. 컨디션이 아무리 좋아도 반드시 정해진 시간에 텐트에 들어가 쉬었다.

평룬은 조금 편식을 했다. 등산 중 먹기 싫은 음식이 있으면 굶는

---

* 冯仑: 중국 완퉁그룹万通集团 창업주.-옮긴이
** 王石: 중국 완커그룹万科集团 창업주.-옮긴이

한이 있어도 쳐다보지도 않았다.

그러나 왕스는 아무리 맛없는 음식이라도 끝까지 삼켰다. 본인이 더 이상 젊지 않다는 사실을 너무나도 잘 알고 있었다. 그래서 자신을 충분히 쉴 수 있게 만드는 질 좋은 휴식이 반드시 필요하다는 것도. 그래야 힘을 충전해 다음 날 계속 산을 오를 수 있다는 것도 알고 있었다.

나는 왕스가 대단한 이유가 완커그룹의 창업주이기 때문이 아니라, 자기 자신을 정확히 파악하고 규율을 제대로 지키는 이런 모습 때문이라고 늘 생각한다.

언젠가 나 역시 동료와 등산을 간 적이 있다. 많은 사람들이 이야기를 나누며 산을 오르고 있었다.

그러나 동료는 거의 한마디도 하지 않은 채 자신의 발밑에 펼쳐진 길만 뚫어져라 보면서 걷다가, 가끔 고개를 들어 풍경을 감상했다.

어쩌면 강한 등산 욕구 때문일 수도, 아니면 먼저 올라야겠다는 승부욕 때문일 수도 있다. 무조건 빨리 올라 산 정상에 제일 먼저 도착하기만을 바라는 사람도 있으니까.

하지만 동료는 그런 사람이 아니었다. 오히려 일정 거리를 오르면 반드시 멈추어 서서 물을 마시면서 몇 분간 휴식을 취한 후 다시 출발했다.

출발할 때만 해도 그 동료는 체력이 좋은 편이라고 할 수 없었다. 그러나 산 정상에 오른 몇 안 되는 사람 중 한 명이 되었다.

산 초입에서 기세등등하던 사람들은 얼마 지나지 않아 곧 힘이 달려 산허리쯤부터는 더 이상 오르지도 못 했다.

결국 많은 사람들이 그 동료의 현명함을 인정했다.

동료는 자신이 체력도 약하고 끈기도 부족하다는 사실을 잘 파악하고 있었다. 그래서 등산 도중 너무 흥분하지 않고 주의력을 집중해 한 걸음 한 걸음 앞으로 나아갔던 것이다.

사실, 원하는 게 무엇이든지 제일 처음 할 일은 나 자신을 공부하는 것이다. 그렇게 자신의 현실적 조건에서 시작해 온전한 자기 자신을 파악해야 한다. 다른 사람의 말 한마디, 행동 하나에 이리저리 휩쓸리지 않도록 말이다.

03 끈기를 가지고 지속할 것

다음의 현상에 대해 깊이 생각해본 적이 있는가.

우리는 내가 남보다 못한 게 지능, 재능, 행운 등이라고 생각하지만 실은 대부분의 경우 그저 끝까지 지속하는 끈기가 문제다.

이런 이야기가 있다.

소크라테스가 하루는 제자들에게 숙제를 내주었다. 매일 매일 손을 백 번씩 흔들라는 것이었다.

일주일 뒤, 소크라테스가 확인했을 때 90퍼센트의 제자가 이 행동을 지속하고 있었다. 한 달 후 다시 확인하자 이번에는 고작 반 정도만 하고 있었다. 일 년 후 확인했을 때, 여전히 지속하고 있는 사람은 단 한 명뿐이었다. 바로 플라톤이다.

이 일화를 통해 우리는 이 세상에 아무리 대단한 천재라도 끈기가 있어야 업적을 세울 수 있다는 사실을 알 수 있다.

우리는 우수한 사람에게는 우리에게는 없는 특별한 능력이 있을 거라고 생각한다. 그러나 대부분의 경우 우리는 바로 우리 자신의 게으름과 무기력 앞에 지는 것이다.

04

이 세상의 모든 노력은 그 방향, 선택, 경로가 각기 다르다. 따라서 자연스럽게 결과 또한 다르게 된다. 하지만 무엇을 하든 목표에 도달하고 싶다면 다음의 몇 가지 이치는 공통적으로 통한다.

첫 번째, 서두르지 않는 게 제일 빠른 법이다.

성공이란 사실 익은 과일이 땅에 떨어지듯 물이 흐르는 곳에 도랑이 생기듯 아주 자연스럽게 이루어지는 과정이다.

비수민 작가가 다음과 같이 말했다.

'무릇 자연스러운 것은 더디게 온다. 태양은 조금씩 떠올라 서서히 진다. 꽃은 천천히 피어나 한 잎씩 떨어지고, 벼가 익는 것도 참으로 더디다.'

당신은 그저 노력만 하면 된다. 그러면 운명이 당신이 원하는 것을 당신이 좋아하는 방식으로 당신에게 보내줄 것이다.

두 번째, 나 자신을 조준하라.

우리는 늘 먼저 간 사람들의 흔적에서 무언가를 참조하려고 애쓴다. 하지만 모든 사람들의 상황이 다른 만큼 다른 사람이 어떻게 했는지는 사실 나와 큰 관계가 없다.

내 목표는 내 자신이 설정해야 한다. 그런 다음 자신의 실제 상황과 속도에 맞추어 진행해야 한다.

무라카미 하루키는 '일단 내 리듬만 찾을 수 있다면 나머지 문제들은 저절로 해결된다'고 말했다.

세 번째, 마지막 순간에 조금 더 버텨라.

'할 일을 정한 후에는 계속 노력하는 것에만 집중하라. 그러면 대부분은 성공한다. 왜냐하면 그 일을 지속하는 것만으로도 이미 99퍼센트의 적수는 물리친 것과 다름없기 때문이다'라는 말이 있다.

과거 어떤 사람이 대문호 마크 트웨인에게 이렇게 물었다. "당신처럼 좋은 작품을 많이 쓰려면 어떻게 해야 합니까?"

마크 트웨인이 대답했다. "만약 나처럼 하루도 빠짐없이 열 몇 시간씩 20년간 글을 쓰면 언젠간 무언가는 나옵니다."

이제 알겠는가. 자신만의 리듬으로 노력하는 자만이 진정한 인생의 승자다.

자율이 있는 곳에 자유가 있다

01

한동안 나는 잠자리에 누워 휴대전화를 즐겨 보았다. 처음엔 신문이나 동영상, 댓글이나 좀 볼 요량이었는데, 점점 자신을 통제하지 못하고 정신 차려보면 어느새 새벽 두세 시가 되어 있었다.

원래는 매일 새벽 다섯 시에 일어나 책을 읽었는데, 점점 늦게 잠드는 바람에 아침에 일어날 수가 없었다. 그 불규칙적인 행위 하나에 하루 일과가 전부 엉망이 되는 것이다.

이런 상태가 일주일쯤 지속되던 어느 날, 나는 문제의 심각성을 느꼈다. 만약 이 나쁜 습관을 당장 끊지 못한다면 결국 이대로 지배당하다가 점점 더 고치기 어려워질 것이 분명했다.

그래서 나는 매일 밤 잠들기 전 강박적으로 휴대전화의 전원을 꺼두었다. 처음 며칠간은 견디기 매우 힘들었지만, 그럴 때마다 각종 기상천외한 방법으로 마음을 달랬다. 그렇게 반년쯤 지속한 결과 나는 밤 11시에 잠드는 습관을 되찾을 수 있었고, 서서히 정상적인 일상으로 돌아왔다.

자신의 어떤 행동을 바꾸려 노력해본 적이 있는가? 아니, 당신도 다음과 같은 시간을 보내본 적이 있는가?

이를 테면 이런 시간들 말이다. 다이어트를 한다고 말해놓고 눈앞에 있는 군침 도는 음식을 참지 못해 먹어버린 시간들. 운동을 한다고 말해놓고 참지 못하고 부들부들한 소파에 누워버린 시간들. 독서를 하겠다고 말해놓고 재미있어 보이는 게임을 그냥 지나치지 못했던 시간들….

그렇게 변하겠다고 철썩 같이 맹세해놓고는 매번 계획을 방해하는 요소들을 맞닥뜨릴 때마다 너무 쉽게 자신을 놓아버리진 않았는가.

02

최근 한 작가 친구가 매우 곤란한 상황에 빠졌다. 출판사와 계약을 맺은 후 마감 시간이 코앞으로 다가올 때까지 원고의 반도 채 완성하지 못한 것이다.

그 친구는 주변에서 글을 꾸준히 쓰는 것으로 유명한 작가들을 찾아가 배우기로 했다. 하지만 그들에게 아무리 물어도 모두가 똑같은 대답을 했다. 좋은 글을 빨리 쓰고 싶다면, 자신을 압박해 많이 쓰고 연습하는 수밖에 없다고 말이다. 심지어 하루도 빠짐없이!

친구는 너무도 당황스러웠다. "그게 가능해? 시간이 있어도 자꾸 미루는 습관 때문에 다른 곳에 정신 팔다가 한 글자도 못 쓰는 날이 허다한데. 쓰고 싶어질 땐 또 시간이 없고. 마침내 쓸 수 있는 순간이 오면 하필 잠이 쏟아져서 또 쓰기가 싫어지잖아."

사실, 수많은 우수한 작가들 역시 한가해서 글을 쓰는 것이 아니라, 매우 자율적으로 생활하고 있을 뿐이다. 그들은 자신에게 나태해질 여지를 주지 않는다. 아무리 영감이 떠오르지 않아도 일단 어떻게든 책을 읽고 펜을 움직인다.

나중에 그 친구는 이렇게 말했다. "나는 그 인기 작가들에게는 무언가 특별한 능력이 있을 줄 알았어. 알고 보니 전부 자율적인 생활을 통해 좋은 성과를 낼 수 있었던 거야."

다른 사람이 당신보다 뛰어나다고 부러워해본 적이 있는가? 그들이 인내하며 당신이 지속하지 못하는 어떤 일을 해냈을 때, 그 능력을 그저 손쉽게 얻었다고 치부하진 않았는가?

진정한 자율이란 편한 곳에서 주동적으로 벗어나, 자신에게 도전하고 자신을 통제하는 일이다.

그 과정이 쉽지만은 않다. 많은 사람들이 자율적인 생활이 얼마나 좋은지 이미 잘 알고 있으면서도 지속하지 못하는 이유다. 그래서 이를 '나 자신과의 싸움'이라고 하는 것이다.

03

얼마 전 두 친구가 함께 자격증 시험을 보았다. 그 둘은 꼭 함께 시험 보고 함께 통과하자고 약속했다.

친구 A는 시험을 보기로 결정한 그날 즉시 교재와 연습 문제집을 사서 세세하게 학습 계획을 세웠다. 그리고 하루도 빠짐없이 그 계획표를 따라 공부했다.

친구 C는 아직 시간이 많다는 생각에 여유가 있을 때에도 두꺼운 문제집과 재미없는 교재를 조금 보다 말았다. 그러고는 매일같이 '다음에 보겠다'는 말로 자신을 위로했다. 하지만 단 한 번도 마음먹고 공부를 한 적이 없었다.

두 사람은 함께 시험장에 들어갔다. 그러나 시험이 끝난 후 A는 매우 만족스럽고 자신만만한 표정으로 나온 반면 C는 고개를 푹 숙이고 아무 말도 하지 않았다.

석 달 후 성적이 발표되었다. A는 문제없이 자격증을 취득했고, 월급이 올랐을 뿐만 아니라 회사에서도 주목을 받기 시작했다. 그러나 C에게는 그런 행운이 없었다. 직장에 몸담은 수년 동안 C는 연차가 쌓인 만큼 능력이 성장하지는 못해서 언제 잘린다 해도 할 말이 없는 상태였다.

늘 산만한 태도로 피동적인 삶을 사는 사람들이 있다. 그들은 장기간의 부담감과 압박을 피해 잠깐의 편안함을 택한다. 반면 자율적인 태도로 원하는 자유를 이루는 사람들도 있다. 그들은 긴 시간의 자율적 태도를 통해 더욱 긴 시간의 선택권과 자주권을 얻는다.

모든 행운의 뒤에는 모두 무수한 인내가 있다. 자율성이란 비록 잠깐은 불편할지 몰라도 결국 그 이상의 만족스러운 대가를 안겨준다.

04

이제부터는 꼭 책을 많이 읽겠다고 다짐해놓고 또 다시 휴대전화만 보며 자책한 적이 있는가? 매일 운동하겠다고 다짐해놓고 소파에 누워 드라마를 보며, 살이 찌고 몸도 안 좋아졌다며 투덜대지는 않았는가?

자유란 모든 욕망을 따르는 것이 아닌, 자아를 지배할 줄 아는 힘을 말한다.

우리는 한때 자유란 다이어트를 하고 싶을 때 하고, 운동을 하고 싶을 때 하고, 책을 보고 싶으면 보고, 공부를 하고 싶으면 하고, 그렇지 않으면 그 무엇도 하지 않는 것으로 여겼다.

그러나 시간이 지나면 알게 된다. 진정한 자유란 내가 책을 보고 싶지 않아도, 공부를 하고 싶지 않아도, 운동을 하고 싶지 않아도 이성이 내게 이렇게 말하는 것이다. "반드시 해야만 해. 그래야 몸이 건강해지고 지식이 쌓이며 능력이 향상되는 거야."

자율이란 결코 쉽지 않지만, 동시에 우리에게 원하는 것을 가져다줄 수 있다.

자율이 있는 곳에, 자유가 있다.

행운이란 받을 줄 아는 사람의 것

01

어느 의류공장 사장님이 해주신 이야기다.

사장님이 막 창업했을 당시 업무보조를 한 명 채용했다고 한다. 그 직원은 일은 무척 열심히 했지만 한눈에 봐도 겉과 속이 다른 사람이었다.

그 직원은 사장이 특출나지 않다고 생각했다. 자신보다 학력이 높은 것도 아니고, 영업 능력과 업무 실력도 자신과 별반 다를 바 없는 사람이라고 말이다.

사업이 이만큼 성공한 것은 그저 운이 좋았기 때문이라고, 때마침 돈을 벌 타이밍을 잘 잡았을 뿐이라고 생각했다.

그 직원은 사장 밑에서 3년쯤 일하면서 어느 정도 돈이 모이자 더 이상 배울 것이 없다고 생각하고 바로 퇴직을 결정했다. 그러고는 회사를 차렸다.

이제부터 자신은 성공할 일만 남았다고 생각했다. 그러나 어렵사리 계약을 성사시키면 공급업체에서 돌연 원재료 값을 올려버리거나, 직원들이 월급을 올려달라고 요구하거나, 생산 현장에서 대형 기기들이 고장 나는 일들이 벌어졌다.

이런 일들을 어떻게 처리해야 할지 몰라 그저 손 놓고 바라보는 수밖에 없었다. 그렇게 반년을 경영난에 시달리다 결국 문을 닫게 되었다.

그제야 그 직원은 알게 되었다. 사장이 되기 위해서는 보이지 않는 수많은 실력을 갖추어야 하는 거라고. 이를 테면 사업의 전략을 구성하는 법, 직원들의 정서를 안정시키는 법, 스트레스를 다스리는 법 등.

당신도 자신이 과소평가받는다거나 좀처럼 기회가 오지 않아 꿈을 이루기 어렵다고 생각해본 적이 있는가? 나는 그저 행운을 거머쥘 기회와 귀인의 도움이 없었을 뿐이라고 생각한다면, 그것은 당신의 오산이다.

사실 당신에게 뛰어난 실력과 재능이 없다면, 그 어떤 도움을 받아도 원하는 만큼 좋은 성과를 얻을 수는 없다.

02

얼마 전 한 출판사에서 내게 출판 계약을 제안한 적이 있다. 하지만 당시 나는 출판사 이름을 보자마자 마음이 공허해졌다.

그 출판사는 현재 모든 출판업계의 선구자라고 할 수 있는 곳이었다. 적지 않은 유명 작가들과 함께 일하고 있으며 수많은 베스트셀러를 출판한 곳이기도 하다. 또한 그곳은 전문 편집팀과 대형 기획을 진행할 수 있는 능력을 갖추고 있다.

그러나 현재 내 글솜씨로는 아직 이러한 행운을 잡을 자신이 없었다.

아무리 그들이 내게 훌륭한 지원과 많은 격려, 대대적인 홍보를 해 준다 해도 내가 쓴 글이 적합하지 못하다면 결국 독자들뿐만 아니라 나 자신을 기만하는 꼴이 된다. 그래서 나는 내게 헛바람이 들 가능성을 주고 싶지도 사람들의 호의를 저버리고 싶지도 않았다.

나중에 한 작가가 이 소식을 듣고 내게 그 출판사의 연락처를 물어왔다. 그 작가는 아마도 자신은 필력이 충분하니 그저 좋은 기회만 생기면 완벽하다고 생각했을 것이다.

당시 나는 다시 한번 생각해보라고 말했다. 하지만 내 말을 듣지 않았고, 결국 제목 선정 과정에서부터 거절당해 결국 좋은 기회를 날려버리고 말았다.

대부분의 경우 우리에게 부족한 것은 행운이 아니라 그 행운을 잡는 능력이다.

왜냐하면 갖은 방법으로 어렵게 찾아온 드문 기회를 잡으려 애쓰기보다는, 마음을 내려놓고 내 능력이 충분히 갖추어질 때까지 노력하는 편이 낫기 때문이다. 그렇게 내 내공이 충분히 깊어지고, 힘이 충분히 강해지고, 수준이 충분히 높아졌을 때, 모든 일은 마치 당연하다는 듯이 이루어질 것이다.

하지만 만반의 준비가 되어 있지 않았을 때는 그 어떤 좋은 기회가 와도 기대하는 성공을 얻기란 불가능하다.

03

나에게는 모 회사 인사담당으로 일하고 있는 친척이 한 명 있다. 한 번은 그 친척이 급하게 행정직 사원을 뽑아야 하는 일이 생겼다. 그 직책은 안정적이고 연봉도 좋은 편이어서 지원하는 사람들이 아주 많았다.

필기시험을 치른 후 최종적으로 두 명이 남았다.

가족 인맥을 이용해 운 좋게 들어온 W와 출중한 실력으로 살아남 은 C라는 지원자였다.

면접이 시작되고, 면접관이 동시에 두 지원자에게 질문했다. "사무 프로그램을 다룰 줄 압니까?"

W가 더듬거리며 대답했다. "타자를 치는 정도라면 할 줄 압니다." 반면 C의 대답은 명쾌했다. "문제없습니다."

면접관이 또 다시 물었다. "예전에 이쪽 방면에서 근무한 경험이 있 습니까?"

W가 태연하게 대답했다. "계속 취업준비 중이라 아무런 경력이 없 습니다." 그러나 C는 2년 반 동안 비서로 일한 경험이 있었다.

마지막으로 현장에서 즉석 과제를 내주었다. 지금까지의 내용을 바 탕으로 업무 보고서를 작성하는 것이었다.

30분 후, W가 아무리 머리를 쥐어짜도 시작조차 못 하는 동안 C는 논리정연하면서도 구체적인데다 문서 요구사항에 부합하는 보고서를 완성했다.

결국 C가 최종적으로 회사에 들어가게 되었다. 이에 W의 부모가 찾아와 부탁했지만, 친척은 이렇게 말했다고 한다. "W는 기본적인 요건조차 충족하지 못해서, 더 이상 타협할 방법이 없습니다."

당신도 당신보다 앞선 출발선에서 시작하고, 배경이 든든하고, 더 많이 가지고 태어난 사람을 부러워해본 적이 있는가?

사실 노력만으로도 충분히 그들과 똑같이 좋은 기회를 쟁취할 수 있다.

왜냐하면 운이라는 것은 어쩌면 불공평할지도 모르지만, 결국 그것을 손에 넣는 것은 전적으로 개인의 능력과 재간에 달려 있기 때문이다.

04

많은 사람들이 자신이 실패한 원인을 불운 탓으로 돌리면서, 다른 사람이 거둔 성공은 하늘에서 뚝 떨어진 떡이라고 생각한다. 하지만 그런 사람들이 놓치고 있는 것이 하나 있다. 바로 하늘에서 떨어진 떡을 조금도 실수하지 않고 꽉 잡을 수 있어야 한다는 것이다.

예를 들어 운이 좋아서 평소보다 시험 점수가 잘 나왔다고 해도, 기초가 부실하고 이해가 깊지 않은 상태에서 다음 단계의 어려운 문제가 나왔을 때 아무런 착오 없이 풀 수 있을까?

예를 들어 직장 생활에서 운이 좋아서 승진하고 월급이 올랐다 해도, 본인 실제 능력이 부족하다면 수월하게 사람들을 관리할 수 있을까?

예를 들어 운이 좋아서 외모가 뛰어나게 태어났다 해도, 성질이 사납고 마음가짐이 올바르지 않은데 좋은 사람을 만나 일생을 함께할 수 있을까?

'강자'는 보이지 않는 곳에서 한 노력과 끈기를 행운이라는 이름으로 포장하는 반면, '약자'는 불운이라는 이름을 내세워 그동안의 나태와 타협을 숨긴다.

사실 운이란 절대 누구도 편애하지 않는다. 하는 일마다 순조롭지 않아 보이는 사람들의 곁에도 언제나 기회와 대역전의 가능성이 있다. 다만 최후에 진정으로 그 운을 거머쥘 수 있는 사람이 손에 꼽을 만큼 적을 뿐이다.

행운이란 결국 받을 줄 아는 사람의 몫이다!

성공은 물밑에서 이루어진다

01

며칠 전, 친구 N이 자신의 sns에 단체 사진을 몇 장 올렸다. 활짝 웃는 얼굴과 활력 넘치는 태도는 N의 어머니가 현재 암 투병 중이라는 사실을 까맣게 잊도록 만들었다.

반 년 전, 어머니의 유방암 판정은 N에게 있어 그야말로 마른하늘에 날벼락 같은 소식이었다. 당시 N은 태어난 지 얼마 안 된 둘째 아이가 있어 아이를 돌봐야만 했는데, 때마침 회사에서 지방에 있는 건물 관리를 맡았던 터라 실로 가족과 가정을 실필 겨를이 없었다.

N은 울고, 자책하고, 원망하고, 당장 회사를 그만두고 어머니와 아이의 곁으로 돌아갈까도 생각해봤지만, 자신이 회사를 그만두면 남편 혼자 벌어서는 어머니의 치료비, 아이의 양육비를 도무지 감당할 수가 없었다.

결국 N은 급한 대로 도우미 두 명을 고용했다. 그리고 자신은 일에 열중해 더욱 열심히 돈을 버는 수밖에 없었다.

N이 내게 말했다. 그렇게 자기 자신이 무능하게 느껴지고 인생의 밑바닥으로 떨어지는 느낌이 든 건, 중년이 된 지금까지 인생 중 가장 큰 시련이었다고.

말은 그렇게 했지만 일이 생긴 후로 지금까지 스스로 이 일을 입 밖에 낸 적은 단 한 번도 없었다. 그래서 곁에 있는 친구들조차 감히 말을 꺼낼 수 없었다.

한 번은 N에게 물었다. 왜 다른 사람들에게 알려서 도움을 구하지 않고 계속 침묵하고 있느냐고.

N은 담담히 대답했다. "집안에 우환 없는 사람이 어디 있겠어. 내가 짊어져야 할 몫을 다른 사람이 신경 쓰게 할 순 없지."

그렇다. 이 세상에 살기 편한 어른이 어디 있겠는가?

우리가 침묵을 선택하는 것은 누구도 이 수많은 일들에 나 대신 맞서줄 수 없다는 사실을 너무도 잘 알고 있기 때문이다.

02

재작년 겨울, 우리 옆집에 새로운 이웃이 이사 왔다.

외모는 대략 30대쯤으로 보였고, 듣기론 창업을 해 근처에 회사를 차렸다는 것 같았다. 그 이후로는 한동안 이 이웃과 마주치는 일이 없었다.

그러다 최근에 급한 일이 있어 새벽 다섯 시에 집을 나서는데, 엘리베이터에서 옆집 사람을 만났다. 마침 우리는 같은 방향으로 가는 길이었다.

그래서 인사를 나누고 간단한 이야기를 나누게 되었다.

내가 물었다. "집에 있는 모습을 별로 못 뵌 것 같아요."

그러자 옆집 사람이 말했다. "제가 회사에서 사장 겸 직원이라서요. 발로 뛰어 하나하나 직접 챙겨야 하거든요. 매일 날이 밝기 전에 집을 나와서 퇴근 후 들어가면 이미 새벽 두세 시죠."

이런 생활을 지속한 지 벌써 오륙 년째라고 했다. 그동안 실적이 안 좋고 운영이 힘들어지고 문을 닫을 뻔한 순간 또한 모두 있었다.

나는 또 물었다. "그럼 지금까지 어떻게 버티셨어요?"

대답은 매우 간단명료했다. "마음을 가라앉히고, 말은 적게, 일은 많이 했죠."

어른이 된 우리에게 묵묵히 노력하는 것이야말로 가장 빠른 성공의 지름길인 것이다.

우리는 이미 알고 있다. 모든 빛나는 것들의 이면에는 무수히 침묵했던 순간들과 이를 악 물고 견뎌온 날들이 있다는 것을.

침묵을 선택한 것은 그것이 아프지 않고 힘들지 않으며 울고 싶지 않아서가 결코 아니다. 오히려 힘을 비축해 더 많은 시간을 문제를 해결하는 데 쓰기 위해서인 것이다.

반면 유난을 떨며 소란을 피우는 일은 온 정신을 흩뜨려놓을 뿐만 아니라 언사를 경박하게 만들어 어느 하나 좋을 것이 없다.

03

어젯밤, 막 자려고 누웠는데 또 누군가 나를 고소했다는 소식이 날아들었다. 이유는 내가 다른 사람의 글을 표절했다는 것이다.

사실 이런 일이 이번이 처음은 아니다. 예전엔 이런 사람들에게 불같이 화가 났다. 그래서 곧바로 찾아낸 후 직접 마주보고 왜 나에게 이런 모욕을 주느냐며 따져 묻기도 했다.

그러고는 3년간 매일 빠짐없이 작업한 내 작업물의 글자 하나, 부호 하나를 전부 들이밀며 내가 어떻게 가다듬고 퇴고했는지 보여주었다.

하지만 이번에 나는 아무 말 하지 않기로 했다. 그저 합리적인 증거물들을 법에 맞추어 심사 기관에 제출할 뿐이었다. 그러자 곧 예전과 똑같은 결과가 나왔다. 고소는 성사되지 않았고, 내 창작물들은 아무 문제가 없음이 밝혀졌다.

하나 예전과 다른 점은, 예전에는 이런 일이 생길 때마다 노발대발했다면, 이번엔 평정심을 유지한 채 공평하고 공정한 결과를 기다렸다는 점이다.

사회에 발을 들여놓은 후 우리는 다양한 사람들을 만나게 된다. 그들 중 누군가는 당신이 아주 작은 성과라도 올리면 곧장 질투하고, 헐뜯고, 심지어 골탕 먹이고 싶어 한다. 그런 일에 얽히면 괜한 힘만 소모될 뿐 아니라 감정에도 안 좋은 영향을 준다.

침묵을 선택하는 것은 우리가 힘이 없다거나 능력이 없다거나 나약하다는 뜻이 결코 아니다. 단지 우리가 꼭 모든 일에 그렇게 의미 없는 싸움을 할 필요는 없다는 것이다. 말을 아끼는 동안 최대한 더 확실하게 행동을 한다면, 설령 조금 억울했다 해도 내가 바르게 서 있는 한 그림자가 기울어지는 일은 없을 것이다.

04

크면서 점점 알게 되는 것들이 있다. 사람은 모든 일에 감정을 내세우지 않고 침착하게 대하는 태도를 배우는 데서 성숙해진다.

어릴 적 우리는 늘 아픈 일도 힘든 일도 억울한 일도 일단 밖으로 쏟아냈다. 하지만 자라면서 점점 깨닫게 된다. 침묵이 때론 얼마나 강한 힘을 갖는지. 침묵은 우리에게 강해지는 법, 고난에 직면하는 법, 스스로 살아남는 법을 가르쳐준다. 진흙탕 속에서 힘을 빼는 것보다, 조용히 노력하며 적절히 행동해야 한다는 것을 말이다.

언젠가는 당신도 알게 될 것이다. 침묵하는 어른은 긍정적인 마음가짐, 너그러운 태도, 그리고 귀한 지혜를 갖춘 사람이라는 사실을!

날 괴롭히는 것은 어쩌면 신발 속 모래 한 알

01

다음과 같은 이야기를 읽은 적이 있다.

어느 대학 교수가 한 손에 물컵을 들고 학생들에게 물었다.

"이 컵의 무게가 얼마나 될까?"

"50그램이요." "100그램이요." "125그램이요." 의견이 분분했다.

"나도 이 컵의 무게가 얼마인지는 모르네. 하지만 별로 무겁지 않다 는 것은 확실하지."

교수가 계속 말했다. "지금 다시 묻겠네. 만약 이대로 몇 분 동안 들 고 있다면 어떻게 될까?"

"아무 일도 없을 겁니다." 학생들이 대답했다.

"좋아. 만약 이대로 한 시간 동안 들고 있다면?" 교수가 재차 물었다.

"그럼 팔이 마비되죠. 근육 경련이 올 수도 있습니다. 결국 병원에 가게 되겠죠." 어느 학생이 대담하게 말했다.

"좋아. 그럼 내가 어깨가 아픈 것도 싫고 근육 경련도 원하지 않는다면 어떻게 해야 할까?"

"간단하죠. 물컵을 내려놓으면 됩니다." 또 누군가 대답했다.

"정확하네." 교수가 말했다. "사실, 우리 삶의 고통은 때론 내가 들고 있는 이 컵과 같다네. 그 고통에 몇 분쯤 사로잡혀 있는 것은 괜찮지만, 장시간 그 고통에서 벗어나지 못한다면 마음이 전부 잠식당하지. 그렇게 점점 우리의 정신은 무너져 내리고, 결국 우리는 아무것도 할 수 없는 상태가 될 것이네."

이런 말이 있다. '인생에서 죽고 사는 일 외에 중요한 것은 아무것도 없다.' 많은 사람들이 이 말을 이해는 하면서도 여전히 실천하기는 어렵다.

이렇듯 우리가 사소한 일들에 너무 쉽게 얽히는 이유는 처세하는 지혜가 부족하기 때문이다.

02

모든 인생은 수많은 뜻밖의 일들로 가득하다.

마지막에 당신을 무너뜨리는 것은 어쩌면 감당할 수 없는 나쁜 결과가 아니라, 당신이 끝까지 좋지 않은 정서에서 벗어나지 못했기 때문일 수도 있다.

긍정적인 사람은 모든 일이 순탄한 것이 아니라, 늪에 빠져 허우적대고 있는 상황에서도 마음가짐을 바르게 할 줄 아는 것이다. 그렇게 감당할 수 있는 것은 감당하고, 참을 수 있는 것은 참고, 바꿀 수 없는 것은 포기하며, 노력이 필요하다면 누구보다 성실히 노력한다.

물론 이러한 태도가 하루아침에 생기는 것은 아니다.

이는 수만 권의 책을 읽고, 수만 리의 길을 가며, 무수한 사람을 만나, 끊임없는 좌절과 실패를 겪으며 몸과 마음을 수양하는 과정을 통해 마지막으로 얻게 되는 평화와 깨우침인 것이다.

프랑스 작가 볼테르는 이렇게 말했다.

'사람을 피곤하게 만드는 것은 저 먼 곳의 높은 산이 아니라 내 신발 속 모래 한 알이다.'

03

사실, 사람은 일생 동안 수많은 불가피한 일들을 맞닥뜨린다. 하지만 그런 경험이야말로 우리를 한층 노련하고 다채로우며 완벽한 사람으로 만들어준다.

과거는 이미 지나갔고, 미래는 미리 예측할 수 없으니, 우리가 할 수 있는 유일한 일은 지금 바로 이 순간을 살아가는 것뿐이다.

열심히 일하고, 마음을 다해 살며, 주변 사람들에게 친절하라. 성실하고 침착하며 안정적으로 걸어나가라. 그러다보면 알게 될 것이다. 죽어도 잊히지 않는 사람, 끝나지 않는 일 따윈 없다는 것을. 잘못은 잘못이고, 지나간 일은 지나간 일일 뿐이다. 현재에 충실한 것이 곧 '영원'이라 할 수 있다.

포기를 알면 과거를 탓하거나 미래를 두려워하지 않게 된다. 포기를 알면 타인을 용서하고 자신과 화해할 수 있게 된다. 포기를 알면 현재를 인정하고 새로이 시작할 수 있게 된다.

포기를 배워갈수록, 우리는 점점 더 행복해진다.

제 3 장

아름다운 인생일수록 기꺼이 번거롭다

당신이 명랑하고 평탄하며 마음껏 너그럽길 바란다.

얻기도 하고 잃기도 하겠지만 계속 버텼으면 좋겠다.

울기도 하고 웃기도 하겠지만 그럼에도 즐거웠으면 좋겠다.

내 인생의 잔소리꾼을 거부하라

01

최근 이모부가 또 승진했다는 소식이 들려와, 이모는 주변 사람들의 부러움을 한 몸에 사고 있다. 이렇게 잘 나가는 남편을 두었으니, 이모의 어깨가 얼마나 으쓱하겠는가.

사람들은 외모도 보통, 몸매도 평범한 이모가 이렇게 훌륭한 남편을 만난 건 원체 운이 좋은 덕분이라고 생각했다. 하지만 내 생각은 그렇지 않다.

두 분이 결혼했을 당시 이모부는 아직 평사원이었다. 이모부는 키가 크지도 잘생기지도 않았고, 업무 능력이 좋지도 않으면서 스트레스만 많이 받고 있는 상태였다.

그러다 이모부의 상사가 이모부에게 단독으로 프로젝트를 준비해보라고 지시했다. 이 일을 잘해내면 회사 내 입지가 달라지겠지만, 그렇지 않은 경우에는 지금 있는 자리도 보전하기 어려울 뿐 아니라 최악의 경우 해고를 당할 수도 있었다.

당시 이모부는 경력이 부족해 실전 능력과 관리 능력 또한 농익지 못한 상태였다. 그래서 이 난처한 기회가 손에 들어온 후로 늘 불안함과 초조함에 시달렸다.

만약 다른 사람이라면 아무리 마음속으로는 남편이 잘되었으면 싶어도, 무의식중으로 비관적인 생각을 표출할 수도 있었을 것이다. 그러나 이모는 달랐다. 남편의 위축되고 두렵고 우울한 모습에 이모는 이를 자극하기는커녕 오히려 격려해주고, 뒷일에 대해 앞서 걱정하지 않도록 전심전력을 다해 일에만 집중하도록 도왔다.

늘 불안했던 이모부는 이런 아내의 긍정 덕분에 심적 부담을 줄이고 점점 용기를 내 결국 당당하게 회사에서 새 업무를 받았다.

비록 원래의 프로젝트는 여러 이유로 실패했지만, 이모는 의외로 실망하지 않고 오히려 남편의 좋은 점들을 열심히 발굴해주었다. 예를 들어 이모는 남편이 일을 열심히 하고, 동료들과 사이좋게 지내며, 업무 처리가 믿음직스럽다고 끊임없이 칭찬해주었다.

여성이 사랑받고 싶어 하는 것만큼 남성 또한 치켜세워주는 것을 원한다. '치켜세운다'는 것은 별일 아닌 일로 자화자찬하고 자기만족을 하라는 말이 아니라, 때론 실의에 빠지고, 낙담하고, 좌절할 때 곁에서 지지해주고 격려해주길 원한다는 뜻이다.

모든 사람은 사랑하는 이의 긍정을 원한다. 타인에게 인정받길 원하지 않는 사람이 어디 있단 말인가? 사랑하는 사람의 아주 작고 사소한 긍정 하나에도 두려움을 극복하고 앞으로 나아갈 용기를 얻는다.

02

친구 B는 몇 년 전 안정적이고 월급도 많이 주는 직장을 그만두고 창업하기로 결심했다. 그런데 B의 아내는 남편이 창업을 준비하는 과정을 지켜보며 도와주기는커녕 끊임없이 남편에게 상처주고, 의심하며, 불평했다.

창업 초기, 자본금이 부족해 직원 월급을 조금 낮게 책정한 탓에 사람이 쉽게 구해지지 않았다. 그러자 아내는 또 불쑥 한마디를 거들었다. "당신같이 가난한 사장 밑에서 고생하고 싶은 사람이 어디 있겠어?"

회사가 어렵사리 첫 계약을 따냈을 때, 공교롭게도 개업 고사를 지내는 데 작은 소란이 있었다. 그러자 아내가 또 이렇게 말하는 것이었다. "하늘도 당신에게 안 된다고 하네."

회사가 초창기 때, 막 체결하기 시작한 계약들의 이윤이 별로 높지 않았다. 그러자 아내는 또 참견을 했다. "이런 식으로라면 평생 성공하긴 글렀어."

결국 B의 창업은 실패로 돌아갔다. B가 밑바닥일 때조차 아내는 시종일관 가혹한 말로 남편을 꾸짖었다. 그러다보니 B는 점점 '내가 진짜 그렇게 별로인가?'라고 생각하게 되었다. 아내가 B의 단점만 반복적으로 지적한 탓에 정말로 하찮은 사람이 되어버렸고, 지금은 평범한 직장을 찾아 간신히 버티고 있다.

사실 B의 능력은 고작 실패 한 번으로 쉽게 무너질 것이 아니었다.

B는 매우 실력 있는 사람이니 다시 시작한다면 분명 권토중래할 수 있을 것이다. 하지만 B의 치명적인 단점이라면 바로 마음이 약하다는 점이다. 물론 B가 훗날 하찮아진 것은 대부분 자신 탓이겠지만, 아내가 B를 부정하는 태도 또한 중요한 원인이었을 것이다.

남자는 강하다. 그들은 그 어떤 것도 두려워하지 않고 용감히 맞서 싸울 수 있다. 동시에 남자는 매우 약하다. 때론 가까운 사람의 별것 아닌 의심에도 금세 기가 죽는다. 하지만 가까운 사람의 아주 단순한 긍정 하나만으로 전쟁에서 패한 장군의 투지를 불태울 수 있다.

'긍정'이라는 글자가 비록 아무것도 아닌 것처럼 보일지라도, 이 '긍정'만큼 사람들에게 불가사의한 추진력을 주는 것도 없다.

03

어제 엄마가 말씀하시길, 삼촌이 재혼한 후로 새 사람이 되었다고 한다. 성격이 밝아진 것은 물론이고, 사업도 더욱 열심히 하고 사람들에게도 상냥해졌다는 것이다.

친척들은 숙모와 삼촌의 궁합이 잘 맞나보다고 말하는데, 내 생각엔 삼촌이 드디어 자신을 긍정해주는 사람을 만난 덕분인 것 같다.

예전의 삼촌은 정말 열심히 일하시는 것에 비해 객관적으로 사업이 잘되는 편은 아니었다. 그런 삼촌을 전 숙모는 안에서나 밖에서나 구박하기 바빴다. 삼촌이 돈도 명예도 없으면서 매일 나랏님보다 더 바쁘다고 비아냥대면서 말이다.

그러나 새 숙모는 삼촌이 일은 성실하게 하지만 사람들과의 소통이 조금 부족하다는 점을 알아보고는, 삼촌의 일에 대한 열정을 지지해주고, 한 가족을 부양하는 게 이미 대단한 일이라며 칭찬해주었다.

전 숙모는 늘 삼촌과 다른 사람들을 비교했다. 옆집 아무개가 큰 집을 장만할 동안 우리는 왜 그대로냐고 불평하질 않나, 누구 아내는 생일 선물로 다이아몬드를 받았는데 당신은 고작 계란 국수냐며 따지는 식이었다.

그러나 새 숙모는 삼촌의 부족한 점을 다른 사람들의 장점과 절대로 비교하지 않았다. 아쉬운 점이 보이면 일부러 눈감아주고, 대신 삼촌이 잘하는 것은 과장했다. 이를 테면 삼촌이 해주는 밥이 정말 맛있다거나, 운전 실력이 좋다거나, 낚시를 정말 잘한다고 끊임없이 칭찬했다.

여자의 생활 방식은 남자로 인해 결정된다는 말이 있다. 사실 여자 역시 남자의 수준과 배포를 결정한다. 결혼 생활에서 많은 여자들이 남자의 잔소리꾼 역할을 자처한다. 자신이 잔소리를 하고, 결점을 지적하고, 심지어 약점을 까발리는 것이 남자들을 고무시키는 일이라고 생각하는 것이다.

사실, 나에게 찬물을 끼얹는 사람을 좋아할 사람이 어디 있겠는가? 날 공격하는 사람의 진심을 이해하고 싶은 사람이 어디 있겠는가? 날 비웃는 사람의 말투에 감사함을 느끼는 사람이 어디 있겠는가?

아무리 강한 사람이라 해도 그 역시 친절과 칭찬을 듣고 싶고, 긍정과 격려를 받고 싶어 한다.

04

이 세상에 완벽한 사람이란 존재하지 않는다.

사실 모든 사람들은 저마다의 독특한 매력과 장점이 있다. 다만 주변에 있는 사람들이 이를 어떠한 태도와 시선으로 보는지가 중요한 것이다.

대부분의 우수한 사람들 곁에는 그들에게 긍정적인 힘을 주는 사랑하는 사람들이 있다. 반면 점점 하찮아지는 사람들 곁에는 대부분 끊임없이 불평만 늘어놓는 사람들이 있다.

이런 이야기가 있다. 한 남자가 시골 초등학교 선생님으로 발령받은 지 일주일 만에 쫓겨났다. 집으로 돌아온 남자를 위로하며 아내가 말했다. "당신에게 더 잘 맞는 일이 기다리고 있을 거야."

그후, 남자는 아르바이트를 시작했지만 이번에는 동작이 너무 굼떠해고당하고 말았다. 이번에도 아내는 "손발이 느리다고 능력이 없는 건 아니야"라고 말해주었다.

몇 년 후, 남자는 천부적인 언어 능력을 발견하고 농아학교에서 강사로 일하다가 드디어 자신의 학원을 차렸다. 그러고는 수백억 원의 자산을 가진 사장이 되었다.

어느 날 남자가 아내에게 물었다. "나조차 내 앞길이 보이지 않아 막막했을 때, 당신은 어떻게 날 믿을 수 있었어?"

아내가 말했다. "보리가 자라지 않는 땅엔 콩을 심어보면 되고, 콩 역시 자라지 않는다면 과일을 키워보면 돼. 과일 역시 잘못될 때는 메

밀 씨앗을 뿌리면 분명 꽃이 필 거라 생각했어."

모든 땅에는 각자에게 맞는 씨앗이 있다. 이를 긍정하고 격려하기만 하면 언젠가는 자신만의 수확을 낼 수 있다.

사랑하는 사람의 긍정은 역경에 빠진 이들에게 최고의 응원이다. 좌절과 어려움이 닥쳤을 때 최고의 치료제가 되어주며, 두 사람의 관계에 윤활제가 되어준다.

사랑하는 사람의 노력을 긍정하는 말 한마디, 손짓 하나, 단순한 동작 하나를 종종 쉽게 잊어버린다.

만약 곁에 있는 이를 최고로 만들고 싶다면, 그 사람을 긍정하는 법을 배우자.

무능함을 평범함이라 착각하지 마라

01

주말에 동창회가 있었는데, 거기서 옛 친구들끼리 '불평회'가 열렸다.

누군가 말했다. 업무 스트레스는 심하고 월급은 쥐꼬리만 하니 인생에 아무런 보람이 없다고. 또 누군가는 인생이 고인 물과 같다고 말했다. 특별히 기쁜 일은 없는데 속상한 일만 한가득이라고. 그리고 누군가는 부부 관계가 점점 무미건조해지는 것이 고민이라고 했다. 아이의 성적은 갈수록 떨어지고, 온갖 재수 없는 일은 어째서 자신에게만 일어나는 건지 모르겠다고 했다.

한쪽에서 이야기를 묵묵히 듣고 있던 나는 마음속에 작은 의문이 생겼다. 현재의 직장이 불만족스럽다면, 어째서 자신의 능력을 끌어올리거나 혹은 아예 직장을 바꿀 생각은 하지 않는 것일까? 자신의 인생이 불만족스럽다면, 어째서 여가 시간에 취미나 재미를 찾아 한층 흥미로운 세상을 접하려 노력하지 않는 것일까? 가정이 불만족스럽다면, 어째서 배우자와 조금 더 소통하고 아이를 조금 더 돌보며 한

층 성장한 어른이 되려고 노력하지 않는 것일까?

만약 내가 이렇게 말하면 그들은 수만 가지 이유를 찾아 반격할 것이다. 예를 들어 아직 이직할 시기가 아니라든지, 기회가 불평등하다든지, 시간이 없다든지…. 하지만 바꿔서 생각해보면, 그만큼 단순한 불평은 사실 아무짝에도 쓸모가 없다. 심지어 불평할수록 점점 더 비관적인 감정에 빠지게 될 뿐이다. 만약 바꾸고 싶다면 가능한 모든 힘을 자신의 삶과 업무 태도 그리고 가족 관계를 개선시키는 데 쏟아야 한다.

살아가면서 어떠한 문제가 생기면 이를 해결하는 데 초점을 맞추기에 앞서 부정적인 감정부터 표출하는 사람이 있다. 만약 당신이 자아를 깨고 나와 출구를 찾는다면, 현재 상태에서 제자리걸음하는 것보다 훨씬 유용할 것이다.

02

예전에 친구가 내게 하소연을 한 적이 있다. 직장의 업무량이 너무 많고, 동료들과도 어울리기 쉽지 않으며, 상사가 너무 엄격해서 회사를 그만두고 싶다는 것이었다.

나는 친구를 타일렀다. "지금 네가 가진 경력이나 업무 능력으로는 회사를 옮긴다 해도 똑같은 문제가 생길 거야. 게다가 자주 직장을 옮기는 건 커리어 관리에도 좋을 게 없잖아. 네가 불평한다고 해서 업무량이 줄어드는 것도 아니고, 동료들이 갑자기 잘 대해주는 것도 아니고, 상사가 갑자기 착해지는 건 더더욱 아니라는 걸 생각해."

그후 친구는 더 이상 불평하지 않았다. 업무가 많으면 업무 효율을 증가시킬 방법을 고민했고, 동료들과 사이가 좋지 않을 땐 최대한 자신의 감정을 조절했으며, 상사가 과한 요구를 할 때면 성실히 해내려고 노력했다.

현재 친구는 업무 능력도 오르고 인간관계도 좋아졌으며 상사에게 인정받아 어느새 회사의 우수 사원이 되었다.

신입 사원이든 경력 사원이든, 관리자든 평사원이든, 누구나 이런 시기를 겪으며, 모든 일에 불평불만을 갖는 때가 있다. 그러나 문제가 생겼을 때 불평만 하고 있으면 문제를 해결하는 데 도움이 되지 않을 뿐 아니라, 불평할수록 마음만 불편해질 뿐이다. 바꿀 수 있는 것을 바꾸려 노력한다면, 인생 역시 이와 같이 점점 좋아질 것이다.

03

살면서 여러 좌절과 역경, 억울함과 괴로움을 겪지 않는 사람은 없다. 그럴 때 모든 일을 남 탓으로 돌리며 불평불만을 늘어놓는 사람이 있는가 하면, 실패 또한 하나의 경력으로 여기고 끊임없이 적극적인 방식으로 개선해나가려 노력해, 마침내 문제를 해결하는 현명한 사람들도 있다.

이런 이야기가 있다.

며칠째 장마가 쏟아지던 어느 날, 아들이 창밖으로 점점 세차게 내리는 빗줄기를 초조한 듯이 바라보며 투덜댔다. "하느님은 눈치도 없으시지! 비가 이렇게 오래 내렸으면 이제 멈출 때도 됐잖아요? 집에 물이 새고, 식량도 상하기 시작했다고요. 게다가 옷들도 전부 축축해졌는데 빨래를 해도 마르지 않아서 갈아입을 옷도 없다고요! 하느님, 대체 왜 이러시는 거예요…."

바로 그때, 온몸이 빗물에 젖은 아버지가 집안으로 들어오면서 아들의 불평을 들었다. 아버지는 옷을 갈아입으면서 아들에게 말했다. "감히 하느님에게 화를 내다니. 하느님이 노하셔서 비를 계속 오게 하면 어떡할래?"

아들은 고개도 돌리지 않고 대답했다. "흥! 하느님이 왜 화를 내겠어요! 내 말은 들리지도 않을 텐데!"

아버지는 웃음을 참으며 말했다. "아, 이 바보 녀석! 들리지도 않을 걸 알면서 뭐하러 그런 한심한 짓을 하는 거냐?"

아버지는 아들을 타일렀다. "아들아, 여기서 하늘만 보며 투덜대는 것보다, 당장 우산을 쓰고 나가서 옥상을 살펴보는 게 낫지 않겠니? 그후 불을 피워 식량과 옷들을 말린 다음 맛있게 저녁을 먹으면, 밤에 편안히 잠들 수 있을 거야!"

아들은 여전히 입을 삐죽거리면서도 아무 말도 할 수 없었다.

만약 내 몸매에 불만이 있다면, 살이 쉽게 찌는 자신의 체질을 탓하기 전에, 적게 먹고 많이 움직이며 건강을 관리하는 게 어떨까. 만약 내 직장이 마음에 들지 않는다면, 내가 회사를 위해 무엇을 희생하는지 따지기 전에, 경력과 학식을 쌓고 자기 계발에 매진하는 게 어떨까.

만약 결혼 생활이 완벽하지 않다고 느껴진다면, 배우자의 성격을 탓하기 전에, 내가 먼저 상대방에게 어떤 잘못을 했는지 고민해보는 게 어떨까.

내 처지를 불평하기 전에, 바꾸려 열심히 노력하는 사람이 된다면, 당신의 인생은 한층 더 순조로워질 것이다.

노력이 삶의 모습을 결정한다

01

언젠가 다음과 같은 기사를 본 적이 있다. 명문대에서 경비원이나 청소부로 일하는 사람들이 다른 곳에서 같은 일을 하는 사람들보다 훨씬 전도유망하다는 것이다.

이런 일이 있었다. 청화대학 학생식당에서 요리사로 일하던 J의 업무는 가스불을 점검하고 만두를 찌는 것이었다. 그러다가 매일같이 자신과 동갑내기 학생들이 똑똑함을 뽐내는 모습을 보며 자괴감을 느꼈고, 스스로 변해야겠다고 결심하기에 이르렀다.

J는 우선 영어부터 공부하기 시작했다. 그 결과 고등학교도 졸업하지 못한 J가 670점 만점 토플 시험에서 630점을 받고 영어와 관련된 일에 종사하게 되었다.

또 이런 일도 있다. 베이징대학에서 경비원으로 근무하던 Z는 영어를 할 줄 몰라 학교를 방문한 외국인들에게 비웃음을 당한 후 열심히 공부하기로 마음먹었다. 여기에 한 교수님의 도움이 더해져 마침내 Z

는 대입시험을 치르고 베이징대학 법학과를 졸업할 수 있었다. 그후 한 전문대학에서 상무 부교장이 되었다.

정확한 통계는 아니지만, 이 두 대학교에서 일하는 사람들 중 뒤늦게 공부를 통해 운명을 뒤바꾼 사람이 150여 명에 달한다고 한다.

이런 것으로 미루어보아, 명문대에서는 인재를 배출하기만 하는 것이 아니라, 보통 사람, 심지어 낮은 계층에 있던 사람들의 인생을 역전시킬 수도 있다는 사실을 알 수 있다. 이는 단순히 명문대의 후광이나 명성, 유명세 덕분이라기보다는 그곳에 있는 인력의 수준, 평균보다 다소 높은 수준, 정신 소양 등에 달려 있는 것이다.

긍정적이고 적극적이며 진취적인 집단 안에 있는 사람들은 저도 모르는 사이 그런 모습들을 보고 듣고 배우며, 심지어 그로 인해 투지를 북돋게 된다.

이제는 우리가 어떤 환경에 처해 있는지, 어떤 사람들과 어울리는지가 때로는 너무도 중요하다는 사실을 인정할 수밖에 없다. 나아가 이것이 미래의 우리 인생 수준을 결정하기도 한다.

02

직장에는 다음과 같은 이론이 있다. 만약 상사가 늑대라면, 부하직원들이 모두 양이라도 결국은 늑대가 된다. 그러나 상사가 양이라면, 제아무리 늑대 같은 부하직원이라 해도 나중에는 양이 된다.

만약 당신의 상사가 업무 태도가 불성실하고 적극적이지 못하며 책임을 회피하는 사람이라면, 얼마 지나지 않아 당신 역시 이런 모습에 적응해 결국 이 나태한 모습에 동화된다.

그러나 당신의 상사가 시도를 두려워하지 않고 새로운 것을 받아들이는 데 거리낌이 없으며 책임감이 강한 사람이라면, 당신 역시 의욕과 잠재력을 자극받아 실력이 길러지고 한층 성장할 수 있다.

결국은, 어떤 사람과 함께하는지가 매우 중요하다.

당신의 상사는 결국 당신을 이끌어줄 사람이다. 상사가 높은 곳을 오르려는 사람인지 낮은 곳으로 흘러가는 사람인지, 통찰력을 가진 사람인지 아니면 그저 하찮고 무능한 사람인지에 따라 당신이 재능을 펼칠 수 있는지 없는지가 결정된다고 볼 수 있다.

또한 당신의 업무 수준과 능력은 주변 동료들에게서도 간접적인 영향을 받는다.

예를 들어 당신 주변의 동료들이 하나같이 의욕도 없고 소극적이며 산만하게 그저 하루하루 버티는 사람들이라면, 당신 역시 그들 사이에서 끓는 물에 익어가는 개구리 신세가 될 것이다.

그러나 머리가 좋고 사고력이 뛰어나며 학습 능력이 높은 사람들과 함께 있으면 당신 역시 그들과 발을 맞추어 끊임없이 전진하게 된다.

이런 말을 자주 듣는다.

'어느 날 문득 당신이 한 자리에서 더 이상 진보하지 않고 퇴보하는 것처럼 느껴진다면, 환경을 바꿀 때가 된 건 아닌지 고민해보는 것이 좋다. 왜냐하면 당신은 당신도 모르는 사이 함께 일하는 사람들의 행동거지, 말투와 사고방식, 마음가짐 등에 동화되기 때문이다.'

03

내 사촌 동생이 고등학교 2학년일 때 갑자기 성적이 부쩍 떨어진 적이 있었다.

이모와 이모부는 너무나 걱정되어 급히 학원을 보내고 혼내보기도 했다. 너무 걱정스러운 마음에 밤에 잠도 못 잘 정도였다.

하지만 무슨 짓을 해도 효과가 없었다.

이모는 급기야 동생의 담임선생님을 찾아가 이유를 물었다. 그제야 실은 동생이 반 년 넘게 같은 반에서 놀기 좋아하는 아이들과 가까이 지냈다는 사실을 알게 되었다.

이모는 그 즉시 동생을 그 친구들과 어울리지 못하게 막았다. 결론적으로 얼마 지나지 않아 동생의 성적은 눈에 띄게 좋아졌다.

학창 시절 부모님은 늘 우리에게 착실하고 예의 바르고 착한 친구들과 어울리라고 가르친다. 당시에는 이러한 관점이 상당히 고리타분하고 이기적이라고 생각했는데, 지금 돌이켜보면 아주 틀린 말은 아니다.

왜냐하면 아이들의 의지력과 판단력은 아직 미숙해 생활습관이나 학습 태도, 사고방식 등이 쉽게 주변 친구들의 영향을 받기 때문이다.

사실 이 말은 어른에게도 똑같이 적용된다.

만약 당신의 친구들이 불평하기 좋아하고 쉽게 화를 내고 부정적인 기운이 가득하다면, 당신 성격 역시 점차 그들처럼 변할 것이다.

반대로 적극적이고 진취적이며 선량한 친구들과 함께라면, 당신 역시 따뜻한 사람이 될 것이다.

세상 모든 사물과 사람은 서로 영향을 주고받으며 살아가는데, 그중 친구는 나를 비추는 거울이라 할 수 있다. 우리는 나도 모르는 사이에 상대의 습성과 삼관*을 참조하기 때문이다.

순자는 다음과 같이 말했다.

'쑥도 삼과 같이 자라면 스스로 곧게 서고, 흰 모래도 진흙과 섞이면 따라서 검어진다.'

우리 곁에 있는 친구들의 인품과 소양이 간접적으로 우리에게 투사된다고 할 수 있다.

04

워렌 버핏은 이렇게 말했다.

'일생에서 가장 중요한 투자는, 구매할 주식을 고르는 게 아니라 함께할 파트너를 선택하는 것이다.'

한때 나는 이 말이 그저 농담인 줄로만 알았는데, 나중에 주변 많은 부부들의 모습을 보며 이것이 얼마나 정확한 말이었는지를 깨달았다.

내가 아는 한 기혼 남성이 말했다. 그 남성은 결혼 전 몇몇 친구들과 함께 투자 회사를 창업했는데, 결혼 후 아내의 재촉에 못 이겨 투자 자금 천만 원을 회수해 은행에 저축했다고 한다. 그러나 3년 후, 그 남성이 포기했던 투자 항목의 가치는 일억 원 이상이 되었다.

---

* 사람이 가지는 세 가지 중요 관념으로 보통 세계관, 가치관, 인생관을 뜻한다.-옮긴이

현재 그 남성은 마음속에 아무리 큰 포부가 있어도, 아무리 좋은 기회가 와도, 아내의 반대 때문에 이룰 수가 없었다고 한다.

내가 물었다. "그럼 혼자 알아서 결정하면 되지 않나요?"

그 남성은 이미 체념한 듯이 대답했다. "이미 결혼한 남자가 앞만 보고 사업에 매진한다는 건 거의 불가능해요."

두 말 할 것도 없이, 매일 집에 돌아가 마주하는 사람이 내 얼굴에 침을 튀기며 마음을 심란하게 만드니, 그런 아내를 상대하는 것이 진상 손님 백 명을 상대하는 것보다 더 어려운 것이다.

내가 아는 사람 중 한 명은 결혼 전 매우 온화하고 우아하며 교양 있는 여성이었는데, 의욕도 없고 거짓말만 늘어놓는 남자와 결혼해 함께하다 보니 어느새 억센 여자가 되어버렸다. 많은 사람들이 여자는 일단 결혼하고 나면 사랑스러웠던 모습이 사라진다고 말하는데, 누가 알았겠는가. 돈도 못 벌고 집안일도 안 하며 아이들에게도 무관심한 남편을 만난 아내들에게 남은 건 커진 목소리와 억세진 자신의 모습 외에 깊은 절망뿐이라는 사실을.

사실 당신의 반려자와 당신은 밧줄 하나로 묶인 메뚜기와 같다. 어느 한 쪽이라도 협력하지 않으면 함께 어려움에 빠지게 된다.

왜냐하면 같이 묶인 이상 함께 호흡하는 운명 공동체이기 때문이다. 먹고 자는 것조차 서로의 범위와 시선에서 벗어날 수 없다.

설령 당신이 주동적으로 벗어난다 해도 필히 상처를 입을 수밖에 없다. 적군 천 명을 무찌르면 아군 팔백 명을 잃는다는 말이 결코 틀리지 않을 것이다.

사람은 사회적인 동물이다. 우리가 최종적으로 어떤 사람이 되는지는 우리가 어떤 사람이 되고 싶은지를 결정하는 것처럼 단순하지만은 않다. 이는 우리의 일, 생활 그리고 감정을 둘러싸고 있는 가장 가까운 사람들이 결정한다.

수준이 낮은 사람들이나 질이 나쁜 집단은 마치 악성 종양과 같아서, 끊임없이 우리를 전염시키고 심지어 깊이 잠복해 좀먹기도 한다. 그렇게 우리는 면역력을 잃고 결국 그들과 동화되는 것이다.

그러나 수준이 높은 사람들과 우수한 집단은 그야말로 온화한 태양과 같다. 그들은 스스로 빛을 낼 뿐만 아니라 주변의 먹구름을 몰아내 새로운 사람이 될 수 있도록 만들어준다.

부정적인 기운을 멀리하고, 긍정적인 기운을 가까이하라. 정녕 선택할 수 있는 방법이 없거든 최대한 본심을 지키고, 힘을 키우고, 자신의 중심을 지켜야 한다.

미친놈처럼 강해지는 것이 가장 중요하다

누군가는 말한다. 이 사회는 여성에게 너무도 우호적이지 않다고. 예를 들어 직장에서 아무리 유능하다 해도 성차별에서 자유로울 수는 없고, 일상생활에서 겪는 부당함을 털어놓을 곳이 없다.

애정 문제에 있어서 역시 여성은 셀 수 없을 만큼의 상처와 억울한 상황을 겪는다.

그렇다고 여성이 이러한 운명을 받아들이고만 있어야 할까? 사실 여성이 일단 강해지면, 온 세계가 상냥해진다.

01 능력이 있어야 존중을 받을 수 있다

얼마 전, P라는 독자가 승진과 더불어 월급이 올랐다는 소식을 알려 왔다.

동료들은 P를 질투할지언정 불만을 가지지는 못한다고 한다. P가 실력이 있다는 것에 대해서는 이견이 없으니, 납득하지 않을 수 없는 것이다.

P는 일을 할 때 늘 자기 자신에게 엄격하다고 한다. 여성이라는 이유를 앞세워 당당히 야근을 덜 한다거나 보고서를 덜 쓴다거나 업무에서 열외가 되는 일은 있을 수 없다.

한 번은 팀에서 출장을 가야 하는데 일정도 길고 조건도 까다로워 고생길이 훤했다. 하지만 스스로 지원해 다른 남자 동료들과 똑같이 일선에서 활약했다.

또 한 번은 회사 동료가 P를 음해해 결국 중요한 고객 한 명을 놓치고 말았다. 하지만 불평 한마디 없이 회사의 징계를 묵묵히 받아들였다. 나중에 사람들이 왜 해명하지 않았느냐고 묻자, 이렇게 대답했다. "첫 번째는 누군가가 날 모함했다는 증거가 충분하지 않았어요. 두 번째는 일단 문제가 생기면 나에게도 피할 수 없는 책임이 있기 때문이니까요."

최근 여성들이 직장에서 처한 상황이 매우 난처한 경우가 많다.

첫째, 올라갈 수 있는 데 한계가 있고, 둘째, 여전히 여성의 능력에 대해 깊이 뿌리박힌 편견이 존재하기 때문이다.

하지만 이는 바꾸어 생각해보면 여성들이 직장 생활에서 확실히 문제가 있다고도 할 수 있다. 예를 들어 일처리가 산만하고, 정서가 불안정하며, 사소한 일로 시시콜콜 따지고 드는 등이다.

사실 이러한 관성적인 사고방식을 바로잡고 싶다면 어리광을 피우고 귀여운 척을 하며 투덜댈 것이 아니라, 떼쓰지 말고 게으름 피우지 않으며 쉬운 일만 골라 하지 않도록 해야 한다. 성별로 우대를 받는 게 아닌, 공정한 경쟁을 통해 우위를 선점해 마땅히 받아야 할 칭찬과 보상을 즐기는 것이다.

미국 하버드대학 300년이 넘는 역사를 통틀어 유일한 여성 총장인 드류 길펀 파우스트가 이런 말을 했다.

'나는 하버드의 여성 총장이 아닙니다. 그냥 하버드의 총장입니다.'

그 무엇보다 힘 있는 이 말을 통해, 능력이 있는 여성만이 마땅히 받아야 할 존중과 인정을 쟁취할 수 있다는 사실을 충분히 설명할 수 있다.

02 경제적 능력이 있어야 억울함을 피할 수 있다

얼마 전, 동네에 사는 한 부부가 사소한 일로 다투었다.

화가 머리끝까지 난 남편이 아내에게 소리를 질렀다. "이 빈대 같으니! 이 산더미처럼 쌓여 있는 네 가방, 신발, 옷들 좀 봐."

사실 아내가 그렇게 쇼핑광은 아니었다. 아내는 어디까지 경제적 여건이 허락하는 한도 내에서 구매를 했다. 더욱 중요한 것은, 아내도 먹고살 만큼은 번다는 사실이었다.

그래서 아내는 남편에게 당당히 대답했다. "내가 네 돈 쓴 것도 아니잖아."

순간 남편은 할 말을 찾지 못해 꿀 먹은 벙어리가 되었다.

한때 시어머니도 며느리를 탐탁지 않아 했다. 그래서 말도 안 되는 이유들로 트집을 잡았다. 예를 들어 자기 아들을 제대로 돌보지 않는다는 둥, 집안일을 하지 않는다는 둥, 돈을 아껴 쓰지 않는다는 둥 이런 트집을 잡아 며느리에게 화를 내는 것이다.

만약 일반 가정주부들이었다면 그저 고개를 숙이고 눈물을 흘리며 묵묵히 참는 수밖에 없었을 것이다. 어차피 도움을 받는 입장에서는 떳떳하게 말할 수 없는 것이 아니겠는가. 아무리 드센 사람도 일단 다른 사람 주머니에 있는 돈을 쓰면 자연히 주눅이 들기 마련이다.

하지만 며느리는 위풍당당하게 말했다. "먼저 저는 누구의 보살핌도 필요하지 않아요. 게다가 제 가정은 어머니 아들이 혼자 이룬 것이 아니라, 저와 함께 노력해 지금의 안정적인 생활을 꾸린 것입니다. 그러니 우리는 누가 누구를 일방적으로 돌보는 존재가 아니라, 서로서로 보살피는 거예요."

이 말을 들은 시어머니는 여전히 투덜댔지만 마음속으로는 확실히 알게 되었다. 며느리를 괴롭히면 아들 역시 편하게 살 수는 없다는 사실을.

비록 아내의 태도가 다소 강경했을 수도 있다. 그러나 바꾸어 생각해보면 이 세상에 그저 참고, 양보하고, 무조건 포용해주는 것만이 좋은 건 아니다.

이렇듯 우리는 독립적인 경제 능력만 있으면 살면서 덜 억울하고 덜 무시당할 수 있다.

홍콩 작가 이슈가 말했다.

'경제적으로 독립하지 못하면 다른 건 말할 필요가 없다. 의식주를 타인의 도움에 기대 해결하면서 입으로는 부속품이 되기 싫다니, 이보다 애처로운 일이 어디 있겠는가.'

우리는 살아가면서 일을 원만하게 끝내기 위해 일단 저자세를 취하는 여성들을 많이 본다. 그 여성들 또한 삶이 힘들 것이다. 그러나 여성이 스스로 강해지는 법을 배우지 못하면, 스스로 삶을 꾸리는 능력과 힘이 없으면, 그렇게 영원히 떳떳한 발언권을 얻지 못한다.

03 내면이 강해야 얽매임 없이 살 수 있다

내 친척 K가 최근 이혼을 했다.

K는 젊은 시절 꽃처럼 아름다웠고 가정환경도 부유했으나 집안의 격렬한 반대를 무릅쓰고 전남편과 결혼했다.

그 당시 전남편은 가진 게 아무것도 없는 상태였다. 그래서 둘은 빈손으로 시작해 십수 년을 고군분투한 끝에 드디어 좋은 날이 온 것이다.

하지만 여유가 생기자 전남편은 K를 속이기 시작했다.

K가 둘째를 임신했을 무렵, 전남편이 바람을 피우고 있다는 사실을 알게 되었다. 게다가 그 젊고 예쁜 외도 상대에게 집까지 사주었다고 한다.

이 사실을 알고 절망한 K는 울어도 보고, 소리도 쳐보고, 자살할까도 생각하다가 결국 병원에서 둘째를 지우는 수술을 받았다. 그런 K에게 사람들은 전부 한 발 양보해 적어도 가정만은 지키라고 타일렀다. 하지만 아무리 이해득실을 따지고 고민하고 또 고민해보아도 결론은 이혼뿐이었다.

그렇게 아프고 슬픈 시간들을 K는 씩씩하게 버텨냈을 뿐만 아니라 마치 환골탈태한 듯이 새로운 사람이 되어 새 삶을 시작했다.

현재 K는 하루하루 충실하고도 여유롭게 보내고 있다. 하나뿐인 아들을 돌보면서 자신의 일도 소홀하지 않고, 살아가는 데 충분한 경제적 능력도 갖추고 있으면서 꽃처럼 아름다운 외모와 매력도 그대로다.

K가 말했다. "생각하기도 싫었던 그 시절에서 나도 조금씩 벗어나고 있어. 더 이상은 고민하거나 원망하지 않아."

그렇다고 K가 앞으로 계속 독신을 추구하는 것은 아니다. 다만 좋은 사람이 나타나지 않는다면 혼자서도 여생을 잘 살아갈 수 있다고 생각한다.

홍콩의 작가이자 방송인 량원다오는 다음과 같이 말했다.

'여자는 반드시 혼자서 살아갈 수 있는 능력이 있어야 한다. 다른 사람들이 절대 가져갈 수 없는 어떤 것을 가지는 것, 이것이 매우 중요하다.'

연인 관계에서 쉽게 상처받는 여성들이 많다. 사실 잘 생각해보라. 한평생 살면서 나를 배신한 남자들이 내 가슴에 비수를 꽂는 일을 한 번도 겪어보지 않은 여자가 몇이나 되겠는가?

얼핏 삶이 순조로워 보이는 여자들도 결코 탄탄대로를 걷고 있지는 않다. 다만 그들은 스스로 여왕과 같은 마음가짐을 하고 있을 뿐이다. 삶이 아무리 못살게 굴어도 결코 쓰러지지 않고 열심히 살아가리라는 마음과 결심을 갖고 있다.

여성들은 늘 불평한다. 내가 얼마나 열심히 했는데 상사는 왜 날 인정해주지 않는 걸까, 내가 착하게 대하면 왜 사람들은 내 머리 꼭대기까지 기어오르는 걸까, 나는 사랑하는 사람에게 늘 한결같은데 왜 자꾸 배신을 당하는 걸까….

하지만 이런 불평들이 과연 소용 있을까? 매달리는 건? 불쌍한 척은?

여성들은 '나는 약하니 반드시 보호받아야만 하고 중요하게 여겨져야만 하며 모두들 내게 착하게 대해야 해'라는 심리를 반드시 버려야 한다. 자력자생, 자기완성, 자아치유의 방법만 익힌다면 인생을 역전할 가능성이 열릴 것이다.

이를 위해서 반드시 해야 할 세 가지가 있다.

첫째, 열심히 일을 해야 한다.

누군가 배우 류자링에게 물었다. "일이 여자에게 가져다주는 가장 좋은 점은 무엇입니까?"

류자링이 대답했다. "시야가 넓어지고, 자신감과 존엄이 생깁니다."

둘째, 경제적 능력이 있어야 한다.

어느 작가가 말했다.

'여성이 돈이 없어 다른 사람의 지원에 기댄다면 결국 모든 사람들을 비굴한 태도로 대하게 된다. 그러는 와중에 들인 모든 노고는 한 줌도 안 될 만큼 후려쳐진다.'

셋째, 마음을 강하게 다져야 한다.

중국의 소설가이자 드라마 작가인 왕쉬의 책 『딸에게 보내는 글致女儿书』에 다음과 같은 말이 나온다.

"'미친놈' 같을 정도로 강한 내면을 만드는 것이 무엇보다 중요하다. 왜냐하면 사람의 신체는 연약할 수 있으나 정신은 한 번 붕괴되면 전부를 잃는 것과 마찬가지이기 때문이다.'

마지막으로 당신도 알게 될 것이다. 이 사회는 여성에게 매우 너그럽다는 것을. 여성의 내면과 외면이 강해지면, 온 세상이 웃어줄 테니 말이다.

고생할 만한 나이, 일상에 안주하지 마라

01

주변에 이런 사람을 본 적이 있는가.

당신은 책 몇 쪽도 간신히 읽을 때, 먹고 자는 것도 잊을 정도로 매일같이 책에만 빠져 있는 사람. 당신은 이미 늦은 나이라고 생각할 때, 퇴직할 나이를 지나서도 여전히 미분 적분을 공부하는 사람. 당신이 기회가 적다고 운이 안 좋다고 투덜댈 때, 어려움 속에서도 차근차근 자신만의 업적을 이루어내는 사람.

이런 사람들은 신들이 특별히 보살펴주는 거라 생각하기 쉽지만, 사실 이들도 우리와 같은 보통 사람이다. 다만 우리보다 자기 자신에게 더 많이 요구할 뿐이다.

내 동료 중 한 명이 얼마 전 회사를 그만두었다.

상사가 동료에게 회사에 불만이 있느냐고 물었을 때, 동료가 말했다. "학교로 돌아가 박사 과정을 공부하고 싶습니다."

상사가 또 말했다. "평소 능력이 특출난 것도 알고 있고, 회사 역시 단 한 번도 너의 능력을 의심한 적이 없었다네!"

하지만 동료가 넘고 싶은 것은 자기 자신이었다. 그 동료에게 일이란 돈을 버는 수단에서 나아가 자신의 가치를 실현시키기 위함이었다.

많은 사람들이 동료의 퇴직을 안타까워했다. 앞으로 보장된 승진 기회를 모조리 날려버리는 꼴이 되었으니 말이다. 그러고는 감축 인원 명단에 자신의 이름이 올라 있는지 시시각각 살피고 있었다.

사람과 사람 사이의 차이는 겉으로 보이는 성공과 명예에 있는 것이 결코 아니라는 것을 인정할 수밖에 없겠다. 그 차이는 평온하고 무탈한 생활을 누리고 있을 때에도 자신을 채찍질할 수 있는지, 용기 내어 그 편안함 속에서 빠져나와 자기 자신에게 도전할 수 있는지, 새로이 닻을 올리고 미지의 세계로 출항할 수 있는지, 그렇게 새로운 목표를 향해 끊임없이 전진할 수 있는지에 달렸다.

02

얼마 전 이런 글을 봤다.

'더우인*은 어떻게 요즘 젊은이들을 망쳐놓았는가?'

내 sns 친구들 사이에서는 열렬한 논쟁이 일었는데, 한편으론 휴대전화를 손에서 놓고 싶으면서도 다른 한편으론 그런 자기 자신을 제어할 방법이 없다는 것이었다. 1분만 휴대전화를 보지 않으면 안절부

---

* 抖音 : 짧은 동영상을 찍어 공유할 수 있는 앱.-옮긴이

절못해진다고 했다.

그러나 내 친구 Q는 이런 걱정을 해본 적이 없다. 왜일까? Q는 애당초 이런 앱을 설치해본 적도 없기 때문이다.

사람들이 매일같이 휴대전화로 서로에게 웃기고, 신기하고, 이상한 동영상들을 주고받으며 희희덕대는 시간에 Q는 책을 읽고 공부를 했다.

사람들이 이런 이야기를 하며 유행에 뒤쳐진다고 무시할 때, Q는 맹목적으로 대세를 따르느라 자신의 주의력이 분산되지 않도록 중심을 확고히 지켰다.

사람들이 그런 Q의 의지력을 칭찬해주었을 때, Q는 매우 솔직하게 말했다. 자신의 의지력이 부족한 것을 알기 때문에 깊이 빠져 스스로 헤어나오지 못할 것은 처음부터 거들떠보지도 않는다고.

사실 누구나 유혹을 외면하기는 어려운 법이다. 인간의 본성이란 원래 편안함과 느긋함, 안일함으로 향하기 때문이다.

하지만 우수한 사람에게는 이에 맞서는 강한 힘이 있다. 이는 그들이 노는 것을 싫어하거나 즐겁고 편안한 것을 거부하기 때문이 아니다. 그들은 기꺼이 불편을 감수하고, 자신이 나태해질 틈을 처음부터 만들지 않는 것이다.

03

내가 아는 어느 훌륭한 작가가 나에게 이런 말을 한 적이 있다. 자신의 글쓰기 비결은 절대로 자기 자신과 쉽게 타협하지 않는 것이라고.

예를 들어 아무리 바빠도 매일 반드시 두 시간씩 책을 읽고, 한 시간은 수필을 쓴 후 30분 더 필기를 한다고 했다.

이 일을 처음 시작할 때만 해도 해낼 수 없을 거라고 생각했다고 한다. 일도 고되고 퇴근 후 해야 할 잡다한 일도 한가득이니, 매일같이 팽이처럼 쉴 새 없이 돌고 또 도는데 자기 계발을 할 시간과 정신이 또 어디 있단 말인가?

하지만 지금 아무리 바빠도 반드시 시간을 내 이 일들을 완수한다고 한다. 무슨 일이 있어도 이 리듬만은 깨지 않으려 하는 것이다.

이 모든 변화는 자기 자신에게 엄격한 덕분이다. 사람들이 바쁘다고 말하는 것은 사실 여력이 아예 없다는 뜻이 아니라 자신을 압박하거나 힘들게 하고 싶지 않다는 뜻이다.

하지만 가슴에 손을 얹고 자문해보라. 매일 출근해 '바쁘게' 일하는 여덟 시간 동안 단 한 번도 sns나 인터넷 쇼핑을 하지 않고, 잡담도 일체 하지 않는가? 매일 집안일을 하는 동안 모든 시간을 오로지 요리하고, 바닥 쓸고, 세탁하는 데만 쓰는가? 텔레비전을 보거나 쇼핑을 하거나 수다를 떨진 않는가?

많은 순간 우리는 '바쁘다, 힘들다, 피곤하다'는 말을 '노력하지 않는다, 성장하지 않는다, 발전하지 않는다'는 말의 방패막이로 쓰고 있다.

대다수의 사람들이 말하는 노력은, 할 수 있는 최대치에 채 미치지 못한다. 우리는 그저 습관적으로 자아를 마비시킴으로써 자신을 한번 눈감아주는 것뿐이다.

반면 소수의 성공한 사람들은 언제나 맑고 또렷한 정신 상태를 유

지하며 애초에 자기 자신에게 푸념하거나 불평하거나 노력하지 않을
기회를 주지 않는다.

04

요즘 다음과 같은 사람들이 아주 많다.

잘 나가는 사람들이 이룬 업적, 그들의 영광과 보상 등을 무척이나
부러워하면서도, 자신 스스로 자아를 개선하고 완성해나갈 마음은
없는 것이다.

사람들은 일이 너무 힘든 것을 불평하면서 이를 해결하려는 노력은
하지 않고, 인생이 재미없다고 한탄하면서 새로운 문물을 찾아보려는
시도는 하지 않으며, 본인의 몸매에 만족하지 못하면서 선뜻 다이어
트를 하려 하지 않는다.

또 주변에 이런 사람 역시 있을 것이다. 자기 자신에게 매우 엄격하
며, 진심으로 노력하는 사람들 말이다.

예를 들어 그들은 보통 사람들보다 학력이 높고 지식이 많으면서
도, 보통 사람들보다 훨씬 열심히 공부하며 정진한다.

또한 그들은 보통 사람들보다 업무 능력이 좋으면서도 보통 사람들
보다 배우고 연구하는 것을 게을리하지 않는다.

그들은 보통 사람들보다 외모가 좋으면서도 더욱 음식을 조절하고
열심히 운동하며 피부를 가꾼다.

사실, 우수한 사람일수록 노력하며, 노력하는 사람일수록 행복하

다. 그리고 이는 선순환을 만든다.

하지만 대다수의 사람들은 어떤 모습일까? 평범한 사람일수록 노력하지 않으며, 노력하지 않는 사람일수록 운에서 멀어진다. 그리고 이는 마찬가지로 악순환을 만든다.

우리의 우수함은 노력에 비례하며, 노력은 자기 자신에게 얼마큼 엄격하느냐에 달려 있다.

평생 노력하며, 평생 사랑받기를

이런 생각해본 적 없는가. 어른이 될수록 나를 아프게 하는 사람, 나를 힘들게 하는 일, 그리고 내 앞을 가로막는 일들은 점점 많아지는데 이런 감정을 털어놓을 곳이나 숨을 돌릴 시간은 점점 더 적어진다고.

때때로 당신은 너무도 나약해, 고작 깃털 하나에도 쉽게 쓰러져버릴지 모른다. 그러나 때때로 당신은 무척 강해, 이를 악물고 혼자서도 아주 먼 길을 갈 수도 있을 것이다.

비록 우리가 가는 이 길에 내 마음 같지 않은 일들도 수없이 많겠지만, 그럼에도 낙천적이고 적극적인 마음 상태를 유지한다면 시련에 무릎 꿇는 일은 없을 것이다.

세상 사람들은 모두 저마다 어려움을 안고 있다. 중요한 것은 과거를 그리워하며 현재를 걱정하고 미래를 두려워하는 것이 아니라, 지금 이 순간에 충실하며 내 손 안의 일과 내 눈 앞의 사람들에게 최선을 다하는 것이다. 그럼에도 결국 내 마음과 같지 않을 수도 있겠지만 적어도 후회와 원망은 없을 것이다.

마음에 들지 않는다고 일단 도망치고 포기하는 사람은, 주변에서 아무리 도와주어도 결국 수렁에서 빠져나오기 어렵다.

반면 끈기 있고 용감하며 너그러운 마음으로 눈앞에 닥친 모든 일들을 직면하는 사람은 운명이 아무리 방해해도 그를 영원히 힘들게 할 수는 없다.

아마도 우리는 매일같이 사방에서 쏟아지는 스트레스를 받고 있을 것이다.

이를 테면 직장에서는 때론 너무 힘들고 피곤하고 억울해도, 그저 묵묵히 참고 넘기는 것에 익숙해져 있다.

일상에서는 때론 누군가 나를 오해하고 비방하고 따돌려도, 그저 습관처럼 침묵하고 묵과한다.

애정 관계에서는 때론 안 되는 줄 알면서 마음이 움직이고 적절치 못한 사람을 사랑하게 되지만, 스스로 위로하고 치유하는 방법을 익혀간다.

그러나 우리는 성인이 아니기에, 이러한 인생의 수행길에서 역시 피로와 고통을 느끼며 심지어 자포자기하는 심정마저 들기도 한다. 하지만 우리가 알아야 할 것이 있다. 바로 불평은 일을 점점 더 망치고, 싸움은 일을 점점 더 악화시키며, 고집은 사람들과 점점 더 멀어지게 한다는 것을 말이다.

사실 우리의 가장 큰 적은 바로 우리 자신이다.

만약 우리의 마음이 충분히 밝으면, 칠흑같이 어두운 밤에도 내 앞길을 비추어주는 한 줄기 빛을 잃지 않을 수 있다.

만약 우리의 마음에 비관적인 생각만 가득하다면, 구름 한 점 없이 맑은 하늘조차 먹구름이 가득하게 보여 앞으로 내딛는 발걸음을 가릴 것이다.

때가 되면 당신도 알게 된다. 인생에 본디 견디지 못할 일 따위는 없다는 것을.

대부분의 경우 더 좋은 곳으로 향하는 내 앞길을 막고 있는 것은 그 어떤 걸림돌도 아니다. 마찬가지로 더 좋은 것을 바라는 우리의 마음을 식게 만드는 것 또한 나를 버리거나 배신한 그 사람들이 아니다. 우리는 결국 우리 자신과 화해하는 방법을 배워야 한다.

어려움이 닥치면 해결 방법을 찾아야 한다. 정면충돌할 수 없다면 돌아가면 되고, 그마저 불가능하다면 포기하는 것도 하나의 지혜가 될 수 있다.

타인과 불화가 있으면 일단 자신의 부족함과 단점 그리고 올바르지 못한 부분을 찾아 반성해야 한다. 만약 진심으로 부끄러운 일이 없다면, 다른 사람들의 시선을 신경 쓸 필요가 무엇이 있겠는가.

이별을 대할 때 우리가 반드시 알아야 할 것은 무슨 일이 있어도 떠날 사람은 반드시 떠나고, 남을 사람은 언제나 남아 있다는 사실이다. 우리가 아무리 고통을 참고 견딘다 해도 안 맞는 사람이 잘 맞는 사람으로 변하는 일은 영원히 일어나지 않는다.

사람이 살면서 기쁨과 슬픔, 만남과 이별은 모두 겪어봐야 하고, 성공과 실패 역시 경험해봐야 하며, 그 어떤 상황도 직접 느껴봐야 한다.

불공평한 운명과 안 좋은 운, 내 마음 같지 않은 상황을 원망만 하고 있는 것보다, 적극적인 태도로 이 세상 모든 복잡다단한 일에 맞서는 것이 좋다는 말이다.

인생이 영원히 순풍에 돛 단 듯 흘러갈 수는 없다. 그렇다고 영원히 사나운 파도만 몰아치지도 않는다. 어떤 일이 생겨도 대범하고, 너그럽게 대하며, 마음에 담아두지 마라. 그러면 삶이 한층 더 아름다워질 것이다.

당신이 명랑하고 평탄하며 마음껏 너그럽길 바란다. 얻기도 하고 잃기도 하겠지만 계속 버텼으면 좋겠다. 울기도 하고 웃기도 하겠지만 그럼에도 즐거웠으면 좋겠다.

당신이 일생 노력하고 일생 사랑받길 바란다. 가지고 싶은 것은 모두 가지고, 가지지 못한 것은 흘려보냈으면 좋겠다.

당신에게 후회도 두려움도 없길 바란다. 매일이 좋고, 날마다 밝았으면 좋겠다.

삶에 필요한 관념

01

최근 어떤 독자가 내게 말했다. 자신은 일도 바쁘고 육아도 힘들며 그 밖의 잡다한 일도 너무나 많아서 정말이지 책 읽을 시간이 나지 않는다고.

나는 그 독자에게 출퇴근하는 시간을 이용해보라고 제안했다. 그러자 그 독자가 이렇게 말했다. "가방이 너무 작아서 책을 넣고 다니기가 힘들어요."

그래서 내가 사용하는 전자책 리더기를 말해주면서 간편하고 실용적이며 무겁지도 않다고 추천했다. 그러자 또 그건 매번 충전해야 해서 귀찮다며 금세 딴죽을 걸었다.

그다음부터는 나도 더 이상 대답하지 않았다.

그때 문득 양 아저씨가 생각났다.

양 아저씨는 내게 자신이 젊었던 시절에는 책 읽기가 하늘의 별 따기였다고 말씀하셨다. 첫째는 인쇄양도 적을뿐더러 국내에 번역된 좋은 책도 별로 없었고, 둘째는 읽고 싶어 하는 사람이 너무 많아서 돈이 있다고 해도 살 수 없었다고 한다.

그 시절 직장인들은 일주일에 단 하루 쉴 수 있었는데, 아저씨는 매주 휴일이 되면 도서관에 가서 책을 읽었다고 한다. 그곳에서 처음 독일 시인 하이네의 『신시집』을 읽고 그 훌륭한 글 솜씨에 전율을 느꼈다.

하지만 책을 살 수 없어서 아저씨는 매주 공책과 연필을 들고 가 그 시집의 서문, 목록, 본문, 심지어 구두점과 부호 하나하나까지 빠짐없이 베껴 쓰기 시작했다. 그렇게 손으로 쓴 글자가 총 20만 자가 넘었다.

지금은 이렇게 '미련한' 방법으로 책을 읽지 않아도 되는 시대가 되었지만, 많은 사람들이 이미 그런 배움에 대한 열의와 지식에 대한 목마름을 잃어버린 채 살고 있다.

사람들은 늘 독서가 힘들다거나, 어렵다거나, 혹은 각종 불가능한 이유들을 찾아 핑곗거리로 삼는다. 사실 독서를 귀찮아하는 이런 사람들은 단지 자신의 게으름을 이기지 못했을 뿐이다.

02

작년에 이사를 하면서 기존의 집은 타지에서 일하러 온 어느 부부에게 세를 주었다. 처음에는 조금 걱정스러웠던 것이, 방이 처음보다 두 배는 낡아 보였기 때문이다.

그러다 한 번 이 부부가 열쇠를 잃어버렸다고 해서 자물쇠를 바꿔

주러 간 적이 있었다.

문을 열고 들어갔을 때 내 눈에 가장 먼저 보인 것은 청결한 주방이었다. 주방도구 주변에는 먼지 하나 보이지 않았고, 냉장고 안에는 각종 신선한 야채와 과일들이 가지런히 정리되어 있었다. 심지어 레몬 몇 개를 탈취제로 쓰고 있었다.

화장실 역시 무척 깨끗했다. 흰색 타일 위에는 머리카락 한 올 없었고, 쓰레기통마저 뜨거운 물로 소독해 사용 중이었다.

나중에 알았는데 이 부부는 어느 가구 공장에서 일하고 있었다. 매일 아침 일찍 나가 저녁 8시가 넘어야 겨우 집에 돌아왔는데, 아무리 피곤해도 매번 직접 저녁밥을 차려먹고 방청소를 한다는 것이다.

당시 나는 이 부부가 얼마나 고마웠는지 모른다.

하지만 그들은 오히려 집은 빌린 거지만 그곳에서의 생활은 자신들의 것이라며, 어디에서 살든 자신의 집처럼 구석구석 아끼고 보살펴야 한다고 말해주었다. 그것이 곧 자기 자신을 돌보는 것과 같다고 말이다.

요즘 많은 사람들이 일상의 번거로움을 매우 싫어한다. 그래서인지 생략할 수 있는 것, 간소화할 수 있는 것, 돈을 주고 노동력을 살 수 있는 일은 굳이 스스로 하려 하지 않는다.

이것이 자신을 더욱 편하게 만드는 일이라고 생각하고 있지만 사실이는 삶을 무성의하게 사는 태도에 불과하다.

03

결혼한 지 7년 된 어느 부부가 하루는 아주 사소한 일로 싸웠다.

아내는 야근 후 퇴근길이 너무 어둡고 멀어, 자전거를 타고 싶지 않은 마음에 남편에게 차를 끌고 데리러와 달라 말했다.

하지만 남편은 자전거가 편하고 빠른데다 지금까지 혼자 다녀도 아무 문제없지 않았느냐며 이를 거부했다. 차를 끌고 나가면 기름 낭비에 시간 낭비라고 말이다. 그러고는 집에서 누워 유유자적 혼자 게임을 즐겼다.

아내는 매우 화가 나 그날 밤 곧장 친정집으로 퇴근해버렸다.

나중에 두 사람이 마주했을 때 아내가 억울한 듯이 말했다. "결혼 전에는 아무리 바쁘고 피곤해도 데리러 왔잖아. 결혼 후엔 나도 당신을 이해하니까 매일 데리러 오라고 한 것도 아니고 말이야. 그런데 지금은 아무리 위험해도 당신은 절대 날 데리러 오지 않잖아."

그러자 남편이 변명했다. "당신이 어린 애도 아니고, 우리가 여전히 연애하는 사이도 아니잖아. 이제 결혼한 부부 사이인데 왜 아직도 투정을 부려."

애정 문제에서 점점 많은 사람들이 서로 귀찮아지는 것을 매우 싫어한다. 이 부부 역시 고작 몇 미터를 데리러 가느냐 마느냐를 무슨 수학 시간에 배운 효율성을 따지는 공식으로만 생각했는지도 모른다. 하지만 그들은 사랑한다면 관심을 가져주고 아껴주어야 한다는 사실을 간과하고 있다.

때때로 우리는 사랑하는 상대를 위해 아무 짝에도 쓸모없어 보이면서도 꽤나 품이 드는 일을 한다. 이는 맞고 틀림을 가리거나 손익을 따지기 위한 것이 아닌 오로지 내 진심과 사랑을 표현하기 위함이다. 그러니 결혼 후에는 더더욱 이러한 관념을 잊어선 안 된다.

04

우리는 무엇이든 편리함을 추구하는 시대에 살고 있다.

그러나 진정으로 열의 넘치는 인생을 살기 위해서는 생략해선 안 되는 과정이 있는가 하면 아껴선 안 되는 시간도 있고 두려워해선 안 되는 번거로움도 있다.

이를 테면 공부할 때는 나태해질 이유를 찾아서는 안 된다. 시간이 부족해서, 집중력이 떨어져서, 각종 조건이 맞지 않아서 등과 같은 평계는 단지 '하고 싶지 않다'는 말의 다른 표현일 뿐이다. 일단 하려고 하는 결심만 있으면 방법은 늘 있다.

일상생활을 할 때는 인내심과 향상심이 필요하다. 어디에 있든지 하루하루를 최대한 알맞게 분배하며 잘 먹고, 잘 자고, 잘 보내야 한다.

애정 관계에 있어서는 과도하게 이기적이거나 공리만을 따지거나 계산적이지 않도록 주의해야 한다. 당신이 데려다주길 바라는 사람은 정말로 길을 몰라서 그러는 게 아니라 당신과 조금 더 함께 있고 싶은 것이다. 당신이 연락해주길 바라는 사람은 정말로 당신의 문자가 받고 싶은 것이 아니라 당신에게 관심을 받고 싶은 것이다.

사실 귀찮지 않고도 좋은 인생이란 없다. 설렁설렁 공부해서는 원하는 지식을 얻을 수 없고, 아무런 대가 없이 원하던 삶을 살 수 없으며, 고작 한 번의 시도로 평생을 함께할 깊은 감정을 얻을 수 없다.

대부분의 경우 우리가 들인 공이 깊고, 어려움을 극복한 경험이 많으며, 타인을 배려한 적이 많을수록 우리가 바라는 모습대로 아름다운 인생을 살 수 있는 가능성이 커진다.

아름다운 인생일수록, 기꺼이 번거롭다.

사람에게 꿈이 필요한 이유

01

가수 왕펑이 한 예능 프로의 음악 감독이었을 때, 늘 가수들에게 이런 질문을 했다. "당신은 꿈이 있습니까? 당신의 꿈은 무엇입니까?"

당시 많은 누리꾼들은 이해할 수 없다는 반응을 보이며 심지어 왕펑을 비웃기까지 했다. 하지만 그 많은 사람들이 밤새 생각하고도 자신의 꿈을 확실히 말하지 못하는 모습을 보았을 때, 꿈이란 우리에게 얼마나 중요한지 알게 되었다.

알고 있는지 모르겠지만 우리는 어린 시절에 자신이 자라서 무엇이 될 건지, 어떤 일을 하고 어떤 풍경 속에서 살 건지에 대해 매우 크고 담대한 설계가 있었다.

그때 우리는 우주 비행사, 과학자, 화가가 되고 싶었다. 우주 비행을 하고, 세계 일주를 떠나고, 에베레스트를 오르고 싶었다. 우리 눈에는 비록 먼 미래의 일이지만 절대 불가능한 일은 아니었다.

하지만 성인이 될수록 점점 많은 사람들이 꿈을 꾸지 않게 되었다.

점점 생각하지 않다보니, 점점 좇으려는 마음도 사라지게 되었다.

현재 우리의 꿈은 조금 더 큰 집, 조금 더 좋은 차, 조금 더 높은 연봉 정도일 것이다. 이보다 더 큰 가능성과 더 큰 기회에 대한 꿈은 생기기도 전에 문전박대 당해 감히 거들떠보지도 않게 되었다.

시인 베이다오가 쓴 글 중 다음과 같은 문장이 있다.

'그때 우리는 꿈이 있었다. 문학에 대해, 사랑에 대해, 온 세상을 누비는 여행에 대해. 지금 우리의 깊은 밤 술 한 잔, 함께 부딪히는 술잔 소리에 꿈이 깨어진다.'

나는 사람이 시간과 장소, 계층과 나이에 상관없이 모두 꿈이 있어야 한다고 생각한다. 이는 사람이 숨을 쉬고, 밥을 먹고, 잠을 자는 것과 마찬가지로 절대 사라져선 안 되는 것이다.

02

얼마 전, 원고를 담당하는 편집장이 마침 내가 사는 청두에 출장을 온다고 해 겸사겸사 만났다.

당시 나는 조금 의아했던 게, 그 편집장은 2년 전 지금 다니고 있는 출판사를 그만두고 한 인터넷 회사로 이직한 적이 있다. 게다가 소문으로는 옮긴 회사의 연봉과 전망이 상당히 괜찮았다고 한다. 하지만 그 편집장은 지금 원래 회사로 다시 돌아와 일하고 있다.

그래서 잡담하던 틈을 타 슬쩍 그 이유를 물어봤다.

편집장이 이직을 선택한 건 돈을 더 많이 벌기 위해서였다고 한다.

하지만 시간이 지나면서 물질적 조건은 점점 좋아졌지만 더 이상 즐겁지 않음을 깨달았다고 한다. 게다가 몇 년의 시간을 물거품으로 만들고 좋아하지도 않는 일을 하고 있는 것이 후회되었다고 한다.

그래서 다시 돌아가기로 마음먹었다. 편집장은 어렸을 때부터 문학 예술 업계에서 일을 하고 싶었다. 마음 깊이 문자와 어울리는 것을 좋아하기도 했다.

현재 수입도 예전보다 많이 줄고 일도 더 힘들어졌지만, 문자와 친밀하게 접촉할 수 있는 이 단조롭고 무미건조한 일이, 마음 깊이 예전과 비교할 수 없는 즐거움과 만족감을 안겨준다고 한다.

헤어질 때쯤 그 편집장은 다시 한번 강조했다. 사람은 자신이 무얼 원하는지 정확히 알아야 한다고. 마음속 갈망을 존중하고, 허황된 명예와 이익 때문에 꿈을 향한 발걸음이 묶여버리지 않도록 해야 한다고 말했다.

기본적인 생계 문제가 해결된 이후에는 진정으로 하고 싶은 일을 찾아가는 것만이, 우리의 인생에 확실한 즐거움과 안정감을 줄 수 있기 때문이다.

03

나는 늘 내 인생의 진정한 시작은 3년 전이라고 생각한다.

3년 전 나는 처음으로 내 마음속 외침에 귀 기울이고, 내 꿈을 되돌아보았다. 그리고 그것을 위해 노력하자 신기한 힘이 생겨 지금까지도 나를 앞으로 나아가도록 인도하고, 부추기며, 격려하고 있다.

글을 쓰기 위해 나는 불필요한 사회적 어울림, 시간을 낭비하는 일들을 수없이 포기해왔다. 그리고 짬짬이 책 두 권을 내고, 독후감 수백 편과 백만 자가 넘는 글을 썼다.

글을 쓰기 위해 나는 일찍 자고 일찍 일어나며 규칙적인 식생활과 꾸준한 운동을 해오고 있다. 어느 작가가 말하길, 글쓰기는 사실 체력 싸움이라 했다. 한평생 글을 쓰기 위해서는 반드시 체력이 좋아야 한다.

글을 쓰기 위해 나는 스스로 감정을 조절하는 법을 익혔다. 마음 상태를 조절해 그 어떤 뜻밖의 사건이 발생해도 최대한 평온하고 안정적이며 침착하게 대면하기 위해서다.

나는 알고 있다. 오랫동안 끈기를 가지고 버티며 자신의 리듬에 맞추어 차근차근 씨를 뿌려야만, 나와 독자를 진정으로 만족시킬 수 있는 열매가 맺어진다는 사실을 말이다.

물론 지금까지 이러한 규율을 단 한 번도 어기지 않은 것은 아니다.

하지만 꿈이란 일종의 나침반이다. 내가 나태해질 때마다 꿈은 내가 어디로 방향을 돌리고 어떤 마음을 먹고 얼마큼 분발해야 꿈에 더 가까이 닿을 수 있는지 끊임없이 일깨워준다.

어쩌면 꿈의 가장 큰 의미는 그것을 실현시키는 데 있는 것이 아닐지도 모른다. 꿈이 우리에게 믿음과 희망 그리고 더 큰 힘을 주는 것, 꿈을 위해 노력하는 과정 속에서 이미 더 나은 자신이 되어가는 것이 꿈의 진정한 의미일 것이다.

04

이 세상엔 두 부류의 사람이 있다. 바로 꿈을 가지고 노력하는 사람과, 꿈도 없고 이를 중요하게 생각하지도 않는 사람이다.

사람은 꿈이 있음으로 달라지며, 꿈이 있음으로 특별해진다. 꿈은 사람과 사람 사이의 가장 큰 차이이자 구분점이다.

노력만으로 꿈을 이루는 사람이 있는가 하면, 나태함에 빠져 꿈을 포기하는 사람도 있다. 또 누군가는 평생 동안 꿈을 좇지만, 딱히 얻은 것도 얻을 것도 없을지도 모른다.

그러나 중요한 것은 최종 결과물이 결코 아니다. 이를 위해 얼마나 착실히 노력하고, 후회 없이 투자했으며, 게으름 피우지 않고 버텼는지가 더욱 중요하다.

사람들은 꿈과 현실은 부딪힐 수밖에 없다고 생각한다. 영화 〈성공일기<ruby>星空日记</ruby>〉*에 이런 말이 나온다.

'현실이 꿈을 떠받치고 있는 것이 아니라, 꿈이 현실을 떠받치고 있는 거야.'

아무리 실현시키기 어려운 꿈이라 해도 그것이 있음에 우리의 인생은 남들과 달라진다. 결국 이루어지지 않은 꿈이라 해도 그 덕분에 우리의 인생은 끝내 눈부시게 빛난다. 꿈이 있기에 사람은 더욱 사람다워지고, 행동이 헛되지 않으며, 무책임하게 인생을 살지 않을 수 있다.

---

* 2014년 베이징대학 졸업을 기념해 교수와 학생들이 함께 제작한 웹 무비.-옮긴이

이렇듯 우리에게는 꿈이 필요하다. 꿈은 우리의 인생에 가치를 부여해주고, 열심히 살아야 할 의미를 찾아주며, 기꺼이 원할 가치가 있는 일에 모든 노력과 사랑을 쏟아붓게 해준다.

　꿈과 현실이 같은 곳으로 모여, 끝내 우리가 원하는 모든 것이 이루어지길!

나는 대충 살고 싶지 않다

01

대학교를 막 졸업하고 나는 친구 U와 함께 자취를 시작했다. 우리는 시내 중심지에서 가까운 회사에 다녔는데, 출퇴근도 용이하고 돈도 아끼기 위해 근처에 6평짜리 낡은 집을 빌렸다.

그 집에 들어간 후 나는 잠시나마 암담한 기분이 들었다. 그러나 U는 달랐다. U는 이사 들어온 첫 주 주말에 침실을 꾸미기 위해 버스를 타고 다섯 번이나 왕복하면서 건축자재시장에 가서 중고 소파와 분홍색 커튼을 사다 날랐다.

뿐만 아니라 소매점에 가서 벽지, 액자, 작은 꽃병 등 장식품을 사왔다. 그렇게 U는 오후 내내 자신의 작은 방을 예쁘고 따스하게 꾸미느라 오후 내내 바빴다.

당시 나는 U가 쓸데없는 짓을 한다며 비웃었다. 우리는 그 집에서 고작 몇 개월만 살 생각이었고, 집주인이 언제 내쫓을지 모르는 상황이었다. 그렇지만 U는 이렇게 말했다. "집은 집주인 거지만 이곳에서의 생활은 내 거야. 단 하루를 살아도 나답게 살아야지."

매일 아침, 내가 여전히 깊은 잠에 빠져 있을 때에도 U는 일찌감치 일어나 주방에서 직접 아침을 차려 먹었다. 하루는 노른자가 부드러운 계란프라이 두 개, 또 하루는 피단죽, 혹은 뜨끈뜨끈한 여우보몐*을 만들어 먹을 때도 있었다.

매번 나는 U에게 좀 더 자라고, 밖에서 간단히 사 먹으면 더 편하지 않느냐고 말했다. 그러나 U는 아침식사가 하루의 시작이라면서, 삶이 아무리 엉망진창이어도 내가 나를 홀대해선 안 된다고 했다.

보통 점심시간에 나는 다른 동료들과 밖에 나가 간단히 사 먹거나 배달음식을 시키는데, U는 매일 저녁 다음 날 점심 도시락을 준비해서 회사에 가지고 갔다.

더욱 놀라웠던 것은 매일같이 요리 두 개, 탕 하나를 그럴 듯하게 차려낸다는 것이다. 예를 들어 피망 돼지고기볶음, 청경채볶음, 그리고 소고기 토마토탕 같은 메뉴를 점심으로 준비한다.

U는 아무리 진흙탕 같은 현실에서도 여전히 자신의 삶을 특별하고 재미있게 꾸려가는 사람이다.

U는 늘 이렇게 말했다. 물질적 조건이 아무리 나빠도 좋은 것을 향해 가는 마음만은 포기해선 안 된다고. 내가 잘 살고 있는지 아닌지는 대부분 내가 삶을 어떻게 대하고 있는지에 따라 결정된다고.

만약 당신이 될 대로 되라는 심정으로 삶을 흘려보내고 있다면, 삶

---

* 油波面: 넓적한 면에 매운 고추기름과 각종 야채를 넣어 비벼먹는 산시 지방 특색 요리.-옮긴이

역시 그저 그런 날들로 당신에게 되돌아올 것이다.

그러나 만약 당신이 낙천적이고 적극적인 태도로 삶을 중시한다면, 삶은 꽃무늬 비단길과 빛나는 시간들로 당신에게 보답할 것이다.

02

예전 내 동료 P는 유복한 가정환경에서 자랐다. 그래서 취업한 후에도 여전히 캥거루족으로 부모의 보살핌 속에서 살고 있었다.

P가 원하는 취업 조건은 업무 환경이 편하고 스트레스가 없는 것이 었다. 주말 이틀은 절대로 일을 하지 않아야 하지만, 월급은 얼마를 받아도 상관이 없었다.

P가 막 회사 생활을 시작했을 때만 해도 모든 일에 별일이 없으면 그만이라는 태도로 임했다. 일에 대해 아무런 기준도 요구도 없었던 것이다.

그렇게 매일 어려울 것 없는 직장 생활을 이어갔지만, 언제부턴가 인생에 아무런 희망이 없는 것 같은 기분이 들기 시작했다. 심지어 자신의 미래가 어떻게 될지도 모른다는 혼란과 초조함이 생기기도 했다.

결국 P는 자신의 업무 태도를 다시 한번 돌아보고, 열정을 재정비했다.

있으나 마나한 사무직에 있었던 P는 자기 자신에게 도전하기 위해 회사 내에서 가장 힘들지만 진급이 가장 빠르다는 영업부서로 자진해서 옮겼다.

매일 출근하면 전심전력을 다해 모든 시간을 업무에만 쏟아부었다. 그동안은 웹서핑도 일체 하지 않고, 웨이보*에서 의미 없는 연예인 기사를 찾아보는 일도 그만두었다.

2년 후, P는 업무에 대한 열정과 노력 덕분에 영업 실적이 날로 좋아지고 물론 월급도 상당히 올랐다. 연말에는 급기야 그해의 영업왕 자리에 오르기도 했다.

P는 회사 업무에 전력을 다한 것은, 물질적인 만족뿐만 아니라 그 과정을 통해 자기 자신에게 존재감과 가치를 다시 찾아주었다고 말했다. 현재 자신이 어떤 사람이 되고 싶은지, 어떤 길을 가고 싶은지 점점 선명하고 정확해졌다고 한다.

요즘 많은 사람들이 자신의 일에 대해 다소 대충대충 하려는 태도를 보이고 있다. 일에 대한 책임감도 없이, 매일 출근한 후 아무 목표 없이 그저 하루를 버티는 것이다.

그런 사람들에게 일이란 그저 입에 풀칠하기 위함일 뿐이다. 심지어 오로지 시간을 때우기 위해서 할 일을 찾는 사람들도 있다. 하지만 이렇게 온종일 노력이라곤 하지 않는 사람들은, 점점 사회 경쟁력을 잃어버리는 동시에 점점 초조함을 느끼게 된다. 비록 당장은 안정적인 곳에 있다 해도 내심 마음을 졸이게 될 것이다.

사실 모든 사람은 인생 중 3분의 1을 직장에서 보낸다. 또한 사람의 성취감은 자신에 대한 긍정, 인생에 대한 이상적인 계획을 포함해 대

---

* 微博: 중국 기업 시나닷컴에서 만든 sns 플랫폼.-옮긴이

부분 사회 활동 속에서 느낀다.

만약 불성실한 태도로 일을 하고, 모든 것을 대충대충 넘기려 하며, 완성만 하면 완벽하지 않아도 상관없다면, 그런 사람들의 일생은 좋아하지도 않는 일로 가득해 결국 흐리멍덩해질 뿐이다.

03

어제는 친구의 결혼식이 있었다. 친구는 드디어 사랑하는 사람을 만나 결혼했다.

많은 사람들이 친구를 부러워했다. 적절한 시기에 잘 맞는 사람을 만나는 게 참 어려운 일이라고 말이다. 이에 친구는 이렇게 말했다. "진짜 어려운 건 적절한 시기에 안 맞는 사람을 거절하는 일이야."

친구의 말에 나는 웃음을 터뜨렸지만 사실 정말 맞는 말이다. 많은 여성들이 결혼 적령기라는 기준 전에 어떻게든 결혼하려고 애를 쓴다. 하지만 그렇게 대충 고른 사람과 함께하는 것이 얼마나 고통스러운지, 결혼 후에 깨닫는다.

내 친한 동생은 25살 때 친척 소개로 선 자리에 나갔는데, 상대방이 너무나 마음에 들지 않았다.

하지만 주변에서 계속 여자는 나이가 들수록 결혼하기 힘들어진다는 둥, 더 늙어서까지 혼자면 뒤에서 사람들이 이러쿵저러쿵 떠들 거라는 둥 훈수를 두었다. 부모님의 재촉과 어느새 조급해진 마음에 맞선 상대와 친해지기도 전에 상견례를 하고 번갯불에 콩 볶듯 결혼식을 올렸다.

그렇게 결혼하고 2년이 채 되지 않았을 무렵, 동생은 내게 사랑하지 않는 사람과 함께하는 시간은 정말이지 좋아질 기미가 보이지 않는다고 털어놓았다.

사실 대다수의 여성들이 살면서 나약한 자신과 타협하고, 솔직하지 못한 내면과 타협하며, 의미 없는 유언비어와 타협한다.

그들은 진짜 결혼식장에 발을 들여놓고 나서야, 혼자보다 무서운 것이 사랑하지 않는 사람과 함께하는 일이라는 것을 깨닫는다.

사람들은 결혼할 때 때론 먼저 결혼한 선배들의 조언을 듣는다. '누구와 결혼하든 다 똑같다', '죽고 못 사는 사람과 결혼해도 부딪힌다'와 같은 말들 말이다. 즉 조금 실속을 차리는 대신에, 밤에는 불을 끄면 되고, 때론 보고도 못 본 척 살면 다 똑같은 거 아니냐는 말이다.

하지만 결혼 후 이런 조언들을 다시 떠올려보면, 이것이 얼마나 말도 안 되는지 알 수 있다.

어쩌면 누구와 결혼하든 다 똑같을 수도 있다. 그러나 좋은 사람과 함께라면 그 어떤 일도 그 어떤 고난도 심지어 변변찮은 음식과 헤진 옷을 입어도 행복할 수 있다. 또한 그 행복한 마음은 그 어떤 감정으로도 대체 불가능하다.

웨이보에서 이런 글을 보았다.

'억지로 어울리지 않는 옷을 입을 수도 있고, 억지로 좋아하지 않는 친구를 사귈 수도 있다. 그러나 사람의 감정이란 한평생의 일이다. 자신의 편안함을 추구하는 것이 당연하다.'

04

사람은 누구나 인생을 선택할 권리가 있다. 그럼에도 불구하고 자신이 좋아하는 모습으로 살고 있는 사람은 매우 드물다.

만약 주변의 모든 사람과 사물을 성의 없는 태도로 대하면 자연히 사는 게 즐겁지 않을 뿐 아니라 모든 일에 흥미를 붙일 수 없게 된다.

다음 세 가지를 시도해보자. 인생의 가치와 의미를 찾을 수 있을 것이다.

첫째, 일상을 대충 살지 말아야 한다.

아무리 일상이 정신없다 해도, 아무리 물질적 조건이 충분치 못하다 해도, 반드시 잘 먹고 잘 자며 하루하루를 정중하게 대해야 함을 기억하라. 제멋대로 나 자신을 홀대해선 안 된다.

그 어떠한 현실 속 고난과 역경 속에서도 반드시 몸의 건강과 마음의 평화와 정서적 안정감을 유지해야 한다. 소설 『환락송欢乐颂』에 이런 말이 나온다.

'비록 보잘것없는 삶이라 해도 노래 부르며 앞으로 나아가야 해.'

둘째, 일을 대충 하지 말아야 한다.

직장에서 맡은 바 임무를 완성하는 것은 사실 사장을 위해서도 회사를 위해서도 아닌 바로 나 자신의 책임을 위해서다.

열심히 일해야만 자신의 능력을 향상시킬 수 있고, 월급이 오를 기회도 잡을 수 있다. 설령 직장을 옮긴다 해도 그렇게 키워진 힘과 능력은 내 것이다.

책임감 없고 불성실하며 적극적이지 않은 태도로 일하는 사람에게 돌아오는 것은, 굶어 죽을 정도는 아니지만 그렇다고 딱히 늘지도 않는 월급과 미래에 대한 보장 없는 자리뿐이다.

셋째, 사랑을 대충 하지 말아야 한다.

드라마 〈하이생소묵何以笙箫默〉에 다음과 같은 대사가 나온다.

'이 세상에 그 사람이 나타나면, 다른 사람은 전부 무의미해져. 근데 난 무의미한 사람이 되고 싶지 않아.'

만약 감정에 충실하지 않으면 훗날 당신은 사랑 없는 결혼을 하게 될지도 모른다. 그리고 이는 평생의 후회로 남을 것이다.

당신이 가장 열렬하고, 가장 갈망하고, 가장 후회 없는 일생을 보낼 수 있길 바란다. 단 하나뿐인 인생이 '대충'이라는 두 글자 앞에 무릎 꿇지 않도록 말이다.

제 4 장

무소의 뿔처럼 혼자서 가라

우리의 인생을 도와주는 사람은 다른 누군가가 아닌
바로 나 자신이다.

진정한 여성의 자유

01

어제 이모와 함께 쇼핑을 했다. 내가 탈의실에 들어가 있을 때, 누군가 이모에게 말을 거는 소리가 들렸다. 어떤 손님이 이모에게 "올해 연세가 어떻게 되세요?"라고 묻자, 이모는 "40대 초반이에요"라고 대답했다.

그러자 그 손님이 깜짝 놀라며 말했다. "그런데 피부에서 광이 나는 게 굉장히 좋아 보이세요. 몸매도 여전히 아름다우시고, 자세 또한 우아하시고요. 그야말로 세월이 피해갔다는 말이 딱이네요."

사실 우리 이모는 자타가 공인하는 동안 미인이다. 비록 모태 미인은 아니지만 살면서 '미'에 대한 추구를 게을리하지 않은 덕이다.

20대 때 이모는 여느 다른 여자들과 마찬가지로 외적인 아름다움을 중시했다. 당시 이모는 곱게 화장하고 멋진 옷을 차려입고, 그 나이 특유의 자연스럽고 앳된 아름다움을 남김없이 드러내고 다녔다.

30대가 되자 이모 나이대의 많은 여성들이 슬슬 자신에게 무관심해지기 시작했다. 어차피 이미 결혼하고 아이도 있어서, 어떻게 꾸며도 20대 처녀 시절과는 비교할 수 없었다.

그때쯤 이모 역시 얼굴에 탄력이 부쩍 떨어지고, 주름이 하나 둘 생기기 시작했다. 하지만 이모는 꾸준히 요가를 하며 자신에게 활력을 심어주었다.

40세가 넘어가자 이모 주변의 여성들은 외모에 전혀 신경 쓰지 않는 '아줌마'로 철저히 몰락하기 시작했다.

하지만 이모는 이 나이에도 집 앞 슈퍼에 소금 한 봉지를 사러 나갈 때에도 용모에 신경 쓰고, 옷을 갖추어 입었으며, 반드시 슬리퍼 대신 구두를 신고 나갔다.

사람들은 이모가 아무리 먹어도 살이 찌지 않는 체질인데다, 너무 너무 한가해서 몸매를 가꿀 시간과 정신이 있는 거라고 말한다. 하지만 세월은 절대 그 누구도 봐주지 않는다. 다만 노력을 게을리하지 않고 자율적인 사람에게는 다소의 온정을 베풀어준다.

배우 류사오칭은 이렇게 말했다.

'중국 여성들은 너무 빨리 자신을 포기한다. 스물다섯이 넘으면 더 이상 청춘을 이야기하지 않고, 서른이 넘으면 젊음을 이야기하지 않으며, 마흔이 넘으면 아름다움을 말하지 않는다.'

수많은 여성들이 여자는 20대가 지나면 아름다움을 잃는다고 생각한다. 사실 모든 연령대의 여성은 그 나이대만의 유일무이한 아름다움이 있다.

진정한 미인은 시간의 흔적을 견딘 후에도 여전히 우아함을 잃지 않는 사람이다. 또한 미를 추구한다는 것은 일종의 적극적이고 낙관적인 삶의 태도다. 여성에게 늙음의 기준은 나이가 아니라 더 이상 미를 추구하지 않을 때라고 할 수 있다.

02

우리 동네 류 언니는 젊은 시절 직장 내 인재였다. 업무에 빈틈이라곤 찾아볼 수 없었고, 언제나 근면 성실한 모습이 누구에게 조금도 뒤지지 않는 여장부였다. 그래서 당시 수많은 직원들이 류 언니를 롤모델로 삼을 정도였다.

그러던 류 언니가 서른다섯을 넘어가면서부터 나태해지기 시작했다. 때마침 경기불황을 맞아 회사의 압박과 업무 강도가 굉장히 세지고 영업팀의 업무도 갈수록 막중해졌다.

그런 중요한 시기에 류 언니는 새로운 지식을 습득하고 업무에 정진하는 다른 직원들과는 다른 선택을 내렸다. 바로 회사를 그만두고 전업주부를 선택한 것이다.

당시 많은 사람들이 말렸다. 업무 능력이 좋으니 계속 일을 하라고 말이다.

하지만 당시 류 언니는 생각했다. 자신은 이미 나이가 들어 한물 간 사람이 되었으니, 향상심으로 보나 적극성으로 보나 더 이상 젊은이들과 비교할 수 없을 거라고. 어차피 이 나이엔 더 이상 전망도 없으니 차라리 사직하자고 말이다.

지금 류 언니는 더 이상 경제력도 없이 매일같이 집에서 좌불안석인 나날을 보내고 있다. 혹여 남편이 어느 날 싸우고 이혼하자고 하면 어쩌나 걱정하고, 남편에게 돈을 받기 위해 입이 닳도록 설명한다. 그렇게 류 언니의 생활은 비천하고 무기력해졌다.

03

지금도 많은 사람들이 잘못된 사고방식을 가지고 있다. 바로 나이 든 사람은 열심히 일할 능력이 없고, 열심히 일할 수 있는 시기를 이미 지났으며, 심지어 이미 앞으로 나아갈 수 있는 힘을 잃었다고 말이다.

어쩌면 나이를 먹으면 체력도 예전 같지 않고 반응 속도 역시 느려지는 것이 사실일지도 모른다. 그렇다고 해서 나이가 노력을 포기하고 안일함을 좇는 핑계가 될 수는 없다.

행운은 나이에 관계없이 자신의 노력에 기대어 원하는 삶을 사는 데 있다.

반면 불행은 청춘을 자신이 가진 유일한 재산이라 여기고, 일단 나이가 들면 더 이상 나아지려는 노력을 포기한 채 멋대로 자포자기하는 데서 생긴다.

어쩌면 젊음에는 유리한 점이 많을 수도 있다. 하지만 나이가 사람으로서 우수하고, 독립적이며, 강해지는 것을 막을 수는 없다. 우리는 여전히 자신의 노력을 통해 삶의 방식을 선택할 권리가 있다.

며칠 전 고등학교 동창회에 가서 당시 담임선생님을 다시 만나고 감탄을 금치 못했다. 벌써 환갑이 된 선생님은 마음이 예전보다 더 젊어지셨을 뿐 아니라 여전히 공부하며 발전하고 계셨다.

집에서 티비를 보거나 수다를 떨거나 할인할 때 찬거리를 사는 일반적인 가정주부와 선생님은 그야말로 하늘과 땅 차이였다. 언행으로 보나 사고방식의 규모로 보나 선생님은 점점 수준이 향상되고 있었고, 삶이 풍부해지고 있었다.

현재 선생님은 퇴직을 앞둔 나이로 눈도 침침하고 기억력도 예전 같지 않은 상태이지만, 마음을 살찌우기 위해 여전히 매일같이 자기 전 30분 동안 책을 읽는다고 한다.

평소 쉬는 날에는 각종 공익 강연을 하시고, 자기계발을 하기 위해 학원에 다니신다. 선생님은 그곳에서 훌륭한 사람들과 함께 공부하다 보면 아는 것도 많아지고 인지 능력도 좋아진다고 말씀하셨다.

주말에는 자녀들과 함께 요리, 꽃꽂이, 수공예품 만들기 등을 배우러 가신다. 늘 초심자의 마음으로 아무것도 모르는 상태에서 시작해 끊임없이 자신을 발전시켜가는 것이다.

현재 선생님은 비록 머리가 희끗희끗해져 가고, 얼굴에 검버섯도 있지만, 온몸으로 넘치는 지혜의 아름다움을 뿜어내시고 계신다.

사실 한 사람으로서 절대 잊지 말아야 할 것은 나이에 상관없이 자신을 발전시켜야 한다는 사실이다. 약관이든 중년이든, 집이 잘 살든 못 살든, 돈이 많든 적든, 끊임없이 자신의 가치를 높이고 내실을 다져야 한다.

인간은 죽을 때까지 배워야 한다. 자기계발을 하려는 의지만 포기하지 않는다면 더 나은 자신은 반드시 찾아온다.

아나운서 둥칭은 이렇게 말했다.

'여자의 아름다운 외모는 한순간일 뿐이다. 지식과 교양으로 단장한 아름다움만이 평생 지속될 것이다. 나는 우리가 읽은 책, 가는 길이 미래의 어느 날 그 힘을 발휘해 우리를 더욱 출중하게 만들어줄 것이라 늘 믿는다.'

04

많은 여성들이 나이가 들면 더 이상 자신을 발전시킬 필요가 없다고 생각한다. 그래서 '난 어차피 이 모양이야'라는 마음가짐으로 성장과 진보를 거부하는 것이다.

사실 여성의 자기 발전에 나이 제한이란 없다. 나아지고자 함은 모든 사람들이 일생동안 풀어야 할 과제이기 때문이다.

현실적인 시각에서 보면 나이란 확실히 여자 일생에서 일부분을 차지하고 있다. 나이는 여성의 외모나 취업 기회나 능력 등에 영향을 미치는 탓에, 많은 여성들이 나이 먹는 것을 두려워한다.

하지만 나이는 여성의 아름다움을 나누는 기준이 될 수 없다. 인생의 좋고 나쁨을 결정짓는 절대적인 요소도 아니며, 여성이 우아함에서 저속함으로 전락하는 경계선은 더더욱 아니다.

첫째, 나이가 외모를 이기도록 두어선 안 된다.

모든 연령대는 저마다의 아름다움이 있다. 스무 살 때는 젊음과 활력을, 서른 살이 되면 성숙함과 안정감을 가지게 된다. 마흔이 되면 단정하고 수려해지며, 쉰 살이 넘어도 여전히 너그럽고 침착하게 살아갈 수 있다.

작가 차이란은 이렇게 말했다.

'좋은 여자는 늙지 않는다. 갈수록 우아해질 뿐이다. 세월과 사이좋게 지낸다는 것은 정말이지 쉽지 않은 일이다.'

둘째, 나이가 업무 능력을 이기도록 두어선 안 된다.

너무 많은 여성들이 나이 앞에 너무 빨리 항복한다. 마치 일을 열심히 할 권리는 젊은이들에게만 있고, 나이가 들면 경쟁력이 전부 사라진다는 듯이 말이다.

사실 어느 나이대가 되어도 열심히 일하는 것은 다른 누구도 아닌 나 자신의 경제적 독립과 어디서든 당당한 힘을 발휘하기 위해서임을 잊지 말아야 한다.

셋째, 나이가 자아를 발전시킬 기회를 빼앗도록 두어선 안 된다.

25세 이전까지의 여성들은 어쩌면 아름다운 용모만으로도 사랑과 관심을 받을 수 있었을지도 모른다. 그러나 그후가 되면 자기계발을 통해 자신만의 매력과 강점을 찾아야 한다.

퀴리부인이 말했다.

'열일곱 살에는 외모가 예쁘지 않으면 부모님을 원망할 수 있지만, 서른 살이 넘어서까지 아름답지 못하다면 자기 자신을 원망해야 한다. 그 오랜 시간 동안 삶 속에 새로움이 전혀 없었다는 뜻이기 때문이다.'

사실 대부분 나이가 여성의 발목을 잡는 게 아니라 오히려 여성이

자기 자신을 일찍 포기한다.

세월과 사이좋게 지내는 여성은, 시간과 공존할 수 있는 방법을 알
게 된다.

가정의 화목함을 결정짓는 태도

01

어제 조카의 생일을 축하하기 위해 사촌 언니 집에 갔다. 집에 도착하니 언니의 시어머니가 매우 친절하게 맞아주셔서 나는 어쩐지 '좌불안석'이 되었다.

왜냐하면 언니의 시어머니는 성격이 유별난 싸움꾼으로 유명하기 때문이다. 그런데 최근 몇 년 동안 언니와 시어머니의 관계가 점점 좋아지더니, 사소한 말다툼이나 얼굴을 붉히는 일도 점차 줄어들었다.

조카가 태어난 후 언니는 줄곧 모유 수유를 해왔다. 충분한 영양분을 공급하기 위해 수유 기간 동안 언니는 몸매 걱정은 뒤로 하고 우선 몸에 좋은 보양식을 많이 먹었다. 그렇게 사용하고 남은 모유는 냉동실에 얼려 두고 반년을 더 사용했다.

언니가 모유 수유를 끝내고 회사에 복직하자 시어머니는 얼려놓은 모유를 데워 조카에게 먹였다. 그런데 조카가 몇 입 먹지도 않고 도로 뱉는 것이었다.

시어머니는 곧장 언니에게 전화해 불같이 화를 냈다. 하지만 퇴근 후 돌아온 언니는 사실 시어머니가 문제였음을 알았다.

시어머니가 평소 즐겨 먹는 훈제 베이컨을 잔뜩 사다 냉동실에 얼려 놓았는데, 그곳에 아기에게 줄 모유가 있다는 사실을 깜빡한 것이다. 이 때문에 냉동실에 고기 냄새가 배었고, 언니가 반 년간 힘들게 모아놓은 모유도 전부 못 쓰게 되었다.

당시 시어머니도 며느리가 화를 낼 거라고 각오하고 있었다. 만약 자신이었다면 벌써 뚜껑이 열리다 못해 날아갔을 것이다. 하지만 언니는 시어머니를 원망하는 기색이 조금도 없었다.

언니가 말했다. "어머님도 일부러 그러신 건 아니잖아. 그러니까 속으론 창피해하고 계실 거야. 이미 이렇게 된 일에 화내봐야 서로 기분만 상하지."

예로부터 사람들은 고부 관계가 모든 가정의 가장 큰 문제라고 여겼다. 오죽하면 이런 말도 있지 않은가.

'한 가정의 행복은 여자가 80퍼센트 결정한다.'

보통 한 가정에 있는 두 여자의 사이가 좋지 않으면, 그 집에는 평화가 찾아올 수 없다고들 한다.

대부분의 경우 가정의 모순과 문제점은 사실 별것 아닌 사소한 일에서 시작되는 경우가 많다. 그럴 때 어느 한쪽이 너그러운 마음으로 먼저 다가가 상대방의 무심함과 신경질적인 모습을 용서해야 한다. 그럼 얼어붙었던 가정의 분위기가 부드럽게 풀어지고, 모든 가족 구성원들이 다 함께 즐겁게 살 수 있다.

02

내 친구 E는 성격이 급해서 무슨 일이 생길 때마다 쉽게 흥분한다. 그래서 친구들 모두 E가 누구와 결혼할지 모르겠지만 분명 힘들 거라고 말했다.

하지만 E의 남편은 E의 이런 결점을 지적하기는커녕, 봄바람처럼 부드럽게 고쳐주었다.

한 번은 E와 남편이 함께 지하철을 타고 병원에 입원해 있는 삼촌에게 가고 있었다. 그런데 지하철에 사람이 많아 보안검사 줄이 너무 길었다. E는 남편의 가방을 자신이 들고 남편은 소지품 검사 없이 통과해 먼저 병원에 가도록 했다.

그렇게 E는 검색대 위에 가방 두 개를 놓았다. 그러나 나올 때는 마음이 급한 나머지 자신의 가방만 챙기고 남편의 가방은 그대로 검색대 위에 두고 나와버렸다. 그 가방 안에는 삼촌의 이전 병력에 대한 매우 중요한 서류가 들어 있었는데, 오늘 삼촌의 주치의에게 반드시 보여주어야 하는 것이었다.

숨을 헐떡거리며 병원에 도착한 E는 그제야 가방을 놓고 왔음을 깨달았다. 순간 너무 조급하고 또 창피한 마음이 들어 얼른 남편과 함께 가방을 찾으러 돌아갔다.

가는 길 내내 E는 마음이 조마조마했다. 자신에게 실망한 남편이 분명 한소리 할 거라고 생각하고 있었다. 하지만 남편은 오히려 E에게 긴장하지 말라고 위로해주었다. 다행히도 가방 역시 무사히 찾을 수 있었다.

당시 E의 남편은 차분하게 E를 달래주었다. 동시에 알아들을 수 있게 타이르면서, 절대로 깔보거나 무시하는 말투를 쓰지 않았다.

평소 E는 큰 잘못보다는 자질구레한 실수를 자주 하는 편이었다. 하지만 그럴 때마다 남편이 이해해주고 포용해주었더니, E도 점점 변하기 시작했다. 일단 많이 침착해져서 예전처럼 서두르는 일이 줄어들었다. 둘 사이도 날이 갈수록 좋아졌다.

E의 남편은 가족 간에 많이 사랑하고 조금 훈계해야 한다고 늘 말한다. 실수하지 않는 사람이 어디 있단 말인가? 타인에게 너그러운 만큼 자신의 가족과 사랑하는 사람을 위해서는 더욱 그래야 하는 것이 마땅하다.

『채근담』에 다음과 같은 말이 나온다.

'가족에 과오가 있거든, 쉬이 화내지 말고, 쉬이 버리지 마라. 봄바람처럼 언 마음을 녹이고, 따스함처럼 찬 기운을 없애는 것, 그것이 바로 가정의 모범이다.'

사랑하는 사람이 잘못을 저질렀을 경우, 금세 화가 머리끝까지 치밀어 이를 악 물고 못된 말을 내뱉는 경우가 종종 있다.

하지만 곧장 화내기보다 포용하고 용서해줄 줄 알게 되면, 부부 관계는 점점 견고해지고 별것 아닌 일로 서로의 감정을 상하게 하는 일은 줄어들 것이다.

03

이웃에 사는 친한 언니의 남편은 나이가 조금 많은데, 오랫동안 회사에서 관료직에 몸담고 있어서 퇴직 후에도 여전히 그 습관이 남아 있었다.

이를 테면 이런 식이다. 한 번은 언니가 식사를 준비했는데 남편은 아내의 그런 노고를 위해주지는 못할망정 좋아하는 것만 쏙쏙 골라 먹더니 나중에는 모든 요리에 마음에 안 드는 점을 하나하나 지적했다. 마치 선생님이 말 안 듣는 학생을 혼내는 모습과 조금도 다를 바 없이, 언니의 체면은 조금도 생각하지 않은 채 말이다.

만약 다른 사람들 같았으면 버럭 화를 내면서 "먹기 싫으면 먹지 마"라고 했을 텐데, 언니는 그저 묵묵히 남편의 말이 끝날 때까지 기다렸다가 아무렇지도 않게 대답했다. "알았어."

또 한 번은 언니가 시간 날 때 취미생활로 붓글씨를 할까 싶어 집에 글자본과 붓을 사놓았다. 하지만 이를 본 남편은 붓글씨는 어릴 때부터 시작해야지 지금은 너무 늦어서 해봐야 소용없다면서 또 다시 말로 상처를 주었다.

언니는 이 말을 듣고도 아무런 대꾸를 하지 않았다. 그저 묵묵히 혼자 할 일을 할 뿐, 남편에게 정면으로 반박하지 않았다.

그래서 사람들이 언니에게 어떻게 남편의 그런 성격을 참고 사느냐고 물었다.

그러자 언니가 대답했다. "남편의 그 거만한 태도는 확실히 사람을 불편하게 해요. 하지만 나이가 있잖아요. 반평생을 그런 성격으로 살아왔으니 내가 바꾸는 것은 불가능해요. 그렇다면 그저 받아들이고, 이해하고, 가슴이 담아두지 않으려 애쓰는 수밖에 없어요. 남편이 악의를 가지고 상처주기 위해 그런 말을 하는 게 아니란 것만 알면 돼요."

때때로 나이 많은 사람들은 말이 모질고, 일처리는 딱딱하고, 결론은 독단적이라는 생각이 들 때가 있다. 하지만 상대적으로 어린 우리가 그런 연장자들을 조금 더 너그러이 받아들여야 하는 것은 아닐까?

최근 나이 많은 사람과 어린 사람 사이에 문제가 생기는 모습을 자주 볼 수 있다. 사고방식과 소통 방식에서부터 차이가 있기 때문이다.

사실 나이가 많은 사람들 역시 때때로 배려가 부족하고 일처리가 꼼꼼하지 못하며 다른 사람의 감정을 헤아리지 못할 때가 있다. 그럴 때 젊은 사람들이 넓은 마음가짐으로 바라봐준다면 연장자들이 더 안심하고 노년을 보낼 수 있을 것이다. 또한 이로써 집안이 평안 무탈하게 굴러갈 수 있다.

04

집이란 곧 방공호와 같은 곳이다. 하지만 현재 갈수록 많은 사람들이 고부 갈등, 부부 사이의 불화, 혹은 신구세대의 사고방식이 달라서 생기는 가정 분쟁 등, 집안 문제를 제대로 처리하지 못한 채 살고 있다.

가족 구성원 간에 일단 작게라도 응어리, 문제, 모순 따위가 생겨 서로 양보하려 하지 않는다면 문제는 눈덩이처럼 불어나 점점 풀 방도가 없어진다. 그렇게 결국 작은 문제가 큰 문제가 되는 것이다.

사실 집안 문제를 따질 때 큰일에만 원칙과 선을 따르고, 사사로운 일은 너무 따지고 들지 않는 편이 좋다. 그래야 가족이 점점 화목해질 것이다.

이런 이야기가 있다. 민자건*이 유년 시절 생모가 돌아가신 후 아버지가 새 부인을 들여 아들을 둘 더 낳았다.

어느 겨울날, 민자건의 아버지가 점점 추워지는 날씨를 대비해 부인에게 아이들의 솜저고리를 준비하라 말했다.

다음 날부터 민자건의 계모는 솜저고리를 만들기 시작했다. 그런데 이기적인 마음에 자신의 두 아들에게 입힐 옷은 목화솜을 가득 넣어 만들고, 민자건이 입을 옷에는 갈대꽃 솜을 넣어 만들었다.

며칠 후 민자건의 아버지가 이 사실을 알고 매우 화를 내며 아내를 내쫓으려 했다.

그때 민자건이 아버지 앞에 무릎을 꿇고 이렇게 애원했다. "아버지, 어머니를 내쫓지 말아주세요. 어머니가 집에 있을 땐 저 하나만 따뜻한 옷을 안 입으면 그만이지만, 어머니가 이 집을 떠나면 저와 두 동생들까지 모두 어머니의 보살핌을 받지 못해 춥고 굶주릴 것입니다!"

이 일을 계기로 민자건의 계모는 예전과 180도 달라진 모습으로 세 아이들을 모두 차별 없이 대했다. 그렇게 이 가족들은 평온하고 안정적인 생활을 하게 되었다.

---

* 閔子騫: 공자의 제자로 모진 학대를 받고도 지극한 효성을 보인 것으로 유명하다.-옮긴이

모두가 한번쯤 들어봤을 '가화만사성'이라는 말이 있다. 한 가정의 눈물과 원한이 줄어든다면, 행복과 즐거움은 그만큼 늘어날 것이다.

　한 가정의 화목함은 가족 구성원이 얼마나 완벽한지에 달려 있는 게 아니라, 그들이 얼마나 너그러운지에 달려 있다.

좋은 결혼 생활에는 기억해야 할 것이 있다

불행한 결혼 생활은 대부분 무관심, 원망, 서로에 대한 불쾌함과 관련이 있는 반면, 원만한 결혼 생활은 대부분 칭찬, 호감, 상대방을 지지하는 마음과 밀접한 관련이 있다.

내가 아는 한 부부는 장장 12년의 결혼 생활 동안 온갖 고난을 함께 헤쳐왔지만, 마지막에 남편의 외도로 인해 관계가 끝났다.

아내는 남편의 외도가 바람기, 혹은 늙은 아내의 모습에 마음이 떠나서라고만 생각했다. 그러던 어느 날, 지인과 대화를 하던 중 알게 되었다. 남편이 바람을 피운 상대는 외모가 뛰어나기는커녕 자신과 비슷한 나이대의 중년 여성이라는 것이다. 게다가 조건으로 따지면 자신보다 한참이나 떨어지는 사람이었다.

아내는 이해가 되지 않았다. 아무리 생각해봐도 자신이 그 사람보다 뭐가 부족한 건지 알 수가 없었다.

나중에 남편의 친구에게서 사정을 들을 수 있었다. 사실 남편은 아내와의 결혼 생활을 매우 갑갑해 했다는 것이다.

그도 그럴 것이, 남편이 가정을 위해 아무리 열심히 노력해도 아내는 조금도 알아주지 않고 늘 돈을 못 벌어온다는 둥 출세를 못 한다는 둥 타박하기에만 바빴다.

평소에도 아내는 남편을 마음에 들지 않아 했다. 아내의 눈에 남편은 늘 잘하는 것이 하나도 없는 사람이었다.

하지만 그 불륜 상대는 남편을 늘 최고의 남자라며 칭찬해주었다. 것도 친구가 많다거나, 성격이 좋다거나, 도량이 넓다거나, 어찌 보면 아무것도 아닌 일을 말이다.

물론 남편이 먼저 잘못한 것은 사실이지만, 다르게 생각해보면 많은 여자들이 나보다 잘난 여자에게 남편을 빼앗기는 것이 아니다. 자신의 모진 말에 남편이 떠나가는 것이다.

사람을 할퀴는 그 말들이 상대방이 잘되길 바라는 마음에 하는 채찍질이든, 아니면 그저 공격하기 위함이든, 혹은 아무 생각 없이 내뱉은 말이든 종국에는 두 사람을 멀어지게만 할 뿐이다. 이로 인해 감정이 더 좋아지는 일은 영원히 일어나지 않는다.

세계적으로 유명한 세일즈맨 듀페리는 자신의 성공이 모두 아내 덕분이라고 말한 적이 있다.

듀페리는 기자와의 인터뷰에서 다음과 같이 말했다.

'아내는 내 기질을 끊임없이 칭찬해주었어요. 또한 내가 판매직에 어울리는 천부적 재능을 가지고 있다고 말해주었죠. 심지어 나조차 나에게 그런 재능이 있는 줄은 몰랐는데 말이에요. 아내의 지지와 격려가 없었더라면 난 이미 오래 전에 포기했을 거예요.'

대다수의 남자들에게 있어, 매일같이 압박을 견디고 수모를 참고 힘들게 일할 때, 그럼에도 힘을 낼 수 있게 해주는 가장 큰 원동력은 바로 사랑하는 사람의 지지와 격려일 것이다.

결혼은 시시각각 내 나쁜 점을 들추고 잘못을 지적하며 단점을 교정해줄 사람을 찾기 위해서가 아니라, 두 사람이 함께 힘을 모아 모진 세월을 헤쳐나가는 데 그 의미가 있다.

몇 년 전, 우리 동네에 꽤 풍족하게 살던 어느 여성이 '잠재력 있는' 남성과 결혼하겠다고 고집을 피웠다. 잠재력 있다 함은 직설적으로 말하면 그것은 곧 지금은 빈털터리라는 뜻이다.

당시 여성의 집안에서는 결사반대했다. 심지어 아버지는 딸과의 관계를 끊어버리겠다고까지 말했다. 하지만 그 어떤 방법도 소용없었다. 그 여성은 그 빈털터리 남성과 결국 결혼했다.

몇 년이 흐른 지금까지 그 여성은 얼굴에 웃음이 떠날 날이 없이 행복하고 즐겁게 사는 모습을 모두에게 보여주고 있다.

그 여성이 말했다. "나는 완벽한 사람이 아니에요. 집안일도 못 하고, 성격도 좋지 않고, 날씬하지도 않죠. 하지만 내 남편은 그런 내 모습까지도 품어주고, 이해해주고, 심지어 응원해줘요. 그런 모습이 제게 삶이 옳은 방향으로 흘러가고 있다는 느낌을 주죠. 그 칭찬에 부응하기 위해 더 좋은 사람이 되고 싶다는 마음이 들어요."

이 대답에 나는 문득 부유한 세력가에게 시집 간 어느 여성이 떠올랐다. 불행한 결혼 생활을 하다 결국 결혼 15년 만에 먼저 이혼을 요구했다.

그때 사람들이 그 중년부인에게 물었다. 남편이 평소에 잘 못 해주거나, 생활비를 부족하게 주거나, 혹시 가정 폭력이 있었던 건 아닌지 말이다.

이 여성은 모두 아니라고 대답했다. 그들의 가장 큰 문제는 다른 곳에 있었다. 바로 아내가 아이를 돌보고 집안일을 하고 시부모님을 봉양하는 등 모든 일을 하면서 그저 남편의 따뜻한 말 한마디를 바랐을 뿐인데, 남편은 무시로 일관하거나 심지어 지적하고 핀잔만 주었던 것이다.

그런 시간이 오래되자 이 여성의 마음도 완전히 식어버렸다.

이런 이야기가 있다. 아프리카 어느 부락의 촌장에게 딸이 세 명 있었다. 예쁘고 총명한 첫째와 둘째는 소 아홉 마리를 예물로 받고 결혼했다. 그러나 못생기고 게으른 막내는 좀처럼 시집을 가지 못하고 있었다.

어느 날 먼 곳에서 온 여행객이 소 아홉 마리를 주고 이 막내딸을 데려갔다.

몇 년 후, 촌장이 고향에서 멀리 떠나 살고 있는 막내의 집에 방문했다. 그런데 놀랍게도 딸이 완전 딴 사람처럼 아름답게 변해 있었다. 게다가 직접 요리한 진수성찬까지 차려주는 것이 아닌가.

이에 무척이나 놀란 촌장은 사위에게 조심스레 물어보았다. "자네 어떻게 한 것인가?"

그러자 사위가 대답했다. "저는 그저 늘 아내를 소 아홉 마리의 가치가 있는 여자라고 믿었을 뿐입니다. 그래서 언제나 칭찬을 해주었더니, 아내가 소 아홉 마리의 가치를 보이기 시작했습니다. 그냥 그뿐입니다.”

현명한 사람은 비교해서 나오는 것이 아니라, 아껴주고, 사랑해주고, 칭찬해주면서 만들어가는 것이다.

여자가 결혼 전과 후에 가장 달라지는 점이, 남자에게 요구하는 것은 점점 많아지는데 칭찬에는 점점 인색해지는 것이라고 한다.

사실 남자들도 실의에 빠지고 나약해지기도 한다. 직장 생활에서든 일상생활에서든 부침을 겪을 때면 그들 역시 감정적인 지지와 위로가 필요하다.

다정한 말과 칭찬을 많이 해주는 것은 남자들을 다시 일어서게 할 뿐만 아니라 아내에 대한 사랑을 더욱 느끼게 해준다. 그렇게 점점 더 아내에게 감사하고 의지하게 되는 것이다.

배우 차이사오펀은 모두 알다시피 남편을 사랑하기로 유명하다.

‘나는 표현하길 좋아하는 사람이다. 좋은 기분을 사람들과 나누고 싶다. 결혼 생활을 해나가는 건 아이를 대하는 일과 같다. 남편이 잘 되길 바라면 칭찬해주면 된다. 칭찬할 수 있는 건 무엇이든.’

노래를 잘 부른다거나 무술을 잘한다거나 춤을 잘 춘다거나 등, 차이사오펀의 입을 통하면 모든 것이 칭찬거리가 된다.

심지어 남편인 배우이자 무술 감독인 장진의 업적은 상당 부분 차이사오펀의 그 유별난 칭찬 덕분이라고 말하는 사람도 있다.

만화가 천위안핑은 자신의 웨이보에 아내에 대해 이렇게 썼다.

‘아내는 어렸을 때부터 공부를 잘했고 한때 좋은 직장에도 다녔다. 그러나 오로지 우리 가정을 위해 이 모든 것을 포기한 후 집안일을 하며 현모양처로 살고 있다. 나에게 있어 아내는 누구보다 착하고, 아름답고, 현명한 사람이다. 내가 지구를 몇 번이나 구했기에 이렇게 대단한 여자를 아내로 맞이하는 복을 얻은 건지 모르겠다.'

남자든 여자든 결혼 상대에 대한 칭찬을 빼놓고는 좋은 결혼 생활에 대해 말할 수 없다. 얼핏 아무것도 아닌 것처럼 보일지 모르지만 굉장한 효과를 발휘한다.

사실 결혼이란 본디 고난을 수행하는 과정 아니던가.

오래도록 화목하게 살아가고 싶은가. 서로에 대한 원망, 지적, 결점을 들추는 일 따위는 관계를 점점 악화시킬 뿐이다. 칭찬과 격려만이 감정의 온도를 올릴 수 있다.

한 심리학 연구 발표에 따르면 부부 사이에서 칭찬과 비평의 비율이 5대 1일 때 가장 좋은 감정을 유지할 수 있다고 한다. 한 마디의 비평을 상쇄하려면 다섯 마디의 칭찬이 필요하다는 이야기다. 그리고 이혼한 부부들의 경우 이 비율이 정반대였다고 한다.

내 반쪽을 대할 때는 상대방의 호의에 감사하고, 상대방의 희생을 한 번 더 생각하고, 상대방의 장점은 최대한 칭찬하되 단점은 눈감아주고, 상대방의 과실을 탓하지 않으며, 부족한 점이 있어도 굳이 들추지 않는 것이 좋다.

칭찬이란 결혼 생활의 보양식이자 꼭 필요한 의식이다. 반면 비난은 결혼 생활에 숨은 살인자이자 언제 터질지 모르는 폭탄, 잠재적 위험인자다.

기억하라. 사랑하는 사람을 향한 칭찬 속에 결혼의 행복이 담겨 있다.

이상적인 결혼 상대를 찾는 우리의 자세

01

'결혼은 사랑의 무덤'이라는 말이 있다. 그러나 결혼을 보장할 수 없으면 사랑은 죽어도 묻힐 곳이 없다고 생각하는 사람도 있다.

내 생각에 사랑이든 결혼이든 종국에는 나와 내가 잘 살아야 한다.

세상에는 사랑 때문에 힘들어하는 사람들이 너무나 많다. 그들은 너무 쉽게 당장의 감정을 자신의 모든 것이라고 여긴다. 그러다 막상 서로 소유하게 되면 사실 그렇지 않다는 사실을 깨닫는다.

예를 들어 그들은 누군가와 함께하고 싶어지면 처음에는 그 어떤 조건도 다 받아들인다. 그러나 그 사랑이 이루어진 후에는 경제 사정이나 고부 관계 그리고 각종 사사로운 일들로 인해 인연이 아니었다며 처음의 선택을 후회한다.

그런 사람들은 결국 상대방을 지적하고 원망하다 냉전에 들어간다. 심지어 상대방이 아닌 처음부터 다른 사람을 선택했다면 결과가 달랐을 거라고 생각하기도 한다.

그러나 진짜 지혜로운 사람이라면 이미 알고 있다. 첫째, 누구와 함께하든 제일 먼저 자기 자신과 잘 지내야 한다. 둘째, 자신의 결점을 인지하고, 상대의 부족함도 받아들여야 한다. 셋째, 모든 일은 자신에게서 문제를 찾아야 한다.

예전에 어느 책에서 다음과 같은 글을 읽은 적이 있다.

'당신이 누구와 함께하든, 이는 모두 자아를 수행하는 과정이다.'

우리는 늘 내가 행복하기 위해서는 상대방이 나에게 잘해주고, 아껴주고, 위해주어야 한다고 생각한다.

그러나 그런 행운을 모든 사람이 가질 수 있는 것은 아니다. 대다수의 사람에게 있어 좋은 결혼 생활을 꾸려가는 것은, 결혼을 하는 일보다 훨씬 실질적인 문제다.

02

예전에 만났던 한 언니는 내게 결혼 8년 만에 남편에게 질려버렸다고 말한 적이 있다. "아이만 아니었다면 벌써 이혼했을 텐데…." 언니는 이를 악 물고 남편의 각종 허물에 대해 늘어놓았다. 남편은 마치 이 언니의 철천지원수 같았다. 언니의 삶이 불행한 것은 전부 다 남편 탓이었다.

물론 정말 몹쓸 사람을 만났을 경우를 완전히 배제할 수는 없다. 하지만 그보다는 내 감정을 너무 많이 상대방에게 의지한 탓인 경우가 더 많다. 우리는 자신이 원하는 방식대로 상대방을 개조하려 하지만 그게 마음처럼 되지는 않는다.

당신은 남편이 돈을 많이 벌어오길 바라지만, 남편은 그저 평범한 샐러리맨일 뿐이다. 당신은 남편이 좀 더 낭만적이길 바라지만, 남편은 극도의 현실주의자일 수도 있다. 당신은 남편이 당신과 더 많이 함께 있어주길 바라지만, 남편은 늘 일만 하느라 바쁘다.

무엇보다 우리는 완벽한 사람을 만나고 싶어 하지만, 나에게 선택권이 아무리 많아도 그런 사람은 찾을 수 없다. 또 아무리 훌륭한 사람도 참을 수 없는 결점이 하나쯤은 있기 마련이다.

어떠한 문제들은 두 사람이 함께 고쳐나갈 수 있다. 그렇게 쉽게 고쳐지거나 해결되지 않는 문제도 분명 있지만 말이다.

가장 큰 문제는 누군가를 변화시키고 싶다는 마음이다.

많은 사람들이 상대방의 장점을 보고 선택한다. 그러나 오랫동안 함께하고 싶다면 상대방이 도량이 넓은지, 배포가 큰지, 그리고 내 결점을 받아들일 수 있는지를 봐야 한다.

우리는 자신의 참을성을 너무 과대평가하는 동시에 상대방의 결점을 너무 과소평가한다. 수많은 인생의 고통이 이러한 이상과 현실 사이의 거대한 틈에서 시작된다.

03

어느 40대 이혼 남성이 자신은 재혼할 생각이 없다며 다음과 같이 말했다. 설령 다시 짝을 찾게 된다고 해도 사람들이 생각하는 것처럼 심사숙고하거나 고심 끝에 까다롭게 고르지는 않을 것 같다고. 그저 화목하게 지낼 수 있는 사람이면 된다고 말이다.

그 말을 처음 들었을 때 나는 힘든 일을 겪은 후 이미 달관한 사람의 소극적인 표현이라고만 생각했다.

맞지 않는 사람과 힘들게 헤어지고 나서 더 잘 맞는 사람을 찾아야 하는데, 어째서 이런 안일한 태도를 가지고 있단 말인가?

이에 그 남성은 이렇게 설명했다. "누구와 함께 있든지 의견이 안 맞고 가치관이 안 맞아서 말다툼을 하게 되는 일은 피할 수 없어요. 난 너무 늦게 이 사실을 깨달았죠. 별 탈 없이 오랜 시간을 함께하고 싶다면, 훌륭한 사람보다는 나와 잘 맞는 사람을 찾아야 한다는 것을요. 더욱이 우리는 모두 성인이잖아요. 삶이 사랑만으로 살아질 만큼 간단하지는 않죠. 수많은 책임과 근심 걱정들이 뒤섞여 있는 것이 바로 결혼 생활이랍니다."

결혼이란 두 사람이 짝을 이루어 적들을 물리치고 끊임없이 앞으로 나아가는 과정과 같다. 나와 함께 꽃구경을 한 사람이 반드시 지리멸렬한 일상도 함께해줄 수 있는 것은 아니며, 나와 함께 꽃길을 걸어준 사람이 반드시 가시밭길도 함께 걸어줄 수 있는 것도 아니다.

사랑이 넘치고, 일상을 함께 견뎌줄 수 있으며 동시에 착하고 아름다운 사람을 찾기란 거의 불가능하다.

좋아하는 사람을 만나는 것을 인연이라고 한다. 그 사람과 함께하는 것은 그보다 더 귀한 행운이다.

우리는 '얻는 건 행운, 잃는 건 운명'이라는 마음가짐을 가져야 한다.

때론 부부란, 내 눈에 안 차는 사람과 나를 눈에 안 차하는 사람이 만나 그래도 같이 살아가는, 아주 특별한 인연이다.

04

어쩌면 사랑하는 사람과의 이별이란 그저 발목을 접질린 것처럼 금방 회복할 수 있는 상처 정도일 수 있다. 그러나 이혼은 근육과 뼈를 다친 것과 같이 크나큰 일이다.

바른 마음으로 애써 무언가를 강구하지 않는다면, 오히려 세월의 흐름에 따라 열심히 살아갈 수 있다. 누구와 함께하든 갈등은 피할 수 없다. 그러니 문제가 생겼을 때 피하지 않는 태도가 중요하다.

스스로 능력을 갖춘 사람에게 결혼은, 잘되면 금상첨화이지만 그렇지 못해도 기껏해야 찰과상 정도일 것이다.

결혼을 통해 운명을 바꾸고, 행복을 찾으며, 정착할 사람을 찾을 의도라면, 이는 종종 삶이 피로해지는 결과를 낳는다.

나와 내 반쪽은 함께 비바람을 이겨내는 사람이다. 서로에게 비바람을 불러일으키지도, 비바람을 가져다주지도 말아야 한다. 이것만 명심하면 사는 게 그렇게 힘들지만은 않을 것이다.

내게 잘해주는 사람에게 소홀하지 마라

01

인생을 살면서 유난히 더 가슴 아픈 아쉬움이 있다면, 바로 진정으로 내게 잘해준 사람에게 쉽게 소홀히 한 것일 테다. 이를 깨닫고 보답하려 할 때면 이미 기회는 사라지고 없다.

작가 자핑와는 어머니에 대해 다음과 같은 글을 썼다.

'어머니 생전에 나는 도시에서 생활하고 있었고 어머니는 고향에 계셨다. 어머니는 매번 내 집에 기쁜 마음으로 오셨다가, 화를 내며 돌아가셨다. 어머니가 가셔도 나는 별로 그립지 않았다. 심지어 해가 지날수록 어머니 꿈을 꾸는 일도 사라졌다. 어머니가 아무리 잘해주셔도 나는 그 고마움을 잘 몰랐던 것이다.'

어머니가 돌아가신 후에 또 이렇게 썼다.

'나는 어머니를 꼭 붙잡았다. 어머니가 돌아가셨다는 것이 실감나지 않았다. 오히려 어머니가 아직 집에 조용히 계실 거라는 강렬한 확신이 들었다.

나는 글을 쓸 때 종종 어머니가 날 부르는 목소리를 듣는다. 그 목소리는 매우 진짜 같아서, 나는 매번 소리가 들릴 때마다 무의식적으로 오른쪽을 바라본다.

예전부터 어머니는 오른쪽 방에 있는 침대 맡에서 책상에 앉아 글을 쓰고 있는 나를 미동도 없이 바라보았다. 그러다 시간이 오래 지나면 나를 부르며 이렇게 말했다. "세상 글자는 혼자 다 쓸 거니? 나가서 좀 움직여라."

지금 나는 어머니가 나를 부르는 소리가 들릴 때마다 하던 일을 멈추고 그 방에 들어가본다. 그러고는 속으로 생각한다. 시골에서 어머니가 또 올라오셨나?

당연하게도 방에는 아무도 없지만, 나는 그곳에 한참을 우두커니 서서 혼잣말을 한다. 어머니가 올라 오셨다가 내가 좋아하는 청고추와 무를 사러 다시 나가셨구나.

아니면, 나를 놀래주기 위해 일부러 벽에 걸린 어머니의 사진 속에 숨었구나 생각한다. 나는 그 사진 앞에 향을 피우고 이렇게 말한다. "난 괜찮아."

이것이 우리 부모님들이 맡은 역할인 것 같다. 우리는 부모님께 제멋대로 굴며 성질을 부린다. 부모님의 감정은 신경 쓰지 않고, 심지어 말썽을 부리며 부모님의 속을 썩이는 경우도 많다.

이는 우리가 무슨 짓을 해도 부모님은 영원히 우리를 버리지 않을 거라는 사실을 잘 알고 있기 때문이다. 하지만 우리가 모르는 것이 있다. 내일 당장 어떤 생각지도 못한 일이 생길지도 모르고, 부모님도 나이가 든다. 다시 말해 언젠가는 우리를 떠난다는 말이다.

그때가 되어서 효도를 한다 한들 이미 너무 늦어버린다.

02

사람과 사람이 만나는 것만으로도 쉽지 않은 일이지만 알아간다는 것은 더욱 어렵다. 하지만 우리는 별것 아닌 사소한 일 때문에 너무도 쉽게 우정이라는 배를 뒤집어 엎어버린다.

이런 이야기가 있다. 당태종이 병에 걸려 옛 집으로 거처를 옮기기 위해 그 집을 수리하려 했다. 그런데 이를 두고 밖에서는 당태종이 구리 열 수레로 망릉대를 짓는다는 말이 돌았다.

당태종이 알아보니 위징이 지어낸 소문이었다. 이에 위징을 불러 물었더니, 위징이 이렇게 대답했다. "이러한 소문은 간언을 하기 위해 필요했을 뿐입니다. 험담을 듣는 것 또한 폐하의 천하를 위함이옵니다."

당시 당태종은 매우 분노해 신하이자 좋은 벗인 위징을 죽이고 싶었을 정도였다. 그러나 훗날 위징이 세상을 떠나자 그제야 위징이 자신을 위하던 진심을 깨달았다.

드라마 〈옹정황제의 여인〉에 이런 장면이 있다.

황제의 수녀를 간택하는 날에 선별된 후보들이 궁 밖에서 기다리고 있을 때, 안릉용이 실수로 다른 사람 옷에 찻잔을 쏟는다. 그때 견환이 그런 안릉용을 감싸주며 자신의 진주 귀걸이를 선물하고 머리에 꽃을 꽂아준다. 이로 인해 견환은 황제의 눈에 든다.

처음에 안릉용은 그런 견환에게 고마움을 느끼지만, 나중에는 자신의 지위를 위해 암암리에 나쁜 짓을 꾸며 견환을 해치려고 한다.

안릉용은 죽기 전 자신의 일생을 되돌아보며 진정으로 자신을 위해준 사람은 견환뿐임을 깨닫지만 그땐 이미 후회해도 소용없었다.

인생을 살면서 우리는 아주 작은 명예, 이해득실, 원한 등으로 인해 친구와 멀어질 때가 있다.

예를 들어 우리가 잘못된 길로 들어섰을 때 친구가 충고를 하면, 자존심이 상한다는 생각에 친구와의 왕래를 끊어버린다. 또는 친구와 함께 사업을 하면서 조금의 손해도 보려 하지 않아 돈은 벌지만 친구는 잃는다. 때론 친구 사이에 오해가 생기면 시시비비를 가리기도 전에 일방적으로 관계를 끊는 경우도 있다.

대부분의 경우 조금 더 마음을 넓게 가지고 사소하게 따지고 들지 않는다면, 친구 역시 당신을 떠나지 않는다.

하지만 우리가 가장 흔하게 저지르는 실수가 바로 자신의 편협함, 이기심, 그리고 모래 한 알도 용납하지 않으려 하는 나쁜 버릇으로, 경솔하게 감정의 우열을 가늠한다는 것이다.

03

당신은 누군가를 잃어본 적이 있는가. 그럴 때 혹시 상대방의 호의는 기꺼이 받는 한편 그 사람의 존재는 무시하지 않았는가.

그렇다면 당신은 잊고 있었을지도 모른다. 감정은 두 손뼉이 마주쳐서 소리 내는 박수와 같다는 것을 말이다. 만약 한 사람이 일방적으로 베풀기만 하고 아무런 보답을 받지 못한다면, 언젠가는 마음이 식고, 절망하고, 급기야 떠나기 마련이다.

드라마 〈와거蝸居〉 속 주인공 샤오베이는 많지 않은 월급으로 신혼집을 장만하기 위해 제대로 먹지도 입지도 않고 악착같이 돈을 모은다. 하지만 여자친구 하이펑이 하겐다즈 아이스크림에서 눈을 떼지 못하는 것을 보고는 일말의 망설임도 없이 이 '사치품'을 사준다.

그렇게 여자친구에게 너무 잘해주어서일까. 하이펑은 마음 놓고 바람을 피운다. 그러다 모든 것을 잃고 난 뒤 샤오베이를 떠올리며 눈물을 흘린다.

어떤 남자들은 진심으로 사랑에 빠지면 상대방이 힘들어할까봐 대신 짐을 짊어지고, 상대방이 억울할까봐 불공평함을 감수하고, 상대방이 울면 눈물을 닦아주고 심지어 하늘의 별을 따다준다는 약속도 서슴지 않는다.

그러나 어떤 사람들은 이런 지극한 사랑에 처음에는 감동하지만 시간이 지날수록 당연시하기도 한다.

그래서 무조건적으로 참아주고, 이해해주고, 사랑해주는 상대방을 위해서 그 어떤 일도 하지 않는다. 심지어 충분히 할 수 있는 일까지도 말이다.

어떤 여자들은 상대방에게 지극 정성이다. 돈이 없어도 기꺼이 그 힘든 날들을 함께해주고, 꿈이 있다면 열렬히 그 꿈을 지지해주며, 일이 힘들 땐 아침 일찍 일어나 따뜻한 밥을 준비해준다. 그리고 저녁이 되면 가로등불 아래서 상대방이 일찍 돌아오기만을 기다린다.

그러나 어떤 사람들은 잘해주겠다는 한때의 약속을 잊어버린다. 화를 내도 달래주지 않고, 아파도 곁에 있어주지 않으며, 기분이 좋지 않을 때 웃어주는 일도 없다. 심지어 나를 묵묵히 지지해주는 것은 당연하게 여기면서, 나는 관심을 주지 않아도 된다고 생각한다.

이 때문에 실망이 쌓이고 상처를 받은 여자들은 이별할 때 요란하지 않다. 소리 높여 상대방을 만류하지도 않는다. 심지어 떠나기 전에 마지막 인사조차 하지 않는다. 그저 평화로운 어느 오후 평소에 입던 옷을 입은 채 나가서는 영원히 돌아오지 않는 것이다.

이를 뒤늦게 알아차리고 뒤쫓아 갔을 때는 이미 늦어버렸다. 사랑은 식고, 사람은 떠났기 때문이다.

04

사람과 사람 사이의 감정이란 너무도 미묘해 절대 쉽게 생기지 않는다.

이를 테면 당신이 과거에 어떤 모습이었든, 현재 어떻게 살고 있든, 미래에 어떤 사람이 되든 부모님의 눈에는 영원히 보호해주고 싶고 늘 걱정되는 어린아이일 것이다.

또한 당신이 지금 어떤 일을 겪고 있든, 설령 가진 모든 것을 잃고 빈털터리가 된다 해도 당신을 가장 소중히 생각하는 친구라면, 이를 비웃거나 힐뜯거나 돌을 던지기는커녕 전심전력으로 도와주려 할 것이다.

만약 당신이 그 어떤 위험을 무릅쓰고라도 한 사람만을 사랑하고 주저 없이 그 사람 곁에 있어준다면, 당신이 아무리 빈틈이 많고 불완전하다 해도 그 사람만은 당신을 지극히 대할 것이다.

사람의 일생에 자애로운 부모님, 의리 있는 친구, 사랑하는 사람 이 셋만 가질 수 있다면 무엇을 더 바라겠는가?

하지만 많은 경우 너무 당연하기에 그 소중함을 모르고, 늘 가지고 있기에 없어진다는 생각조차 잊는지도 모른다.

더욱이 우리의 탐욕, 이기심, 파렴치함이 부지불식간에 갑자기 인생에서 가장 진실한 사랑을 가져가버리기도 한다.

그러므로 우리는 명심해야 한다. 부모님이 살아계실 때 좀 더 잘 대해드리고, 좀 더 참고, 좀 더 관심을 가져야 한다. 친구가 아직 곁에 남아 있을 때 좀 더 너그럽고, 좀 덜 질투하고, 늘 감사해야 한다. 사랑하는 사람과 함께할 때 잡은 손을 놓지 않고, 원망할 시간에 한 번 더 키스하고, 마음에 담아두어야 한다.

이 세상에 당신에게 평생 잘해야 할 의무와 책임이 있는 사람은 아무도 없다. 상처가 쌓인 마음은 서서히 마비되기 마련이고, 너무 많이 외면당한 마음은 이내 떠나기 마련이다.

그러니 내게 잘해주는 그 사람을 쉽게 잃지 않도록 하자.

고독은 온전히 혼자의 몫이다

01

당신에게도 이런 순간이 있었는가.

감당할 수 없을 정도로 바쁜 업무에 치여, 나에게도 너그러운 사장과 다정한 동료 그리고 상식적인 고객들이 있었으면 하고 바라는 순간. 엉망진창인 일상을 보내며 날 이해해주는 친구와 지지해주는 가족이 있었으면 하고 바라는 순간. 극도의 비참함에 빠져 내 마음을 알아주고 위해주는 반쪽을 바라는 순간….

하지만 이상과 현실 사이에는 늘 가까워질 수 없는 거리가 있다.

결국 당신은 깨닫게 될 것이다. 업무를 제대로 하지 못하면 상사에게 욕을 먹는 게 당연하고, 일이 야무지지 못하면 동료들이 싫어할 것이며, 상품이 좋지 않으면 고객들은 당신에게 화를 낼 것이다.

제때 월세를 내지 못하면 당연히 집주인에게 쫓겨나고, 혼기가 차도록 결혼을 하지 않으면 이웃들이 수군댄다. 애인에게 충분한 관심을 보이지 않으면 상대방은 화를 내며 토라질 것이고, 점점 늙고 주름이 생기기 시작하면 상대방이 싫어할지도 모른다.

대부분의 경우 우리는 자신을 위로하면서 억울해도 계속 버티는 수밖에 없다.

왜냐하면 우리가 겪는 고난이 많을수록, 참아야 할 스트레스가 클수록, 짊어져야 할 책임이 무거울수록, 이 세상에 그 누구도 쉽게 사는 사람은 없다는 것을 알게 될 테니까 말이다.

대다수의 사람들은 당신이 얼마나 높이 올라갈 수 있는지, 얼마나 많이 희생할 수 있는지에만 관심이 있다. 당신의 삶이 힘들진 않은지, 즐거운지 아닌지 신경 쓰는 사람은 매우 적다.

당신이 일단 고속 승진을 하면 만사가 자연히 순조로워진다. 그러나 스스로 분발하지 않으면 무수한 억울함과 불친절, 냉대를 받게 될 것이다.

02

친구 C가 최근 새 직장을 찾았다.

출근하기 시작한 지 얼마 안 돼 처리해야 할 일들이 많은데다 아직 제대로 적응하기도 전이라서 야근에 밤샘 작업이 잦았다.

다 퇴근하는데 혼자 바쁘게 일하는 것을 보면서 동료들은 수고하라는 말뿐, 누구 하나 도와주는 사람이 없었다.

처음에 C는 매우 화가 났다. 평소 동료들과의 관계에 문제가 있는 것도 아닌데 업무할 때만은 절대로 도와주지 않는 것이다. C는 매우 낙담하며 직장엔 친구가 없다고 말했다.

그러나 나중에 돌이켜 생각해보니 사이가 아무리 좋아도 남은 남인데 도와줄 이유가 없었다. 결혼하지 않은 사람이라면 퇴근 후 연애하느라 바쁘겠고, 결혼한 사람이라면 가족을 보러 가야 한다. 설령 퇴근 후 아무 일 없는 사람이라도 집에 돌아가 시체처럼 누워 있는 쪽이 동료와 함께 고생하는 것보다 훨씬 낫지 않겠는가.

그렇게 생각하니 서운함도 사라졌다. C는 타인에게 기대치가 높은 사람일수록 쉽게 실망한다고 말했다.

다들 이런 경험이 한 번쯤 있을 것이다. 평소에 함께 밥을 먹고, 상사의 흉을 보고, 마치 의형제같이 지내던 동료들도 일단 이익이 걸린 번거로운 일이 생기면 순식간에 대립한다.

물론 말로는 서로 돕고 살아야 한다고 하겠지만 우리는 모두 성인이다. 상대방이 날 어떻게 도와주겠다고 말해도 참고만 하는 것이 좋다. 진심으로 받아들이는 것이 잘못이다.

그 누구도 무조건적으로 날 도와줄 의무나 책임은 없다. 우리가 유일하게 기댈 수 있는 사람은 오로지 나 자신뿐이다.

03

언젠가 한 지인이 내게 이런 말을 한 적이 있다. 친형제란 치마 한 벌을 같이 입을 수 있을 정도로 친한 사이인 줄로만 알았다고.

하지만 형이 본인의 가정을 꾸리고 나서부터 알게 되었다고 한다.

심지어 같은 부모 밑에서 태어난 쌍둥이도 두 사람인 것을.

지인은 어린 시절 집안 형편이 가난해 형제 둘이 다 공부할 여건이 되지 않았다. 그래서 형은 학업을 포기하고 지인에게 양보했다. 하지만 지인 역시 공부를 하지 않겠다고 말하며 형이 훌륭한 사람이 되길 바랐다.

성인이 되어서도 두 사람은 돈을 벌어 함께 사용했다. 형이 돈이 없으면 지인의 돈을 가져다 썼고, 지인 사정이 빠듯하면 형의 카드를 긁었다. 그래도 누구 하나 신경 쓰지 않았다.

하지만 형이 가정을 꾸리고 나서부터 많은 것들이 변하기 시작했다. 예전에는 형의 돈을 써도 돌려주지 않았는데, 형수님이 생기고부터는 그런 말을 입 밖으로 꺼내는 것조차 미안해지기 시작했다.

예전에는 갈 데가 없으면 형의 집을 내 집처럼 갔는데, 지금은 형의 집에 연락도 없이 가서 먹고 자면 형은 아무 말 하지 않지만 형수님이 좋아하지 않는다.

예전에는 기분이 좋지 않은 날 아무 때나 형을 불러내 함께 먹고 마셨는데, 지금은 반드시 형수님이 허락해야만 가능한 일이 되었다.

지인은 형수님을 욕하려는 게 절대 아니라며, 단지 친형제라 해도 일생을 함께할 수는 없음을 느꼈다고 말했다.

이렇듯 속으로는 한없이 좋은 사이라 할지라도 실생활에서는 분명히 구분해야 하는 것이 있다. 왜냐하면 우리는 모두 각자의 인생에 쫓기며 현실에 굴복하지 않을 수 없기 때문이다. 친형제 사이라도 계산은 확실히 하라는 말도 있지 않은가.

분명히 알아두어야 할 것은, 우리의 인생을 도와주는 사람은 가장 친밀한 누군가가 아닌 바로 나 자신이라는 사실이다.

04

F라는 독자가 내게 자신의 경력에 대해서 말해준 적이 있다.

F는 젊은 시절 예쁜데다 능력도 있어서 많은 사람들이 따랐다고 한다.

그러다 하늘이 내려준 천생연분을 만났다. 둘은 이보다 더 잘 어울릴 수 없을 정도로 잘 맞는 한 쌍이었다.

둘은 결혼 후 아이를 낳았다. 그후 F는 가정을 위해 현모양처가 되기로 했다.

처음엔 남편도 매우 다정했다. 돈을 쓴다고 잔소리를 하지도 않았고, 집안의 대소사는 전부 F의 의견을 따랐다. 심지어 F는 남편의 회사 일까지도 참여했다.

그러다 남편의 회사가 파산하면서 돈 문제뿐만 아니라 일상생활에도 심각한 문제가 생기기 시작했다. 둘은 각종 돈 문제 때문에 갈등을 빚었다. 이를 테면 립스틱을 사는 것도, 아이 학원을 보내는 것도, 친정집을 도와주는 것도 남편은 예전처럼 호탕하게 넘길 수가 없었다. 남편은 F가 돈을 함부로 쓰면서 자신의 수고는 알아주지 않는다고 탓했다.

두 사람은 결국 이혼했다. 겉으로 보기엔 그저 불화였지만 F가 말하는 원인은 따로 있었다. 가난이 부부의 모든 것을 근심 걱정으로 만들어버린 것이다.

그후 F는 자존심을 버리고 할 일을 찾아 먹고살기로 했다. "그동안 매우 힘들었어요. 하지만 그 덕분에 깨달은 게 있어요. 인생에서 기댈 수 있는 사람은 나 자신뿐이라는 사실을요."

누구나 한때 안정감을 주는 사람을 찾고 싶다는 생각을 해본 적이 있을 것이다. 한평생 떨어지지 않고, 영원히 사랑할 수 있는 그런 사람 말이다.

하지만 인생에서 기댈 수 있는 사람은 나 자신뿐이다. 다른 사람이 믿을 만하지 못해서도 아니고, 감정을 믿을 수 없어서도 아니다. 단지 현실이 너무도 잔혹하기 때문이다.

05

우리는 모두 고독한 사람들이다. 어쩌면 우리는 모두 더불어 살고 있는 것 같아 보여도 폭풍우를 맞닥뜨리는 순간 의지할 수 있는 것은 오로지 자기 자신뿐이다.

내 직장이 영원히 나를 먹고살 수 있게 해주는 것도 아니고, 내 부모가 영원히 나를 보호해주지도 못하며, 내 애인이 한평생 나를 돌봐줄 수도 없다. 그러니 우리는 혼자서 좌절과 고통, 실패를 견디는 법을 배워야 한다.

우리는 한평생 머물 수 있는 항구를 찾아 헤맨다. 일 중독자들은 자신의 모든 것을 회사 일에 쏟는 것으로 일종의 위안을 얻는다.

캥거루족들은 평생 부모의 품을 벗어나지 않으면 영원히 먹고살 걱정을 하지 않을 것이라 생각한다. 그리고 함께할 누군가를 찾기만 하면 노년의 근심이 해결될 거라 생각하는 사람도 있다.

그러나 이 세상에 영원히 변하지 않는 것이 어디 있으며, 영원히 우리를 떠나지 않는 사람, 영원히 변질되지 않는 약속이 어디 있단 말인가?

우리는 행복한 순간이라면 얼마든지 내 인생이 안정적이라고 느낄수 있다. 그러나 그 모든 것이 무너져 내리면, 그때는 어쩔 수 없이 무기력하고 고통스러운 내 인생을 직면할 수밖에 없다.

'가는 길이 얼마나 힘든지는 당신의 발이 알고 있다. 짊어진 짐이 얼마나 무거운지는 당신의 어깨가 알고 있다. 사는 것이 얼마나 행복한지는 당신의 마음이 알고 있다'는 말이 있다.

이 세상에 동질감이란 없다. 나 홀로 삼켜야 하는 고초와 힘듦이 분명히 있다.

그러니 모든 희망을 타인에게 기대지 말아야 한다. 돈은 스스로 벌고, 고생은 스스로 견디며, 길은 나 홀로 가는 것임을 잊지 말자.

고독은 인생이 준 선물

01

얼마 전 Y라는 독자와 이야기를 나누던 중 Y가 말했다. "요즘 일도 잘 되고, 집도 차도 있으니 마음 맞는 사람과 행복한 가정을 꾸리고 싶어 져요."

이에 내가 이상형을 물었다. "스무 살 때는 예쁜 여자가 좋았어요. 서른 살에는 성숙한 여자가 좋았고요. 사십대에 들어서니 안 예뻐도 좋고 똑똑하지 않아도 되지만 대화가 통하는 사람이어야 해요."

나는 또 물었다. "대화가 통하는 게 그렇게 중요해요?"

Y는 한숨을 쉬며 대답했다. "결혼은 누군가와 함께 인생의 쓴맛과 단맛을 나누는, 평범하고 자질구레하며 무료한 과정에 불과해요."

Y는 만약 내 옆에 누운 사람과 말이 안 통한다면 두 사람은 말 그 대로 소귀에 경 읽고 같은 침대에서 다른 꿈을 꾸는 처지가 될 텐데, 이 얼마나 재미없는 일이겠느냐고 말했다.

나는 Y의 말이 요즘 시대 사람들의 마음을 대변한다고 생각한다.

과거 우리 아버지 세대가 결혼을 하는 이유는 아마도 집안의 전통 계승과 명리를 위해서, 혹은 그저 혼기가 찼기 때문이었을 것이다.

그러나 요즘 우리에게 누군가와 함께하는 것을 점점 정신적 소통과 결합을 위한 일이 되어가고 있다.

그래서 대화가 통한다는 것은 곧 가치관이 서로 잘 맞고, 상대방을 잘 이해하며, 지식 수준이나 생활 수준이 비슷하고, 어울리는 기질을 가지고 있음을 뜻한다.

배우 왕즈원이 〈예술인생〉이라는 프로그램의 게스트로 출연했을 때, 사회자 주쿤이 물었다. "마흔이 넘도록 왜 아직 결혼을 안 하십니 까?"

왕즈원이 대답했다. "적당한 사람을 못 만나서요."

이에 주쿤이 다시 물었다. "어떤 여성을 찾고 있나요?"

왕즈원은 잠시 생각하더니 매우 진지하게 대답했다. "아무 때나 대화할 수 있는 여성이면 좋겠습니다."

주쿤이 웃으며 물었다. "그게 어려워요?"

"어려워요." 왕즈원이 말했다. "예를 들어 한밤중에 무언가 떠올라 상대방에게 말을 걸면 이렇게 대답하질도 모르잖아요. '지금이 몇 신데? 졸리니까 내일 다시 얘기하자.' 그럼 바로 흥미가 떨어지죠. 때때로 어떤 말은 꼭 그 사람에게만 하고 싶을 때가 있는데, 그럴 때 내 말을 잘 들어주는 사람을 찾기란 쉽지 않아요."

옛날 사람들은 부모님의 명령이나 중매인의 말에 따라 적당한 상대를 찾아 결혼했다.

그러나 요즘에는 많은 사람들이 점점 독립적으로 변하고 있다. 이에 따라 삶의 질을 충족시키기 위해 요구하는 조건도 점점 까다로워져 무엇보다 마음이 잘 맞는 사람을 찾는 것을 점점 더 갈망하게 되었다.

02

한 번은 출장을 가서 동료 B와 함께 방을 쓰게 되었다.

저녁에 B의 남편에게 전화가 걸려왔는데, 마침 양치를 하는 중이어서 스피커폰으로 받았다. 그래서 나는 어쩔 수 없이 그들의 대화를 정확히 듣게 되었다.

"왜?"

"에어컨 리모콘 어디 있어?"

"소파에 찾아봐."

"응."

"더 할 말 없으면 끊을게."

그들은 농담 한마디조차 없었다. 그리고 이날 이후 보름간 B와 남편은 두 번 다시 통화하지 않았다.

나는 농담처럼 말했다. "네가 집에 없는데 남편은 걱정도 안 해? 관심이라도 좀 가져주지."

B가 말했다. "부부가 다 그렇지. 그 사람은 날 귀찮아하고, 나도 먼저 찾을 일 없고."

그래서 내가 물었다. "평소에도 이렇게 대화가 없어?"

B가 대답했다. "얼굴 보는 것도 귀찮은데, 꼭 해야 할 말 아니면 최대한 안 해."

나는 줄곧 어딘가 잘못되었다고 생각했다. 그들은 결혼한 지 일 년도 안 된 신혼이었다. 게다가 B의 평소 성격은 매우 쾌활해서 처음 보는 사람과도 온종일 떠들 수 있을 정도였다.

그후 B가 갑자기 회사를 그만두었다. 그러고는 이혼했다는 소문이 들려왔는데, 이혼한 이유는 함께 살 수 없어서라고 했다. 그러니까 대화가 안 통한다는 뜻이다.

최근 B가 재혼했다는 소식을 들었다. 지금 남편의 조건은 어딜 보나 전남편보다 나은 게 없지만, 함께 있을 때 너무나 즐거워 무엇이든 함께 이야기할 수 있는 사람이라고 한다.

그들의 대화 주제는 대체로 다음과 같다. 달이 태양을 앞지를 수 있을까? 닭이 먼저일까 달걀이 먼저일까? 이 세상에 외계인이 존재할까? 아침에 몇 시에 일어나 점심은 무얼 먹고 저녁에 얼마나 걸을까? 아니면 각자의 꿈에 대해 이야기할 때도 있다. 책을 쓰고, 민박집을 열고, 에베레스트 산을 등반하고 등등….

그들은 이런 이야기들이 시시하기는커녕 신나 죽겠다는 듯 말한다.

영화 〈만 마디를 대신하는 말 한마디一句顶一万句〉에 다음과 같은 대화가 나온다.

"이혼 사유는요?"

"대화를 안 해서요. 석 달 만에 오늘 처음 말했어요."

"결혼 이유는요?"

"대화가 잘 통해서요. 말이 끝나기도 전에 서로 무엇을 원하는지 알수 있었죠."

애정 관계에서 누구나 대화가 잘 통하는 사람을 만나길 원하는데, 이때 무엇을 말하는지는 별로 중요하지 않을지도 모른다. 대화를 나눌 수 있다는 것 자체가 드문 인연일 테니 말이다.

심지어 때때로 우리는 우열을 가리거나 시시비비를 따지기 위해 혹은 어떠한 문제의 해답을 찾기 위해서가 아니라, 그 과정 자체가 즐겁고 편하기 때문에 대화를 나누기도 한다.

03

내 친구 C는 남자친구와 5년 넘게 교제하면서 주변 사람들도 둘이 결혼밖에 남지 않았다고 생각했을 때 갑자기 헤어졌다.

이유를 묻는 내게 C는 이렇게 말했다. 처음엔 남자친구가 잘생겨서 좋았고, 그후엔 나한테 잘해주어서 계속 만났다고. 그런데 서른 살이 가까워지면서 점점 이 감정을 유지하기 위해서는 대화가 통해야 한다는 것을 깨달았다고 말이다.

C와 남자친구는 완전히 다른 세계의 사람이었다.

C는 매우 활발하고 명랑하며 자신을 감정을 표현하기 좋아해서 마음속에 무엇을 숨기지 못하는 성격이다. 반면 남자친구는 얌전하고 무뚝뚝하며 말이 별로 없는 사람이다.

C가 남자친구에게 자신이 즐겨 연주하는 곡, 즐겨 듣는 노래, 좋아하는 책에 대해 신나게 떠들면 남자친구의 반응은 매번 "오" 한마디뿐이었다.

C가 좋아하는 영화, 좋아하는 음식, 가고 싶은 곳에 대해서도 남자친구는 늘 별 거 아니라는 반응을 보였다.

심지어 C가 눈을 반짝이며 앞으로 하고 싶은 일, 이루고 싶은 꿈, 미래 계획에 대해 말할 때도 남자친구는 냉정하게 말했다. "미래는 어떻게 될지 모르니까 너무 멀리까지 생각하진 마."

처음에는 '사람이 괜찮으니까, 날 아껴주니까, 별로 심각한 문제는 아니니까'라고 생각하며 이해해보려 했다고 한다. 그러나 시간이 지날수록 이런 모습들이 점점 참을 수가 없어진 것이다.

그렇다. 우리가 내 반쪽을 선택한다는 것은 사실 서로 속마음을 터놓을 수 있고, 있는 그대로의 자신을 표현할 수 있으며, 그 모습을 서로 이해해줄 수 있는 사람을 찾는 것이다.

완전무결한 사람, 빈틈이 없어 보이는 사람을 만나 활력이라곤 찾아볼 수 없는 결혼 생활을 하고 싶은 사람은 없을 것이다.

언젠가 배우 장징추의 인터뷰를 본 적이 있다. 당시 이상적인 사랑의 모습에 대해 묻자 장징추는 자신의 친구를 떠올리며 이렇게 대답했다.

'마치 가장 친한 친구 같은 사이요. 밤에 한 이불을 덮고 웅크리고 누워, 오래오래 이야기를 나누는 거죠.'

사실 잡담을 많이 할수록 우리는 행복을 느낀다. 그러니 우리의 연애와 결혼은 모두 함께 잡담을 나눌 수 있는 사람을 찾는 것이라고 말할 수도 있겠다.

왜냐하면 철저히 나를 이해해주는 사람만이 내가 진정으로 무엇을 생각하고 있는지 알아주기 때문이다. 나와 주파수가 맞는 사람만이 나와 함께 생각의 불꽃을 피울 수 있다. 서로 대화가 통하는 사람만이 함께 편안한 일생을 보낼 수 있다.

04

요즘 점점 많은 사람들이 대화가 통하는 것을 결혼의 중요한 요소로 여기고 있다.

예전에는 그 이유를 도통 알 수 없었는데, 주광첸 선생이 쓴 다음과 같은 글을 읽고 생각이 달라졌다.

'좋은 시를 읽고, 아름다운 경치를 볼 때, 내 옆에 "정말 좋다!"라고 말 할 수 있는 사람이 한 명도 없다면 그 아름다움도 어딘가 부족하게만 느껴진다.

기쁜 일이 생겼을 때 나와 함께 기뻐해줄 사람이 없다면, 내 기쁨이 반으로 줄어든다. 고난을 겪을 때 나와 함께 아파해줄 사람이 없다면, 내 아픔이 두 배로 늘어난다.

외로이 나 혼자서는 노래를 부를 수도, 즐거이 이야기를 나눌 수도, 공놀이를 할 수도, 춤을 출 수도, 말씨름을 할 수도 없다. 결국 즐거운 일은 아무것도 할 수 없는 것이다.'

이 짧은 글 속에 우리가 왜 이토록 대화가 통하는 사람을 원하는지가 잘 나타나 있다. 본질적으로 우리 모두는 함께 나누고, 이해받고, 나를 알아주는 사람을 갈망하는 것이다.

대화가 통한다는 것은 얼핏 간단한 일처럼 보인다. 정상인이라면 누구나 입을 움직여 말을 내뱉을 수 있기 때문이다. 그러나 때론 막 첫 마디를 내뱉었을 뿐인데 인연이 아니라는 생각이 들게 하는 사람도 있다.

이런 글을 본 적이 있다.

'결혼 생활 중 나를 꾸미고 있는 모든 것을 내려놓고, 문을 닫고 화장을 지운 모습으로 사랑하는 사람을 마주한 채 마음속에 있는 모든 말을 꺼내놓을 때, 그때야말로 하루 중 가장 편안한 시간이다.'

온종일 곁에 있지만 몇 마디 나누지 못하는 사람이 있는가 하면, 단 몇 마디만으로도 가슴이 뛰어 평생 함께하고 싶어지는 사람도 있다.

사실 인생은 길다. 여생을 한 사람과 아침저녁으로 눈을 마주치고 자질구레한 시간을 함께 보내야 하는 것이다. 대화가 통하는 사람만이 이러한 일생의 평범함을 이겨낼 수 있고, 세월이 주는 압박과 손실을 감내할 수 있으며, 인생의 비바람과 가시밭길을 견딜 수 있다.

그러니 나이가 들수록 대화가 통하는 것이 점점 중요해진다.

대범하게 시도하고, 열렬히 사랑하라

언젠가 60대 이상 노인들을 대상으로 하는 설문 조사지를 본 적이 있다. '이번 생에 가장 후회되는 일은 무엇입니까?'라는 질문이었다.

이에 92퍼센트가 젊은 시절 열심히 하지 않아 아무것도 이루지 못한 것이라고 대답했다.

이렇듯 많은 사람들은 물질적으로 이루지 못한 것보다, 전심전력으로 하고 싶은 일을 하기 위해 노력하지 않은 것을 후회한다.

언젠가 불혹의 독자가 내게 이렇게 말했다. 자신은 이미 먹고살 걱정은 없지만 마음속에 줄곧 풀리지 않은 응어리가 남아 있다고.

그 독자는 중국전매대학을 졸업한 후 원래는 대도시에 나가 일을 할 수도 있었다. 몇 년 동안 버텨보다가 정 안 되면 그때 다시 고향에 내려와 먹고살아도 늦지 않았다. 하지만 일찌감치 포기하는 길을 택했다. 그 고생스러울 시간들이 두려워 뒤도 돌아보지 않고 고향으로 내려간 것이다.

만약 그때 노력이라도 해보았다면 설령 지금과 딱히 다를 바 없는 모습으로 살고 있다 하더라도 한평생 후회는 하지 않았을 거라고 말했다.

우리는 하고자 하는 일을 성공하지 못한 것이 인생에서 가장 큰 아쉬움으로 남을 거라고 생각한다. 하지만 사실 성공의 여부와 상관없이 시도조차 해보지 않는 것만큼 아쉬운 것은 없다.

그러니 아직 젊음의 여력이 남아 있을 때 원하는 목표와 꿈을 실현시키기 위해 전력을 다해야 한다.

얼마 전 친구의 아버지가 암으로 돌아가셨다. 친구에게는 누나가 둘 있는데, 누나들은 하염없이 눈물을 흘리며 생전에 더 잘해드리지 못한 것을 후회했지만 이미 소용없는 일이다.

그러나 친구는 많이 울지 않았다. 그건 친구가 냉정해서도, 힘들지 않아서도 아니다. 친구는 조금의 후회도 남지 않도록 아버지 생전에 최선을 다했기 때문이었다.

"부모님이 아직 살아계실 때 효도해야 해. 잘해드리고, 좀 더 많은 시간 옆에 있어드리고, 속 썩이지 않아야 해. 능력이 닿는 한 부모님의 바람을 모두 들어드리려 노력하고, 좀 더 좋은 음식, 즐거운 일들을 만들어드려야 해. 그래야 부모님이 떠나고 안 계실 때 후회로 가슴 치는 일이 없지."

일리가 있는 말이었다.

많은 사람들이 부모님을 떠나보내고 나서야 그 소중함을 깨닫는다. 그제야 시간이 이렇게나 빨랐음을 깨닫고, 부모는 자식이 효도할 때까지 기다려주지 않음을 깨닫는다.

그러니 '바빠서 시간이 없다'는 핑계로 효도할 수 있는 귀한 시간을 흘려보내지 말아야 한다. 어떤 후회는 아무리 반성해도 되돌릴 수 없다.

내 친척 오빠는 안정적인 직업에 능력도 있지만 지금까지 좋은 짝을 만나지 못하고 있다. 그런 오빠에게 집안에서는 끊임없이 선 자리를 주선해주고 있지만 오빠는 거부했다. 왜냐하면 본인이 좋아하는 여성을 너무 일찍이 포기해버린 탓이다.

5년 전, 오빠가 대학교를 졸업한 후 일을 시작한 지 얼마 지나지 않았을 무렵 첫사랑과 함께 양쪽 어른들에게 인사를 드린 적이 있다. 유복했던 여자친구 쪽 집안에서는 당시 아무것도 가진 것 없는 오빠를 탐탁지 않아했고, 자존심이 센 오빠는 자신을 마음에 들어하지 않는 여자친구 쪽 집안에 잘 보일 필요가 없다고 생각했다. 여자친구가 그래도 함께하고 싶다고 아무리 말해도 오빠의 마음을 바꿀 수 없었다. 그렇게 두 사람은 헤어졌고, 두 번 다시 연락하지 않았다.

사실 오빠의 속마음에는 여전히 그 여자친구가 좋았다. 만약 그때 쉽게 단념하지 않고 여자친구의 부모님께 자신이 여자친구를 얼마나 행복하게 해줄 수 있는지 몸소 보여주었더라면 결과가 달라졌을지도 모른다.

하지만 오빠는 끝까지 가보지도 않고 포기해버렸다. 그렇게 도망치는 것이 문제를 해결하는 방법이라고 생각했겠지만, 어떤 인연은 한 번 놓치면 가슴에 떨쳐낼 수 없는 후회를 남기기도 한다.

당신도 한때 누군가를 좋아해본 적이 있는가. 하지만 넘기 힘든 난관 앞에서 상대방을 포기해버리고 뒤늦게 후회하진 않았는가. 만약 당시에 조금만 더 버텼더라면 지금은 어떤 모습일까 하고 말이다.

언젠간 당신도 깨닫게 될 것이다. 인생에서 우리를 가장 고통스럽게 하는 것은 마지막에 좋아하는 사람과 함께하지 못한다는 사실이 아니라, 애초에 잡고 싶었던 그 손을 너무 쉽게 놓아버렸기 때문인 것을.

우리는 종종 후회가 내 마음 같지 않은 결과 때문이라고 생각한다.

이를 테면 오랫동안 노력해도 좋은 성적을 받지 못했거나, 몇 년 동안 고군분투해도 승진을 못했거나, 죽어라 쫓아다닌 여자가 다른 남자와 결혼하는 것을 지켜봐야 했거나 등.

하지만 시간이 지나면서 점차 깨닫게 된다. 인생에서 가장 큰 후회는 너무 쉽게 포기한 데서 비롯된다는 사실을 말이다. '결국 실패했지만 끝까지 최선을 다했어'보다 가슴 아픈 것은 '할 수 있었는데, 하지 않았어'다.

내가 좋아하는 여섯 글자가 있다. 바로 '진인사대천명'이다.

내가 이해하는 이 말의 뜻은, 진정으로 모든 노력을 기울이고 나면 결과는 내 손을 떠난 일이니 그 어떤 후회도 남지 않는다는 것이다.

하지만 많은 사람들이 뒤의 세 글자 '대천명'만 보고 좌절과 고통이 오면 일찌감치 무기를 버리고 투항하면서 "난 안 돼, 난 못 해, 어쩔 수 없어"라고 핑계를 댄다.

이 세상 대부분의 후회는 내 마음 같지 않은 결과에서 비롯되는 것이 아니라, 노력하지 않았기 때문이다. 이 점만 명심한다면 더 노력할 수 있지 않을까.

제 5 장

인생에는 고독도 필요하다

우리를 우울하고 무기력하게 만드는 가장 큰 요인은
바로 우리의 고집과 집착에 있다.
이 세상에 해결하지 못할 일, 떠나지 못할 사람,
넘지 못할 언덕이란 없다.

정교하게 고독한 삶

이 경박하고 세속적이며 공리적인 시대 속에서 많은 사람들이 출신 배경과 인맥으로 운명이 결정된다고 믿고 있다.

이에 독서란, 물론 쓸모야 있겠지만 그다지 중요하지 않은 것으로 전락해버렸다. 심지어 '독서 무용론'을 주장하는 사람도 있다.

하지만 진정한 독서의 세계에 들어서면 독서가 생각보다 훨씬 실용적이며 강하고 신기한 힘을 가졌다는 사실을 알게 될 것이다.

01 독서를 하면 아름다워진다

나는 오랜 시간 내 심미안에 문제가 있는 건 아닌지 의심했다. 왜냐하면 내가 좋아하는 남자의 외모가 늘 대중들과 달랐기 때문이다. 작가 왕샤오보와 작곡가 가오샤오쑹이 대표적인 예다.

왕샤오보의 아내 리인허 박사는 한때 왕샤오보가 너무 못생겨서 이별을 고민했다고 말한 적이 있다. 작가 류신우 역시 왕샤오보는 못 생겼을 뿐만 아니라 사납기까지 하다고 말했다.

나도 왕샤오보의 사진을 처음 봤을 땐, 영락없는 범죄자라고 생각했다. 하지만 그렇게 못생긴 사람이 쓴 『황금시대黃巾時代』는 한때 젊은 이들의 필독도서로 손꼽혔고, 『침묵의 대다수沉默的大多數』는 수많은 사람들의 공감을 불러일으켰으며, 『생명을 사랑하듯 당신을 사랑하오愛你就像愛生命』는 연애편지의 교과서라고 해도 과언이 아니다.

누군가는 왕샤오보를 표현하면서 '보기 좋은 거죽은 천편일률적이지만, 흥미로운 영혼은 만 리 중 하나 보기 드물다'고 말한 적이 있다.

그런 왕샤오보의 흥미로운 모습은 대부분 시집을 읽으면서 생겨났다. 독서가 왕샤오보에게 풍부한 내면, 독특한 견식, 멋진 인생 태도를 가져다준 것이다.

만약 왕샤오보가 책을 읽지 않았다면 이 외모 지상주의적인 사회에서 환영받기 힘들었을지도 모른다.

포동포동한 얼굴에 셀카를 좋아하는 가오샤오쑹은 또 어떤가.

한 번은 사람들이 가오샤오쑹의 외모에 대해 이야기를 나누고 있었는데, 가오샤오쑹이 아무런 거리낌없이 이렇게 말하는 것이었다. "나는 방송하기 전 분장하는 시간이 제일 싫어. 화장품 낭비일 뿐만 아니라 한참 화장을 해놔도 별로 다를 바가 없으니 나중엔 조명까지 동원한단 말이야. 그렇게 또 내 얼굴을 가지고 한참을 고생해봐야 손전등 비추는 것과 차이가 없어. 전구와 전력만 낭비할 뿐이지."

가오샤오쑹의 이런 자조적인 말이 겸손하다고 생각하는 사람은 없다. 왜냐하면 그 말이 전부 맞기 때문이다.

하지만 사람들은 그런 가오샤오쑹에게 왜 그렇게 빠져드는 걸까?

그것은 재미있는 성격과 폭넓은 견식 때문이다. 그리고 이 모든 것 역시 독서의 결과물이다.

학자 집안에서 태어난 가오샤오쑹에게 독서란 날 때부터 뼛속에 새겨진 생활 습관과도 같다. 가오샤오쑹이 만든 노래 〈동탁적니同桌的你〉는 나도 모르게 청춘을 회상하게 하고, 가오샤오쑹이 말한 "삶에는 눈앞의 구차함뿐만 아니라, 시와 이상향도 있다"는 문장은 무수한 사람의 정신적 지주가 되었다.

한 누리꾼은 가오샤오쑹을 두고 '외모가 어떻든 본질적으로 부족함 없는 예술인'이라고 표현하기도 했다.

한때 우리는 '얼굴이 못생겼으면 공부라도 열심히 하라'는 말을 농담처럼 했는데, 이 말이 사실이었던 것이다.

독서가 우리의 외모를 고쳐줄 수는 없다. 그러나 독서는 우리의 가치관을 변화시킨다. 외형을 재창조할 순 없지만 내면을 아름답게 만들 순 있는 것이다.

그리고 내면이 아름다운 사람의 언행은 사람들에게 눈에 거슬리지 않는 편안함을 주고 무한한 매력을 발산한다.

02 독서를 하면 재미있어진다

책 읽는 사람들을 보면 어떤 생각이 드는가?

세상물정도 모르면서 성현聖賢의 말만 읽고 있는 사람? 아니면 폐쇄적이고, 고집 세고, 재미없는 목석? 심지어 누군가는 서생을 두고 '아무 짝에도 쓸모없다'고 말하기도 한다.

사실 독서를 좋아하는 사람들은 당신이 상상하는 그런 고지식함과 거리가 멀다.

독서가는 농담을 잘한다.

예전에 인터넷에서 다음과 같은 글이 화제가 되었다.

'국경절 연휴에 룸메이트를 배웅하러 기차역에 갔다. 출발 시간이 임박했을 때 내가 담담히 말했다. "가서 귤 좀 사 올 테니까 어디 가지 말고 여기서 기다려."

그러자 룸메이트는 잠시 당황하더니 나를 지그시 바라보며 이렇게 말했다. "출발하기 직전까지 아버지 노릇을 잊지 않는구나!"'

이 이야기에 내포된 의미를 파악한 사람들은 웃음을 터뜨렸겠지만, 그렇지 못한 사람들은 어리둥절할 수밖에 없다.

이 농담은 시인이자 평론가 주쯔칭의 산문집 『뒷모습背影』에서 비롯된 것이다. 이런 식의 교묘한 농담이 직접적으로 "내가 너의 아버지다"라고 말하는 것보다 훨씬 재미있게 느껴진다.*

독서가는 놀 줄 안다.

많은 사람들이 여행을 좋아하지만, 돌아와서 실망하는 경우도 적지 않다.

왜냐하면 그들은 어딜 가든 해와 달과 별, 산과 바다, 그리고 낯선

---

* 주쯔칭의 아버지가 그를 배웅할 때 기차역에서 했던 말을 빌려 '내가 너보다 윗사람이다'라는 표현을 유머러스하게 표현한 농담.-옮긴이

풍경을 보고 별 감흥을 느끼지 못하기 때문이다.

반면 어떤 사람들은 한밤중 문득 잠에서 깨어나서도 가와바타 야스나리의 '해당화는 잠들지 않는다'라는 글귀를 떠올리고, 집 안에 틀어박혀 있으면서도 시인 섭소옹의 시구 '정원 가득 봄기운 가두어 둘 수 없고, 붉은 살구꽃 가지 하나 담장 밖으로 나왔네'를 느낀다.

청대淸代의 독서가 심복과 심복의 아내 운낭은 평범한 삶 속에서도 시의詩意를 발견할 줄 아는 인물들이었다. 그들은 수선화를 키우려는데 장식할 영벽석이 없으면 돌처럼 생긴 숯을 찾아 그 위에 밥물과 창포씨를 뿌린 다음 파릇파릇한 이끼가 나오길 기다렸다.

또한 그들은 정자 누각을 만들기 위해 돌을 담처럼 쌓고, 매화나무를 울타리로 삼으며, 담쟁이 넝쿨을 키워 벽을 덮었다.

그들은 유채꽃 놀이를 갈 때면 주방 도구를 챙겼다. 그것으로 목마르면 뜨거운 차를, 피곤하면 뜨거운 술을 직접 끓여 마시며 경치도 감상하고 배도 채웠다.

독서를 하지 않아도 돈만 있으면 세계 일주를 할 수 있고, 각양각색의 놀 거리를 찾을 수 있다. 그러나 '책을 읽지 않으면 만 리 길을 간다 한들 집배원과 다를 바 없다'는 말처럼, 무엇을 해도 영혼은 흥미를 느끼지 못하고 하루하루가 별 다를 바 없이 느껴질 것이다.

그러나 독서를 즐겨하는 사람들은 그렇지 않다. 그들은 집밖으로 나가지 않는 평범한 날들 속에서도 배 속에 두둑한 시구절과 스스로 찾은 즐거움들로 무한한 아름다움을 창조해낸다.

03 독서를 하면 즐거워진다

지위가 높든 낮든, 부유하든 가난하든, 모두 사람으로 태어난 이상 좀처럼 내 마음 같지 않은 삐걱거림을 겪으며 살아가는 것이 지극히 정상이다. 하지만 똑같은 상황에 직면해 있다면 하늘은 독서가에게 한 번 더 눈길을 준다.

왜냐하면 그들은 탄식하거나 절망하는 일이 좀처럼 없기 때문이다. 심지어 나쁜 일을 겪어도 금방 털어낼 수 있을 정도로 마음이 크다.

사실 독서 자체에 마법 같은 힘이 있는 건 아니다. 단지 책을 읽는 과정 속에서 우리는 심리 상태가 한층 적극적이고 낙천적으로 변하고, 긍정적인 힘을 가지게 되며, 시야가 넓어지게 된다.

위민홍*은 폐결핵을 앓았던 대학교 3학년 시절, 병원에서 자신을 구제해준 것은 바로 독서라고 말했다. 위민홍은 그해에만 총 8백 권 이상의 책을 읽었는데, 덕분에 무료한 시간을 견딜 수 있었을 뿐 아니라 병의 고통도 잊을 수 있었다고 한다.

나 역시 이와 같은 기분을 느낀 적이 있다. 삶이 막막하고 초조하게 느껴질 때마다 아무거나 손에 잡히는 대로 책을 집어 든다. 그 책을 다 읽을 때쯤엔 이미 처음에 화가 났던 문제가 무엇이었는지 기억도 나지 않을뿐더러 날 괴롭히던 수많은 일들마저 연기처럼 사라진다.

독서를 하지 않는 것이 삶의 물질적인 면에 어떠한 영향을 끼치는

---

* 俞敏洪: 신동방 교육 그룹 창업주.-옮긴이

것은 아니다. 그러나 조금 더 즐거운 삶을 살고자 한다면 독서가 필요하다.

독서가들의 삶의 태도는 비교적 대범하고 침착하며 긍정적이다.

책을 많이 읽다보면 이 한없이 펼쳐진 지식의 바다 앞에서 우리의 고민이란 그저 망망대해에 던져진 좁쌀 한 톨처럼 느껴지기 때문이다.

사람들을 고무시키는 명사들의 책을 읽으면 내 이 작은 고민이 얼마나 보잘것없는지 깨닫게 될 것이다. 나아가 고통 속에서도 즐거움을 찾는 방법을 배우고, 보통 사람들은 도달하지 못하는 높은 사고 수준에 이르게 된다.

04

독서란 당신을 부자로 만들어주지도, 승진을 시켜주지도, 빈털터리가 되었을 때 그 어떤 실질적인 도움을 주지도 않는다.

그러나 독서에는 보이지 않고 만질 수 없는 수많은 장점들이 있다.

설령 얼굴이 좀 못생겨도 독서를 통해 매력을 높일 수 있고, 설령 돈이 좀 없어도 독서를 통해 자아를 풍부하게 만들 수 있으며, 심지어 감옥에 갇혀서도 독서의 힘으로 밝은 빛을 향해 나아갈 수 있다.

한정적인 조건 속에서 남들과는 다른 인생을 살고 싶은 평범한 사람들에게 독서는 가장 빠르고, 효과적이며, 자본금이 가장 적게 드는 투자가 될 것이다.

자아를 내려놓을 줄 아는 사람이 승리한다

01

언젠가 한 독자가 내게 글을 남겼다. 수업 시간에 선생님 말씀을 잘 듣고 방과 후에 복습도 열심히 하는 학생인데, 시험만 보면 기대만큼 성적이 나오지 않아 고민이라는 것이다.

그래서 나름대로 원인을 분석해봤다고 한다. 예를 들어 공부 방법이 잘못되었다거나 선생님 말씀을 이해하지 못한 건 아닌지 말이다. 하지만 어떤 식으로 노력하든 효과는 미미했다. 이 때문에 매번 낙담하고, 본인이 바보같이 느껴지고 자괴감이 들었다고 했다.

그 독자는 처치 곤란한 일, 해결하기 어려운 문제, 상대하기 어려운 사람을 맞닥뜨릴 때마다 모든 문제의 원인을 자신의 능력이 부족한 탓으로 돌렸다. 자신의 낮은 사회성 혹은 내향적인 성격 때문이라고 말이다.

나는 그 독자에게 모든 문제의 원인을 자신에게서 찾으려는 것까지는 문제가 없다고 말했다. 하지만 전심전력을 다해 노력했음에도 만족스러운 결과를 얻지 못했다면, 놓아줄 줄도 알아야 한다고도 알려 주었다. 이것이 실패한 원인을 찾는 것보다 훨씬 의미 있다고 말이다.

성공하고 싶지 않은 사람은 없다. 하지만 노력한다고 모든 목표가 실현되는 것은 아니다. 다시 말해 노력과 우리가 원하는 모든 것이 반드시 등가교환 되지는 않는다.

일단 어떤 일을 도모할 때 고려해야 할 것은 내 천성이 어떤지, 내가 선택한 방향이 올바른지, 시기는 적절한지 등이다. 이 모든 것이 합쳐져 최종적으로 어느 정도의 높이와 수준에 도달할 수 있는지가 결정된다.

우리는 우리가 할 수 있는 것들을 잘하면 된다. 그 밖에 우리가 통제할 수 없는 요소들에게 대해서는, 과도하게 집착하지 말고 최대한 순리에 맡겨야 한다.

인생 속에서 실패하는 것을 두려워해선 안 된다. 진짜 두려운 것은 전력투구를 하지 않은 채 아쉬움을 남기는 일이다.

02

내 지인 R은 업무상 접대 자리가 많았다.

R은 알코올 알레르기가 있는데, 자신의 이러한 신체적 결함 때문에 수많은 계약을 놓치고 있다고 생각했다. 그래서 마시지도 못하는 술을 억지로 마시기 시작했다. 비록 마시고 나면 몸이 불편해지고 심지어 병원 신세를 지기까지 했지만 계속해서 자신과의 싸움을 멈추지 않았다.

그러다 이런 사실을 알게 된 R의 상사가 말했다. 비즈니스에서 가장 중요한 것은 신용과 친절 그리고 상품의 품질이라고. 술을 마시지 못하면 마음과 정신을 더 업무에 집중하면 되는 거라고. 어느 누구도 우수한 영업 사원이 되려면 반드시 술을 잘 마셔야 한다고 말하지 않는다고 말이다.

그후 R은 어떻게 하면 거래처에 더 좋은 서비스를 제공할 수 있을지를 더 많이 고민하기 시작했다. 그 결과 업무 성과가 날로 쌓였다. 고객과 함께 술을 마시지 못한다는 사실 때문에 영향을 받는 일은 없었다.

우리는 종종 우리가 가진 결점 때문에 어떠한 일에 제약을 받는다고 생각한다. 하지만 어째서 우리는 바꿀 수 없는 것을 깨끗이 포기하고, 다른 길을 찾는 방법은 습득하지 못하는 걸까? 좋은 결실을 맺기 위해 그곳까지 다다르는 길이 반드시 똑바를 필요는 없지 않은가.

누구나 한 번쯤 인생에 회의가 들 정도로 좌절해본 경험이 있을 것이다. 예를 들어 학창 시절, 아무리 열심히 공부해도 원하는 성적이 나오지 않을 때 우리는 자괴감에 빠진다. 사실 최선을 다했다면 결과는 그리 중요하지 않다는 사실을 미처 모르고서 말이다.

혹은 직장 생활을 하면서 아무리 애를 써도 기대만큼의 성과가 나오기는커녕, 왜인지 열심히 할수록 꼬이기만 할 때가 있다. 하지만 모든 길은 로마로 통한다고, 사고방식을 바꾸면 새로운 돌파구가 생길지도 모른다.

애정 관계에서도 마찬가지다. 아무리 최선을 다해 내 진심을 보여도 응답이 없으면 거기서 멈추는 법도 알아야 한다. 나와 인연이 아닌 사람이 인연으로 바뀌는 일은 결코 일어나지 않는다. 진정으로 기다리고 소중히 여겨야 할 것은 나와 인연이 있는 사람이다.

수많은 고통과 괴로움은 외부에서 비롯된다. 그러나 우리를 우울하고 무기력하게 만드는 가장 큰 요인은 바로 우리의 고집과 집착이다.

'이 세상에 해결하지 못할 일, 떠나지 못할 사람, 그리고 넘지 못할 언덕이란 없다'는 말이 있다.

당신이 굽이굽이 돌아가는 길을 선택하든, 다른 출구를 모색하든, 아니면 지난날을 서서히 잊어간대도 당신을 끝까지 책임져야 하는 사람은 결국 당신 자신이다. 당신이 자아의 편견 속에서 빠져나오기만 한다면, 다시 한번 빛을 볼 기회와 가능성이 생길 것이다.

자신을 놓아줄 줄 아는 사람만이 진정한 인생의 승리자다!

나를 잘 아는 사람 되기

01

번잡한 도시에서 살고 있는 우리는, 쉼 없이 질주하는 사람, 미처 해결하지 못한 자질구레한 일들과 매 시간 싸우고 있는 듯한 느낌이 든다.

매일같이 해가 뜨기 전부터 달빛도 보이지 않는 한밤중까지 바쁘게만 사느라, 오늘 하루 내가 무얼 했는지 생각할 시간조차 없다.

나는 종종 시간이 턱없이 부족하다는 느낌을 받는다. 그런 긴박감과 초조함이 날 잠시도 멈추지 못하게 만든다. 심지어 때때로 의미 없는 사람, 가치 없는 사람, 중요하지 않은 일 때문에 수많은 시간을 지체하고 낭비한 건 아닌지 후회하기도 한다.

매주 주말이면 나는 시골에 있는 고향 집에 돌아간다. 그곳에서는 시간이 멈춘 것만 같이 느껴진다. 그러다보면 어느새 난 옛 기억 속으로 돌아가 그 시절 아름다웠던 날들을 떠올린다.

그곳 사람들의 생활은 마치 달팽이처럼 느리게 흐른다. 그 무엇도 서두르지 않고, 강력한 목적성도 없이.

때때로 사람들은 빙 둘러앉아 호박씨를 까먹으며 시간이 얼마나 흘렀는지 까맣게 잊은 채 동네 이집 저집의 소식을 나눈다.

나는 오후에 짧게 낮잠을 즐기는 습관이 있다. 매번 알람 없이 잠이 깨면 눈앞에 펼쳐진 창밖의 푸르른 나무와 청명한 하늘에 어쩐지 두려움이 밀려온다. 이러한 안일함에 욕심이 날까봐. 이러한 편안함이 습관이 될까봐.

오후에 나는 작은 간이 의자를 하나 들고 들판으로 나간다. 그 무엇도 생각하지 않고, 그 무엇도 하지 않은 채 그저 늘어지게 볕을 쬔다.

하지만 지금은 하고 싶은 일이 너무 많아서 온 시간과 정신을 쏟아야 하기에, 멈출 수도 없고 멈추고 싶지도 않다.

02

지난 30년의 인생을 돌아보면 나는 늘 무지몽매한 상태였던 것 같다. 노력해야 할 시기에 노력하지 않았고, 정신을 차려야 하는 시기에 그러지 못했다. 이 때문에 본격적으로 힘을 내려고 하자 그제서야 알게 되었다. 나는 지금껏 너무 많은 것들을 잃고 살아왔다는 것을.

한땐 나도 강박적으로 긴장하지 않으려 했고, 속박에서 벗어나는 방법을 익히며 쉬는 법을 배웠다. 하지만 그런 철저한 자유는 내 마음에 안정감을 조금도 주지 못했다. 그때 나는 무작정 앞으로 달리는 것 외에 다른 선택지가 없었다.

내 인생의 전반기는 가장 노력해야 할 시기였지만 그렇게 하지 못했다. 하지만 후반기에는 온몸과 마음을 다해 하고 싶은 일을 하고 싶다. 그리고 되고 싶은 사람이 되고 싶다.

언젠가 한 독자가 내게 물었다. "매일 글을 쓰는 이유가 뭡니까? 좋아해서, 아니면 성공하고 싶어서?"

내가 대답했다. "다 아니에요. 그저 사랑하니까."

당신이 인생에서 진정으로 푹 빠져 집중할 수 있는 것을 드디어 발견했다면, 그것이 사람이든 사물이든 혹은 다른 어떤 일이든, 그것에게 바치는 그 어떤 노력도 모두 가치 있다.

나는 글 쓰는 일에 본격적으로 푹 빠져들기 시작했을 때, 편안한 생활에 대한 선망은 바로 버렸다. 그리고 알게 되었다. 인생에서 소위 '휴식'이라고 하는 것은 아무 일도 하지 않는 것만은 아니라는 사실을. 휴식은 지옥 같은 고통을 겪을지라도 마음속엔 여전히 충실함, 만족감 그리고 풍요로움을 느끼는 것이다. 따라서 휴식이란 매우 의미 있고 가치 있는 일이다.

우리는 모두 서로 다른 것을 추구하고 있다. 하지만 이번 생에 나는 진심으로 멈출 수도 걸음을 느리게 할 자신도 없다. 나는 내가 가고자 하는 길을 따라 눈앞의 빛을 향해 나아갈 것이다. 그리고 반드시 내가 속한 정신적 성지를 찾아낼 것이다.

내가 이럴수록 점점 고독해지고 힘들어질 수도 있다. 어쩌면 예상치 못한 곤경에 빠질 수도 있다. 하지만 마음속에 사랑이 있는 한 견디기 힘들지만은 않을 것이다. 그렇게 끊임없이 가까이 다가가 이해하고 체득해야만 이번 생이 아무 후회 없이 완성되는 느낌이 들 것이다.

과거에 나는 유난히 성격이 급했다. 언제나 적게 노력하고 금세 대답과 반응을 원했다. 그러나 살아가면서 점점 조급해하지 않게 되었다.

요즘 나는 매일같이 독서와 습작을 반복하는 과정 속에서 끊임없이 나 자신을 달련하고 자존감을 채우며 목표를 향해 나아가고 있음을 절실히 느낀다.

또한 성공이라는 것은 내가 최후에 도달해야 하는 수준이나 단계가 아니다. 그것은 헛되지 않고 나태해지지 않으며 후회를 남기지 않기 위해 지금 하는 모든 노력들을 말한다.

03

나도 내가 얼마나 멀리 갈 수 있을지 알 수 없다. 또 미래의 내가 어떤 모습일지에도 점점 관심이 없어졌다.

다만 나는 점점 '꿈을 위해 지금 당장 무엇을 하고 있는가? 부족한 점은 무엇인가? 내일은 오늘보다 더 나아질 수 있을까?'를 생각하고 반성하는 시간이 많아졌다.

물론 나도 종종 부끄러움을 느낀다. 거의 빠지지 않고 매일 일기에 '시간을 소중히 하자'는 말을 새겨넣지만, 여전히 나 자신을 통제하지 못하고 완전한 자율을 실천하기 어려울 때가 많다.

이 순간에도 창밖으로는 여전히 세월이 숨죽이고 있다. 그러나 이젠 안다. 마음속에 품은 사랑을 위해 지금 당장 시작해야 한다는 것을!

간소함, 복잡한 세상에 맞서는 무기

과거 물자가 부족하던 시대에는 먹을 음식과 입을 옷 등 기본 생계를 유지하는 것이 우리가 열심히 달려야 할 이유였다.

지금은 물질적으로 점점 풍족해지면서 오히려 간소함이 요즘 시대의 생활 태도로 각광받고 있다. 나는 진정한 간소화란 내면에서 외면으로 표출되는, 질적으로 매우 훌륭한 정신이라고 생각한다.

미국의 소설가 헤밍웨이는 다음과 같이 말했다.

'내적으로 엄격하게 살기 시작하면, 외적으로 보이는 삶 역시 소박해지리라 믿는다.'

01 물질의 간소화

대다수의 사람들은 습관적으로 덧셈을 한다. 다 쓰지도 못할 물건을 사고, 할인이라는 두 글자에 눈이 멀어 필요도 없는 물건을 언젠가는 유용하게 쓰리라 기대하면서 집안으로 열심히 사다 나른다.

쓰고도 남을 그릇을 사고 또 사는 것은 오로지 자신의 허영심을 만족시키기 위해서일지도 모른다.

옷은 정말 많지 않아도 된다. 마크 저커버그는 '나는 똑같은 회색 반팔 티셔츠를 아주 많이 가지고 있다. 너무 많은 결정에 신경을 쏟지 않도록 삶을 최대한 단순하게 만들려 한다'고 말한 적이 있다.

다른 물건들도 많을 필요가 없다. 물건이 존재하는 이유는 그것이 마땅한 가치를 발휘하고 있는지, 실용적으로 쓰이고 있는지에 달려 있다.

스티브 잡스의 집에는 아인슈타인 사진 한 장과 스탠드 하나, 의자와 침대밖에 없다고 한다. 잡스는 유행에 휘둘리고 싶지 않아서 간소할수록 좋아했다고 한다.

옛말에 이런 말이 있다.

'만 칸의 방을 가지고 있어도 내 잠자리는 오 척을 넘지 못하고, 수천 개의 침상이 있어도 내 자리는 한 곳뿐이다. 그 어떤 산해진미가 있어도 하루 식사는 세 끼고, 수백 가지 음식이 차려져 있어도 먹고 마시는 일은 잠깐뿐이다.'

사실 일상생활에 꼭 필요한 물건은 그렇게 많지 않다.

만약 너무 많은 시간과 정신을 아무런 의미 없는 비교나 욕심, 허영에 쏟는다면, 그 중압감을 이겨내지 못하고 결국 초심을 잃은 나머지 경박함과 초조함만 남을 것이다.

진정으로 삶의 질을 추구하는 사람들을 뺄셈을 한다. 그들은 자리를 차지하고 앉아 삶을 번잡스럽게 만드는 모든 것들을 버리고 마침내 심신의 청명함과 후련함을 얻는다.

02 정보의 간소화

이런 걱정을 해본 적이 있는가. 매일 우리 머릿속으로 각종 소식과 의견들이 끊임없이 들어오는 탓에 눈앞이 어지러울 지경이라고.

우리에게 그렇게 많은 정보들이 정말로 필요할까? 한때 우리는 정보의 비대칭 때문에 많은 기회를 잃었다. 그러나 현재 우리는 너무 많은 정보가 범람해 오히려 부화뇌동하고 있다. 주관적인 자아를 잃어버리고 기본적인 분석 능력마저 약해지고 있는 것이다.

사실 받아들이는 정보량이 많다고 해서 박학다식해지거나 통찰력과 이해력이 뛰어나지는 것은 결코 아니다.

왜냐하면 아무런 직접적인 사고를 거치지 않고 사실적 증명이나 논리적 추리도 없이 받아들인 정보는, 단순한 단어의 조합에 불과하기 때문이다. 소량의 영양가 있는 내용 외에는 대부분 두뇌와 정신력을 낭비하고 간접적으로 우리를 오도할 수 있는 쓰레기와 다름없다.

예를 들어 연예 스캔들이나 실시간 댓글, 광고 등은 전파자의 이익만이 목적이다. 따라서 이를 받아들인 피전파자는 트래픽을 향상시키고 여론을 형성하며 물건을 산다.

『죽도록 즐기기』라는 책에서 언급되었듯이 과거에는 생활 속 문제들을 해결하기 위해 정보를 검색했다. 그러나 지금은 쓸모없는 정보가 유용한 것처럼 포장되어 오히려 문제를 야기하고 있다.

너무 많은 시간을 신기하고 신선하며 자극적이나 아무 의미 없는 정보에 쏟고 있다. 그 시간에 마음을 가다듬고 독서와 사색, 자아 성찰을 한다면, 우리가 무지몽매한 게 정보가 부족한 탓이 아님을 깨닫게 될 것이다. 오히려 불필요한 번잡함을 지양하고 분별력과 판단력을 키워 정보를 취한다면, 더욱 성숙하고 이성적인 사람이 될 수 있다.

03 욕심의 간소화

이런 글을 본 적이 있다. 한 젊은이가 선원禪院에 가던 길에 재미있는 장면을 보고 이것으로 선사를 시험해보기로 했다.

선원에 도착한 젊은이가 선사와 마주앉아 차를 마시다, 불쑥 이렇게 물었다. "허둥댄다는 게 무엇입니까?"

그러자 이 나이든 선사가 대답했다. "아직 줄에 묶여 있다는 뜻입니다."

젊은이는 선사의 선견지명에 깜짝 놀랐다. 그 모습을 본 선사가 물었다. "왜 그리 놀라십니까?"

젊은이가 대답했다. "역시 선인은 다르시군요. 제가 오늘 여기 오는 길에 소 한 마리가 코가 꿰어 나무에 묶여 있는 모습을 보았습니다. 소는 나무에서 벗어나 풀밭에 가서 풀을 먹고 싶은데, 아무리 허둥대도 벗어날 수가 없었지요. 선사님은 이 모습을 보지 못하셨으니 분명 대답하지 못할 거라 생각했습니다. 그런데 이리 정답을 말씀해주시다니요."

이 나이든 선사가 미소 지으며 말했다. "사실 중생은 모두 이 소와 마찬가지입니다. 고통이라는 밧줄에 속박되어 삶과 죽음에서 벗어날 수 없으니까요. 소가 밧줄에 묶여 있지 않다면 더 좋겠지요. 그러니 그 밧줄을 없애듯이 욕망이라는 밧줄도 없애면 즐겁고 소탈하게 살 수 있습니다."

많은 사람들이 금전적인 이익을 추구하며 살고 있다. 하지만 얻는 것이 많을수록, 욕망이 클수록 즐거움은 사라진다.

마음속에 얻을 수도 없고 포기하지도 못하는 것들을 가득 담아두고 있다는 것은, 자기 자신을 괴롭히는 또 하나의 형태라고 할 수 있다.

부유한 사람이든 빈곤한 사람이든, 우리에게 부족한 것은 행복 그 자체가 아니라 행복을 감지하는 능력이다.

돈이 아무리 많아도 마지막 가는 길에 가져갈 수 없다. 지위가 아무리 높아도 자리에서 물러나는 순간은 반드시 온다. 권력이 아무리 강해도 언젠가는 명령이 듣지 않는 날이 온다.

그러나 욕망을 줄이고 내가 이미 가지고 있는 것들이 감사하고 소중하다는 것을 배울 수 있다면, 충분히 만족스러운 평온과 안녕을 누릴 수 있을 것이다.

04

적극적인 삶이란 자신의 외면부터 내면까지, 태도부터 마음가짐까지, 물질적인 것부터 정신적인 영역까지 전부 간소화된 원칙을 고수하는 것이다.

소위 '간소화'란 불교에서 말하는 것처럼 소유하지 않는 삶을 사는 것도, 그 어떤 것도 추구하지 않은 채 버티는 것도, 얻지 못하는 것을 원하지 않는 것도 아니다. 이는 자신의 욕망을 가질 줄도 그러나 놓을 줄도 아는 것이며, 기꺼이 바라고 또 기꺼이 포기하는 것이다.

독일 출신 디자이너인 미니멀리즘의 대가 질 샌더는 '들어내면 들어낼수록 순수함만 남는다'고 말했다.

프랑스 출신 수필가 도미니크 로로 역시 자신의 저서 『심플하게 산다』에서 다음과 같이 말하고 있다.

'절대 다수의 사람들이 인생이라는 여정에 과도하게 무거운 여행 가방을 들고 다닌다.'

『전습록』 중 「설간의 기록」에는 다음과 같은 글이 나온다.

'우리가 공부하는 것은 나날이 줄이기 위함이지 늘이기 위함이 아니다. 한 푼 인간의 욕망을 줄이면, 한 푼 하늘의 이치를 회복할 것이다. 이 얼마나 경쾌하고 대범하며, 이 얼마나 간단하고 쉬운가.'

간소함을 배운 자만이 진정으로 삶을 배웠다 할 수 있다.

모든 일은 나에게서 시작된다

01

얼마 전 매우 공감되는 글을 보았다.

'당신이 만난 사람은 당신과 잘 맞든 안 맞든 당신의 인생에서 반드시 나타나야 할 사람이다. 이는 운명도 아니고 우연은 더더욱 아니다. 서로 채워주는 사이가 될지 아니면 아쉬움만 남길지는 당신의 선택에 달렸다.'

마찬가지로 당신이 겪는 일이 좋든 나쁘든, 이로써 성취감을 느낄 수도 곤경에 빠질 수도 있다. 이 역시 당신이 어떻게 하느냐에 달렸다.

언젠가 한 친구가 이런 말을 한 적이 있다. 지금 자신에게 남들이 부러워할 일이 생긴다면 이는 전부 지금까지 만난 자신을 욕했던 사람들, 불쾌했던 일, 생각지도 못하게 발생한 사고들 덕분일 거라고.

왜냐하면 까다로운 상사를 만난 건 자신이 게으름 피우지 않고 업무를 열심히 할 수 있었던 동기가 되어주었고, 교활한 동기들 덕분에 우스운 사람이 되지 않으려면 선량하게 행동하되 날카로움을 잃지 말아야 한다는 것을 깨달았기 때문이었다. 또한 생각지도 못한 일들을 처리하며 그 친구는 냉정하고 침착하게 서두르지 않고, 그 어떤 공격에도 태연히 대처하는 방법을 배웠다.

그런 그 친구에게도 한때 자신의 박한 인복을 탓하고 되는 일이 없다고 한탄하던 시절이 있었다.

그러나 돌이켜 생각해보니 각종 문제들을 맞닥뜨린 덕분에 문제를 해결할 능력을 키울 수 있었고, 골치 아픈 일들을 처리하며 부정적인 감정을 다스릴 줄 알게 되었다.

그런 각양각색의 뜻하지 않은 일들이 그 친구에게 가치 있는 경험과 교훈을 주었다.

그러나 동일한 좌절과 곤경을 두고 넘을 수 없는 산이라고 치부해버리는 사람들도 있다.

그들은 까다로운 상사를 만나면 그 까다로움을 탓하고, 교활한 동료와 진상 고객을 만나면 원망만 늘어놓는다. 그러나 그런 원망이 늘어갈수록 그 뒤에는 늘 나쁜 기운이 바짝 따라붙는다.

결국 같은 경험을 두고도 누군가는 성공의 발판으로 삼는가 하면, 다른 누군가는 성공의 방해물로 취급하는 것이다.

02

우리 동네에 자매지간인 아주머니 둘이 있다. 평소 그 둘과 이야기해보면 금세 알 수 있는 게 있는데, 똑같이 생활하고 있는데도 둘은 전혀 다른 삶을 산다는 사실이다.

언니 쪽은 이웃 이야기만 나오면 이를 바득바득 갈며 옆집 사람들은 너무 수준이 낮아서 쓰레기를 복도에 내놓는다고 욕을 한다. 또 경비원 행동이 너무 굼떠서 저녁에 문 열어주는 데 반나절씩 걸린다고 투덜댄다. 그게 아니면 집값이 너무 비싸다고 한탄하거나, 동네에 좀도둑이 있는 것 같다거나, 동네 시설이 안 좋다는 등 원망하는 말뿐이다.

매일 그렇게 부정적인 기운에 둘러싸여 살고 있다. 온종일 찡그린 얼굴로 밝은 모습이라곤 찾아볼 수가 없다.

반면 동생 쪽은 주변 사람이나 환경에 대해 늘 웃는 얼굴로 이야기한다. 별로 친하지 않은 집주인이 엘리베이터 버튼을 눌러주었다거나, 상냥한 경비원이 자신의 지갑을 주워서 무사히 돌려주었다는 등 좋은 말만 한다. 심지어 동네 슈퍼마켓에서 하는 명절 이벤트 소식에도 신나 하는 것이다. 자신의 세상 속에서는 전부 좋은 사람들과 좋은 일들뿐이며, 삶이 영원히 밝게 빛나기만 하는 듯했다.

사실 태양 아래 새로운 일이 어디 있겠으며, 삶 속에 특별한 사람이 어디 있겠는가. 이 세상에서 만나는 그 어떤 일도 지극히 정상일 뿐이다.

어떤 사람들은 모든 일이 순조롭게 풀려서 사는 게 즐거운 것이 아니다. 그들은 긍정적인 사람이 될 것을 스스로 선택했기 때문에, 감사한 마음으로 하루하루를 보내는 것이다.

그러나 어떤 사람들은 자신의 교활함과 옹졸함 때문에 사는 게 지치고 피곤하다.

03

사람들은 누구나 많든 적든 가슴속에 상처를 안고 살아간다.

어쩌면 한때 진심을 주었던 사람에게 배신당했을 수도 있고, 평생을 약속한 사람에게 버림받았을 수도 있다. 또는 그 누구보다 믿었던 사람이 갑자기 신의를 저버렸을 수도 있다.

그리고 이럴 때 두 번 다시 상처받고 싶지 않아 다시는 그 어떤 시작도 하지 않으려는 사람도 있다.

한 독자가 내게 여러 차례 글을 남겼다. 자신은 혼기가 이미 한참 지난 나이인데, 아무리 외로워도 여전히 새로운 사랑을 시작할 엄두가 나지 않는다는 것이다. 왜냐하면 전 남자친구가 씻을 수 없는 그늘을 남기고 갔기 때문이라고 한다.

둘은 연애 기간이 길어지면서 자연히 결혼을 생각하게 되었다고 한다. 그러나 본격적으로 결혼 준비를 시작할 때쯤 전 남자친구가 첫사랑을 만나고는 돌연 변심해버렸다.

이 일로 받은 상처는 실로 치명적이었다. 지금껏 본인 삶의 중심을 전부 남자친구에 맞추고 살았는데, 그런 남자친구가 떠나버리자 그야말로 넋이 나가버렸다.

이 일을 받아들일 수 없어 사랑에 깊은 회의감을 느꼈다.

그후에 새로운 사람도 많이 만나보았지만, 아직 마음이 풀리지 않은 탓인지 몇 번 괜찮은 사람들이 있었는데 잘되지 못했다고 한다.

이와는 다르게, 한때 감정의 깊은 늪에 빠졌어도 당당히 빠져나와 새로운 인생을 사는 사람도 있다. 맞지 않은 사람, 맞지 않은 결혼, 맞지 않은 선택 따위에도 절대로 무너지지 않는 사람들이다.

그들에게는 배울 점이 있다. 바로 그 어떤 관계 속에서도 자기 자신을 절대 잃지 말아야 한다는 것이다. 당당히 맞서고, 받아들이고, 놓아줄 줄 아는 것이 무의미한 미련보다 훨씬 의미 있다.

04

사람마다 살아가면서 만나는 사람과 겪는 일들이 모두 다르고, 형편도 제각각인 것은 당연하다. 하지만 본질적으로 삶의 질과 인생의 수준을 결정하는 것은, 행운이나 운명 같은 것이 아니라 이 모든 것을 대하는 우리의 태도다.

어떤 사람들은 금수저로 태어났지만, 남을 깔보고 억지 부리고 사람 소중한 줄 모르는 등 바람직하지 못한 태도를 보인다. 이 때문에 원하는 바를 얻을 수 없을 뿐만 아니라 가진 것까지 잃고 뒤늦게 후회한다.

또 어떤 사람들은 흙수저로 태어났지만, 삶을 적극적인 태도로 살아가며 진인사대천명을 실천한다. 가진 것은 더욱 소중히 하고, 그럼에도 얻지 못하는 것은 깨끗이 놓아주며, 잊을 것은 담백하게 잊고, 기억할 것은 반드시 남겨놓는다. 그래서 이들의 삶은 평화롭고 만족스럽다.

대부분 보통 사람인 우리네 인생에는 좋은 일과 나쁜 일이 반씩 섞여 있다. 좋은 패와 나쁜 패도 언제 무엇이 나올지 알 수 없다.

그러므로 올바르게 살아가는 능력, 고생스런 시간을 견디는 용기, 그리고 한 줌의 평정심을 가지고, 인생 속 모든 갑작스러운 풍파에 맞서야 한다.

언젠가는 당신도 알게 될 것이다. 당신의 태도가 당신이 만나는 사람과 사건을 결정한다는 사실을.

더 나은 세상을 만드는 방법

01 돈이 많을수록 더 좋은 것은 아니다

마윈*이 다음과 같은 말을 했다.

'돈이 백만 위안(약 1억 7천만 원)쯤 있으면 그것은 당신의 돈입니다. 현재 중국에서는 한 달에 2,3만 위안(약 350~500만 원)을 버는 사람이 가장 행복합니다. 여기에 집, 차 그리고 가정을 꾸리고 있으면 이보다 더 행복할 수는 없겠지요. 수입이 2천만 위안(약 34억 원)을 넘어가면 골치 아픈 일들이 시작됩니다. 당신은 이 돈을 더 불리기 위해 고민할 겁니다. 주식을 살까? 복권을 살까? 아니면 부동산에 투자하는 게 좋을까?

2억 위안(약 343억 원)이 넘어가면 고민은 더욱 커집니다. 10억(약 1,718억 원)을 넘기면서부터 이는 사회가 당신에게 주는 믿음의 대가로, 당신은 그저 돈을 관리하고 있을 뿐입니다. 절대로 이 돈을 자신의 것이라고 생각하지 마십시오.'

---

* 마윈: 알리바바 그룹 창업주이자 자선사업가.-옮긴이

어쩌면 누군가는 마원이 이미 부자라서 돈이 중요하지 않다는 말을 할 수 있는 거라고 생각할 것이다.

나 역시 그렇게 생각한 적이 있었다. 누군가가 겪은 일을 보고 생각이 바뀌기 전까지는 말이다.

사촌 오빠는 과거 화목한 가정을 꾸리며 살고 있는 평범한 월급쟁이였다. 비록 월급이 많지는 않았지만 욕심도 크지 않았기에 그런대로 살 만했다.

그러다 회사를 그만두고 친척 한 명과 동업해 공장을 세웠다. 그후 몇 달 만에 과거 연봉만큼 돈을 벌어들일 수 있었다.

사업이 커져감에 따라 업무 시간도 늘어나, 언제부턴가 가족들과 함께 시간을 보내는 일이 자연스레 줄었다. 사업을 시작할 때 꿈꿨던 만큼 돈은 많이 벌었지만, 그럴수록 몸은 점점 더 피폐해져 더 이상 버티지 못할 지경에까지 이르렀다.

한 달에 백만 원을 버는 사람과 천만 원을 버는 사람이 있다면 물질적인 격차는 커보일지 몰라도 현실에 충실할 줄 알면 행복감의 차이는 결코 크지 않을 것이다.

심지어 당신의 능력이 딱 월급 백만 원만큼이라면, 천만 원을 받았을 때, 감당하기 힘들 정도로 신체적·정신적 부담을 느낄 수도 있다.

가장 좋은 삶이란, 최선을 다해 위를 향해 오르되 자신의 실력을 가늠해 스스로 통제할 수 있는 자리에 발을 디디고 사는 것이다. 때론 남의 떡이 더 커 보이겠지만, 정작 먹어보면 내가 감당할 수 있는 맛이 아니라는 걸 깨닫게 된다.

물론 누군가에게는 운명적인 일이 생길 수도 있고, 갑자기 행운이 찾아올 수도 있다. 그렇다고 해도 과도한 욕망을 버리고 지금 발 디디고 있는 매 순간에 모든 시간과 정신을 집중해야 한다. 그래야만 사치스러운 생존이 아닌 진정으로 이 풍요로운 인생을 즐길 여유가 생긴다.

02 멀리 갈수록 더 좋은 것은 아니다

『채근담』에 이런 내용이 있다.

'삶의 정취는 많음에 있지 않으니, 작은 연못과 주먹돌 사이에도 노을이 드리운다. 좋은 풍경은 멀리에 있지 않으니, 쑥대 우거진 창문과 초가삼간 아래서도 바람과 달이 스스로 호사롭다.'

이 말은 삶의 기쁨이란 내가 얼마나 얻을 수 있고 얼마나 가지고 있는지에 따라서 결정되는 것이 아니기 때문에, 작은 연못, 깊은 샘, 돌멩이, 구름과 저녁노을 속에서도 아름다운 경치를 음미할 수 있다는 뜻이다.

또한 대자연을 이해하고 싶다 해도 반드시 멀리 떠나야 하는 것은 아니기에, 초가삼간과 낡은 창문에서도 맑은 바람, 밝은 달빛을 느끼며 얼마든지 만족할 수 있다는 뜻이다.

요즘 많은 사람들이 여행을 좋아한다. 그들은 어딘가로 떠나기만 하면 진정한 심신의 해탈을 얻을 수 있을 것으로 생각한다. 그러니 자신의 직장이나 집안 부엌에서는 아주 보잘것없는 일상밖에 볼 줄 모른다.

사실 절대 그렇지 않은데도 말이다.

내 주변에도 이런 사람들이 아주 많다. 그들은 매일 일이 힘들다고, 삶이 지겹다고, 생활이 고되다고 투덜댄다. 그래서 아름다움에 대한 모든 동경을 시간이 날 때마다 어딘가를 향해 탈출하는 것으로 해소한다.

내 친구 하나는 줄곧 티베트에 가는 것이 소원이었다. 그곳은 그야말로 수많은 문예 청년들의 성전이다.

친구는 그곳에만 가면 인생 속에 켜켜이 쌓인 안개를 헤치고, 마침내 깨달음을 얻을 수 있을 것으로 생각했다. 진정으로 지금까지의 방황을 끝내고 마침내 화려한 봄날을 맞이할 수 있을 거라고 말이다.

그렇게 도착한 티베트는 확실히 설산의 고향, 수많은 강줄기의 원천, 다양한 종교의 성지인 그 티베트가 틀림없었다. 그러나 그곳에서 친구는 원하던 성공의 비밀, 발전의 지름길, 영혼의 안식을 찾을 수는 없었다.

보름 동안 여행한 후 친구는 심신이 오히려 더 지친 상태로 돌아왔다. 답을 찾고 싶었던 문제들은 여전히 그 모습 그대로 앞에 놓여 있었다.

사실 풍경이란 사람의 마음속에 있는 것이다. 일터에 핀 초록 이파리들을 보면서 그 잎줄기와 초록의 농도, 각기 다른 모양새를 관찰하는 사람이 있는가 하면, 세계 어느 곳에 가도 그곳 풍경이 기이한 줄 모르고 대자연 속에서도 아름다움을 찾지 못하는 사람도 있다.

만약 당신이 현재의 삶 속에서 일말의 아름다움을 발견할 줄 모르고 주변의 진선미를 즐길 줄 모른다면, 그 먼 곳 어디에서도 당신이 원하는 천국은 찾을 수 없을 것이다.

03 감정이 깊을수록 더 좋은 것은 아니다

영화 〈총총나년匆匆那年〉에 이런 대사가 나온다.

'모든 남자들은 사랑을 맹세할 때 자신이 절대로 그 맹세를 배신하지 않을 거라고 믿는다. 그러나 시간이 지나면 그럴 수 없음을 깨닫는다. 맹세라는 것으로는 그 마음이 얼마나 강한지 가늠할 수도, 옳고 그름을 판단할 수도 없다. 그저 맹세하는 그 순간만큼은 서로의 마음이 진심이었다는 뜻일 뿐.'

K라는 독자가 내게 다음과 같은 이야기를 들려주었다. 5년 동안 실패한 연애를 하고 잘못된 결혼을 하고 나서야, 사랑에 과도하게 의지하는 것과 사랑을 절대 믿지 않는 것은, 똑같이 무서운 일임을 깨달았다고 한다.

K는 대학교를 졸업하자마자 어렵사리 좋은 회사에 입사할 수 있었다. 안정적인 일에 수입도 나쁘지 않아서 자신의 힘만으로 집까지 마련했다고 한다.

그때 인터넷에서 한 남자를 알게 되었다. 두 사람은 급속도로 사랑에 빠졌고, 연애를 시작한 지 두 달이 채 되지 않아 부모님께 결혼하겠다고 말했다. 하지만 부모님은 상대 남자를 보고는 반대했다.

그건 남자가 돈이 없어서가 아니라, 풍기는 인상이 믿음직스럽지 못했기 때문이었다.

그러나 결국 모든 것을 내팽개치고 부모님께 알리지도 않은 채 몰래 직장을 그만두고 남자와 북쪽으로 가서 사업을 시작했다.

그렇게 두 사람은 급하게 결혼해, 일 년을 다 채우지 못하고 갈라섰다.

K는 이렇게 말했다. "만약 내게 다시 한번 기회가 온다면, 절대로 그런 바보 같은 짓을 저지르지 않을 거예요."

내가 좋아하는 발자크의 말이 있다.

'우리의 마음은 보물 주머니와 같다. 한 번 쏟아버리면 그걸로 끝이다.'

내 안의 감정을 전부 꺼내준다는 것은, 마치 가진 돈을 빠짐없이 써버리는 것과 같이 용서받지 못할 것이라는 말이다.

사실 사람들은 누구나 진지한 감정을 원한다. 하지만 그것이 무절제하게 감정에 의존한다는 뜻은 결코 아니다. 모든 사람이 영원히 헤어지지 않고 변치 않는 사랑을 원하고 있지만, 누구나 그렇게 운이 좋은 것은 아니며 설령 그런 사랑을 만났다 해도 영원할 수 있을지는 아무도 장담하지 못한다.

어쩌면 깊고 진한 사랑이, 현실적이고 안정적이며 견고하나 평범한 사랑보다 더 나은 건 아닐지도 모르겠다.

사실 그토록 열렬한 사랑을 기대하기보다는, 현실 속에서 나와 같은 평범한 사람과 함께 하루하루 안정적이고 알차게 보내는 것이 더 나은 것 같다.

04

이 세상은 언뜻 보면 커 보인다. 그래서 평생을 들여도 모든 오묘함을 체험할 수 없고, 모든 대자연을 감상할 수 없으며, 모든 진귀함을 음미할 수 없다.

동시에 이 세상은 작기도 하다. 그래서 자신이 맡은 업무를 근면하고 성실히 수행하고, 평정심으로 일상을 살아가며, 주변 사람들에게 친절히 대하다보면, 분명 행복해지고 아름다운 인생을 살 수 있게 된다.

어쩌면 중요한 것은 돈을 얼마나 많이 버는지, 얼마나 멀리까지 가보는지, 얼마나 좋은 풍경을 보는지가 아닐 것이다. 우리가 자신만의 작은 세상에서 오늘에 충실하며, 본심을 지키고 좋은 날도 나쁜 날도 잘 보낼 수 있는 능력이 중요한 게 아닐까.

고독하고도 성대한 삶을 살도록

01 외면의 아름다움

우리 동네에 보험회사 콜센터에서 일하는 S가 있다. S는 매일 아침 출근할 때마다 외모를 깔끔하고 산뜻하게 꾸미고 나온다.

S는 아침에 30분 일찍 일어나 부드럽게 눈썹을 그리고 속눈썹을 바싹 올린 다음 머리카락은 한 치의 흐트러짐 없이 깔끔히 단장한다.

그후 오렌지색 립스틱을 바르고, 광대에 연한 주황색 블러셔를 바른다. 눈은 갈색 톤 아이섀도로 깊고 선명해 보이도록 한다.

입고 나오는 의상 역시 조금도 흐트러짐이 없다. 흰색 셔츠는 볼 때마다 티끌 하나 없이 깨끗하고, 역시 늘 깔끔한 상태인 양가죽 하이힐에 실크 치마는 단정하게 다림질이 되어 있다.

또한 윤기 있는 피부를 유지하기 위해 늘 일찍 자고 일찍 일어나며, 좋은 음식을 먹고, 규칙적으로 생활한다.

우아한 자태를 위해서 매주 춤, 요가, 필라테스를 하기도 한다.

많은 사람들이 S에게 물었다. "고객과 직접 대면하는 직업도 아니

고, 심지어 전화 상대방은 당신을 볼 수도 없는데, 이렇게 꾸밀 필요
가 있나요?"

그러자 S가 대답했다. "회사에서 일을 하면서 진상 고객이나 난처한
일을 당할 때마다 속으로 나 자신에게 이렇게 말합니다. '이렇게 예쁘
게 꾸미고 얼굴을 찌푸리거나 험한 말을 하면 안 되지. 너무 신경 쓰
지 말자.'"

S는 외모만 아름다운 것이 아니라 성격도 무척 좋았으며 업무 실적
도 좋았다.

인생을 살면서 늘 느끼는 것이 있는데, 아름다움을 추구하는 사람
은 삶의 태도도 늘 고급스럽다는 것이다.

일단 그들은 외적으로는 아름다움을 드러내고, 내적으로는 규칙적
인 습관과 적극적이고 긍정적인 마음가짐을 담고 있다.

샤넬은 이렇게 말했다.

'여성은 자신을 귀하게 여겨야 합니다. 언제나 세심하게 꾸민다는
것은 자기 자신에게 주는 상입니다.'

아름다움을 추구하는 사람은 언제나 내면에서 바깥으로 발산되는
아름답고 당당한 분위기가 있다. 그런 여성이 온종일 세상의 불공평
함, 삶의 고통을 토로하며 살고 싶지 않다는 등의 부정적인 말을 하
는 모습은 좀처럼 찾아볼 수 없다.

왜냐하면 사람은 일단 예쁘게 꾸미고 나면 스스로 위풍당당해질
뿐만 아니라, 타인의 주목을 받으며 자신과 같이 아름다움을 추구하
는 사람들을 끌어들이기 때문이다.

02 인생의 아름다움

내 예전 동료는 누가 봐도 세련된 미인이다. 그런데 동료의 집에 놀러 간 날, 그 이미지가 산산히 깨져버렸다. 그야말로 집 전체가 쓰레기통인 줄 알았다.

소파에는 각종 옷가지들이 엉망진창으로 널려 있고, 식탁에는 치우지 않은 음식 포장 용기가 쌓여 있었다. 또한 바닥에는 보다 만 책, 신문, 노트 따위가 여기저기 어질러져 있었다.

냉장고 안에는 유통기한이 한참 지난 우유, 시들기 시작한 야채들과 이상한 냄새가 나는 돼지고기도 보였다.

나는 농담처럼 동료에게 물었다. "집에서 청소 한 번도 안 해?"

그러자 동료가 풀죽어 대답했다. "어차피 아무렇게나 어질러도 사는 데 문제없으니까."

그때 내 안에서 동료에 대한 인상이 상당히 안 좋아졌다. 집은 그곳에 사는 사람의 가장 진실된 삶의 태도를 담고 있기 때문이다.

내가 아는 또 다른 친구 역시 모태 미인이다. 그 친구 또한 매일 분주한 아침을 보내고 있지만, 퇴근 후 집에 돌아와서는 청소와 정리정돈을 미루지 않는다.

친구네 집 바닥은 언제나 반들반들하고 책상에는 먼지 하나 보이지 않는다. 주방과 화장실 역시 구석구석 질서정연하게 정돈되어 있다.

친구는 집이 어질러져 있는 것을 싫어해서 깔끔하고 산뜻한 환경에 익숙했다. 베란다에서는 여러 꽃과 다육식물을 키우고 있었다.

게다가 거실 벽면에는 자신이 직접 쓴 붓글씨, 아이들이 그린 그림과 가족이 함께 찍은 사진 등이 걸려 있었다.

친구는 평소 시간이 날 때마다 향을 피워놓고 노래를 튼 뒤 다기를 꺼내 나른한 티타임을 가진다. 아니면 주방에서 직접 밥을 짓고 국을 끓이고 요리를 한다.

친구는 이런 삶의 모습과 마찬가지로, 겉과 속이 같을 뿐만 아니라 매우 의식을 지키는 사람이다.

많은 여성들이 타인 앞에서는 한 송이 꽃처럼 아름다운 모습을 보여주지만, 개인의 삶 속을 들여다보면 엉망진창인 경우가 많다.

프랑스의 정치 철학자 몽테스키외는 이렇게 말했다.

'아름다움은 반드시 깨끗하고 순수해야 한다. 외적으로도 그렇고, 내적으로는 더 그렇다.'

진정으로 아름다움을 사랑하는 사람은 절대로 삶을 불성실하고 무성의하게 대하지 않는다. 그들은 지리멸렬한 일상 속에서도 삶을 다채롭고 생기가 넘치며 의식이 충만하게 만들 수 있다.

03 내면의 아름다움

내 지인 S는 40대 초반인데 전형적인 미인은 아니지만 인상이 좋고 착해 보인다는 말을 자주 듣는다.

그래서인지 인간관계도 좋고 운도 점점 좋아졌다.

한 번은 S의 옆집에 성격이 괴팍한 이웃이 살았는데, 매번 S만 보면 시비를 걸었다. 처음에는 S 역시 매우 화가 났지만 한 번도 보복을 하지는 않았다.

그러던 어느 날 이 이웃의 아이가 한밤중에 병이 났다. 하지만 택시도 안 잡히고 설상가상으로 집안엔 도와줄 가족이 한 명도 없었다.

이를 알게 된 S는 이전까지의 감정은 모두 잊고 이웃이 먼저 말을 꺼내기도 전에 자신이 직접 운전해 아이를 병원으로 옮겼다. 심지어 이웃이 아이를 돌보는 틈을 타 병원비도 대신 지불해주었다.

그후 이웃은 그동안 정말 미안했다며 사과를 해왔다. 하지만 S는 거들먹거리지 않고 이웃의 사과를 겸허히 받아들였다. "지난 일은 지나가게 두세요. 이웃 사이에 돕고 사는 게 당연하죠."

S가 젊은 시절 지금의 남편과 연애할 때, 지금의 시어머니와 시누이가 S의 집안이 가난하다며 매우 못마땅하게 여겼다고 한다.

남편과 결혼하고 나서부터 시어머니는 고의로 S와 사람들 사이를 이간질하고 다니기 시작했다. 시누이 역시 늘 중간에서 S를 음해했다.

그러다 지난 몇 년간 시어머니가 중병에 걸려 자리보전할 수밖에 없었다. S는 매일같이 침상 옆을 지키며 시어머니의 몸을 닦고, 발을 씻기고, 함께 산책을 했다. 그동안의 억울함에 대해서는 일언반구도 없이 말이다.

시누이의 딸이 호적 문제로 좋은 중학교에 진학할 수 없다는 소식을 들었을 때도 발 벗고 나서서 이를 해결해주었다.

이에 참견하기 좋아하는 사람들이 물었다. "그 사람들이 얼마나 널 괴롭혔는지 기억 안 나?"

그러자 S는 해맑은 태도로 말했다. "그래도 다 한 가족이잖아. 따지고 든들 무슨 소용이겠어."

S는 성격이 좋고 사람들에게 친절하며 주변을 잘 챙긴 덕분에 그동안 많은 귀인들의 도움도 받을 수 있었다. 그렇게 마음가짐이 좋으니 세월이 갈수록 점점 더 젊어지고 아름다워지는 건 당연했다.

옛말에 '상유심생相由心生'이라 했다. 사람의 인상은 성격이나 인품과 깊은 관계가 있다는 뜻이다.

아름다운 사람은 성격이 온화하고, 사람들에게 상냥하며, 도량이 넓다.

반면 그렇지 않은 사람은 대부분 성격이 포악하고 도량이 좁으며 따지고 들길 좋아한다.

사실 고귀한 사람일수록 아름다움을 사랑한다.

여기서 아름다움이란 외형적인 모습만 말하는 게 아니라, 삶을 대하는 적극적이며 낙관적인 태도까지 포함하는 것이다. 무엇보다 근본적인 것은 선량한 마음씨다.

방송인 양란은 외국에서 유학하던 시절, 외모에 신경을 쓰지 않은 탓에 집주인에게 거절당하고, 면접에서 떨어지고, 심지어 모르는 사람에게 지적받은 적도 있다고 한다.

'나 자신조차 돌보지 않고 내팽개친 외모를 보고서, 그 안에 있는 장점을 발견해줄 의무가 있는 사람은 아무도 없어요. 단정함을 유지하는 것, 이는 여성의 의무입니다.'

자신의 삶을 사랑하지 않는 사람을 좋아하기란 어렵다. 왜냐하면 자신의 삶을 대하는 태도야말로 진정한 품성이기 때문이다.

오드리 헵번이 말했다.

'아름다운 입술을 가지고 싶다면 친절하게 말하세요. 사랑스러운 눈을 가지고 싶다면 타인의 장점을 보세요. 날씬한 몸매를 가지고 싶다면 굶주린 사람과 음식을 나누세요. 아름다운 머리카락을 가지고 싶다면 아이들이 머리를 쓰다듬게 하세요. 우아한 자태를 가지고 싶다면 혼자 걷고 있지 않음을 명심하세요.'

진정한 아름다움이란 내면과 외면을 모두 가꾸었을 때 비로소 얻을 수 있는 것이다.

내면이 빛나는 사람

01

엊그제 친구 Y와 저녁 식사를 할 때였다. 친구가 한숨을 푹 쉬며 요즘 일이 힘들다고 말했다. 손님들도 힘들게 하고, 돈 벌기도 힘들다고.

내가 물었다. "갑자기 왜 그런 생각을 해?"

그러자 Y는 기다렸다는 듯이 최근에 겪은 각종 힘든 일을 꺼내놓기 시작했다.

나는 마주앉아 한마디 대꾸 없이 가만히 듣고만 있었다. 위로도 소용없을 것 같고, 맞장구를 쳐주자니 내키지 않았다. 그러니 침묵만이 내가 할 수 있는 최선의 대답이었다.

알고 있는지 모르겠지만, 회사원이든 사장이든, 다른 사람 밑에서 일하든 자기 목숨을 깎아먹든, 이 세상의 모든 일은 어느 하나 억울하지 않은 것이 없다.

나를 매일 아침 일어나 출근하게 만드는 힘은, 생계를 유지하게 하는 월급이나 물질적 안정감뿐만이 아니다. 더욱 중요한 것은 이토록 날 힘들게 하는 일과 사람들이 일종의 인생 수행이라고 믿기 때문이다. 이러한 경험들이 모여 나를 성장시키고, 완성시키며, 더욱 나은 나를 만들어준다.

이렇듯 일에 더 나은 의미를 부여해주면 설령 마음에 들지 않는 일이 생겨도 더욱 여유롭게 대처할 수 있다.

02

살아가면서 한 번쯤은 이런 사람들을 본 적이 있을 것이다.

운전할 때 법규를 어기며 너무도 당당하게 끼어드는 사람. 위아래도 없이 아무렇지도 않게 날 하대하는 사람. 돈을 빌려놓고 시치미 뚝 떼고 갚지 않는 사람. 도의에 어긋나는 짓을 하는 사람….

그런 사람들을 볼 때마다 너무 이기적이고, 무식하며, 비도덕적이라는 생각이 들지 않는가. 마치 이 세상이 부정적이고 악한 일들로만 가득 차 있는 것 같은 기분이 들지 않는가.

한땐 나 역시 그런 기분이 들었다.

하지만 살면서 그렇지 않은 사람들과 사건들을 겪다보니 이 세상에는 아직도 수많은 진실함, 선함, 아름다움이 숨어 있다는 것을 알게 되었다.

한 번은 쇼핑몰 주차장에서 주차 자리를 찾지 못해 우왕좌왕하고 있었는데, 어떤 사람이 당황하는 내 모습을 보고는 선뜻 자신의 주차 자리를 내어준 적이 있다.

그런가 하면 피검사를 하기 위해 공복 상태로 병원에 갔다가 대기 시간이 너무 길어져 얼굴이 점점 파랗게 질려가고 있을 때, 내 앞 순서였던 사람이 그런 날 보고는 순서를 양보해주었다.

또 한 번은 한참 연락이 뜸했던 지인에게서 갑자기 돈을 빌려달라는 부탁을 받은 적이 있다. 당시 나는 그 돈을 절대 못 받을 줄 알았다. 그러나 그 지인은 약속된 날짜에 정확한 금액을 돌려주었다.

사람들은 세상이 매우 험난하다고 말한다. 사회는 냉혹하고 사람들은 냉정하다고 말이다. 그러나 이는 세상이 우리를 골탕 먹이는 게 아니라, 우리가 세상의 다른 쪽은 보지 못하고 너무 나쁜 모습에만 시선이 머물러 있어서일지도 모른다.

삶을 즐겁게 사는 사람들은 정말로 근심과 걱정이 전혀 없는 게 아니다. 그저 잊지 않으려는 것뿐이다. 아주 작지만 가슴을 따뜻하게 해주기에 충분한 그 사소한 순간들을 말이다.

삶이 불행하다는 사람들 역시 정말로 사람들의 선의를 느껴본 적이 없는 게 아니다. 그저 자신이 겪은 불행한 일들을 털고 일어나지 못하는 것뿐이다.

03

어떤 사람은 연인과 헤어진 후 다시는 사랑을 믿지 않는다고 말한다. 또 어떤 사람은 이혼 후 결혼에 대한 기대가 없다고도 한다.

이런 관점을 가진 사람들이 적지 않을 것이다.

잘못된 사람을 선택하고, 잘못된 결정을 내리면서 우리는 감정적으로 적지 않은 손해를 입는다.

이런 일을 직접 겪어보기 전에는 아직 무한한 동경심을 품고 있다가, 진짜 그런 일이 생긴 후 너무 많은 배신을 보면서 그 안의 상처와 무력감을 직접 겪게 되는 것이다.

그렇다면 마음속에 이런 궁금증이 생기지 않는가. 이 세상에, 진정한 사랑이란 존재할까?

나는 사랑에 대해 가장 순수한 열정과 충분한 믿음을 영원히 간직하고 있는 사람을 보았다.

내 친구 중 하나는 남자친구와 수년 동안 만나왔지만 결국 남자친구가 변심하면서 헤어졌다. 당시 친구는 밤마다 눈물을 쏟고 마음 아파했다. 시간이 좀 지나 내가 "아직도 사랑하고 싶니?"라고 물었을 때, 친구는 진지하게 고개를 끄덕였다.

내 친척 중 한 명은 전 남편이 인품에 문제가 있어 이혼하고 혼자 지낸 지 오래다. 가족들은 친척이 사람을 잘못 만났다며 동정했다. 하지만 한동안 깊은 절망을 겪고 다시 일어섰고, 후련하다는 듯 말했다. "다 지난 일이야."

지금은 그 친척을 늘 활짝 웃게 하는 새로운 사람이 나타났다.

진정으로 행복한 사람들은 어쩌면 정말 잘 맞는 인연을 만났기 때문이 아니라, 그들이 가진 올바른 마음가짐과 순수한 염원 덕분이 아닌가 생각한다. 진심에서 우러나온 그 사랑은 계속해서 그들을 지켜주고, 더 나은 내일로 이끌어줄 것이다.

04

나는 내면이 빛나는 사람이길 바란다.

이 세상에 쉽지 않은 일이 너무나 많다는 것을 알고 있다. 앞으로 수많은 알 수 없는 곤경이 닥쳐올 거라는 것도 알고 있다. 내 앞에 펼쳐진 길이 평탄하지만은 않을 거라는 사실도 너무나 잘 알고 있다.

그러나 시종일관 나를 비추어줄 한 줄기 빛이 있다면, 그 어떤 고난과 역경을 만나고 어둠 속에 빠져들어도, 마음속에 품은 힘과 용기로 출구를 찾고 방향을 찾고 내가 되고자 하는 나 자신을 찾을 수 있을 것이다.

주먹을 펴면 인생이 열린다

01

〈와호장룡〉을 보면서 인상 깊게 남은 대사가 있었다.

'주먹을 쥐면 그 안엔 아무것도 없지만, 주먹을 펴면 온 세상이 그 안에 있다. 우리는 포기를 알아야 한다. 주먹을 쥐면 아무것도 얻을 수 없지만, 주먹을 펴면 최소한 희망은 있다. 용기 있게 포기하는 자는 정명精明하고, 기꺼이 포기하는 자는 총명聰明하며, 잘 포기하는 사람은 고명高明하다.'

한때 나는 이 대사를 도무지 이해할 수 없었다. 원하는 것이 있으면 얻으려 애써야지 어째서 손을 놓고 떠나보내라는 것일까.

그러다 어떤 사람들을 만나고, 어떤 일을 겪고, 어떤 책을 읽는 동안 이 대사를 점점 이해하기 시작했던 것 같다.

애써 이해하기 위해 조급해하지도 압박하지도 않은 채 그저 무언가를 깨달으면, 그만큼 깨달은 대로 그렇게 전부를 이해할 때까지 지속하면, 그제야 인생을 이해했다고 할 수 있다.

02

우리는 줄곧 '노력'이라는 말의 의미를 강조해왔다.

물론 지금 이 순간에도 나는 여전히 전심전력을 다해 노력하는 것이, 보통 사람으로서 할 수 있는 가장 빠른 지름길이고 가장 좋은 선택이며 유일한 방법이라고 생각한다.

그래서 가슴속에 큰 뜻을 품고 있으나 타고난 조건이 부족한 사람들이, 원하는 명예와 지위, 권력을 찾거나 타인의 존중과 존경을 받기 위해 일생을 바치는 것이다.

그러나 얼마큼 노력을 해도 인정해야만 하는 것이 있다. 세상 만물에는 전부 한계가 있고, 그것은 사람도 다르지 않다는 사실이다.

물론 이 말은 출신이 안 좋고 운도 안 따라주며 경력마저 없는 사람은 아무리 노력해도 소용없다는 뜻이 아니다.

다만 노력을 통해 원하는 어떤 것을 이룰 수 있다 해도, 그것으로 우리를 완벽히 만족시킬 수는 없다는 사실을 알고 있어야 한다는 것이다.

이를 테면 당신이 아무리 건강을 잘 챙긴다 해도 영원히 불사신으로 살 수 없다. 언젠가는 생사를 가르는 그날이 올 수밖에 없다.

이 점을 잘 알고 있어야 마침내 결과가 어떻게 되든지 담담하게 받아들일 수 있다. 따라서 지금 이 순간 당신의 노력은 최후의 순간만을 위해서가 아니라, 그곳으로 향하는 이 과정 속에서 당신이 바친 노력과 시도가 후회로 남지 않기 위해서여야 한다.

그런 다음 자신의 꿈을 실현시키기 위해 노력해야 하는 것이다. 왜냐하면 첫 번째를 알고 있어야 전력을 다해 노력할 수 있기 때문이다.

성공과 실패에 상관없이 우리는 자신의 한계를 돌파하기 위해 노력해야 한다. 과거 두려워했던 일을 시도해보고, 피하기만 했던 일에 도전해보며, 감히 꿈꾸지도 못했던 가능성에 대해 상상해보아야 한다.

그렇게 '자아'를 열어젖힐수록 늘 한 자리에서 맴돌던 우물 안 개구리가 되지 않을 수 있다.

나 자신을 연다는 것은 양파를 까는 일과 같다. 한 층 한 층 벗겨낼수록 내 안의 수많은 재능과 잠재력, 적응 능력을 발견하게 된다.

이 세상에 하늘에서 내려준 '천재' 같은 건 없다. 당신보다 백배 더 노력하는 '인재'가 있을 뿐이다.

03

'우리가 인생에서 만나는 모든 사람들은 저마다 반드시 만날 이유가 있는 사람들이다'는 말이 있다. 만남은 결코 우연이 아니며, 어떤 형태로든 늘 가르침을 준다.

나와 정말 잘 맞는 사람을 만나면 이보다 더 행운일 수 없다는 생각이 든다. 그러나 그렇지 않은 사람을 만나면 그 악연을 한평생 원망하게 된다.

그러나 상대가 나에게 잘해주든 아니면 나를 버리든, 그들은 이미 내 인생에 나타났다.

그렇다면 우리가 어떤 마음가짐으로 그들의 존재를 규정할지 고민하는 것이, 이미 나타나버린 그 존재를 부정하는 것보다 훨씬 의미 있다.

인연에 대해 말하자면, 친숙한 사람이든 낯선 사람이든 모두 인연이 있기에 만난 것이다. 사람이 한평생 만나는 사람 수가 대략 2920명이라고 하는데, 두 사람이 만날 확률은 대략 천만분의 5, 두 사람이 친구가 될 확률은 그보다 적은 10억분의 3이라고 한다.

그러니 쿵짝이 잘 맞는 친구가 있다는 것은 매우 행복한 일이다. 날 알아주고, 이해해주고, 무엇이든 털어놓을 수 있으며 마음이 잘 통하는 사람이 있다는 뜻이니 말이다. 떼려야 뗄 수 없는 악연을 만난 것도 나쁜 일만은 아니다. 그런 모습 속에서 천천히 인간 본성의 이면을 발견하고, 침착하게 받아들이는 방법을 훈련할 수 있기 때문이다.

진심으로 사랑하는 사람을 만나 결혼하는 것은 물론 사람들의 부러움을 받을 일이다. 그러나 그런 행운이 누구에게나 오는 것은 아니다. 수많은 사람들이 평생 동안 자신의 이상형을 만나지 못할 수도 있다.

너무도 잘 맞지만 사랑까지는 아닌 사람을 만나 결혼한다 해도 아쉬워할 필요는 없다. 좋아한다고 해서 반드시 함께해야 하는 것은 아니고, 함께 있는 이유가 반드시 좋아하기 때문만도 아니다. 세상의 모든 일들이 꼭 내 마음처럼 되지만은 않는다.

우리가 원하든 원하지 않든, 좋아하든 그렇지 않든 만나야 할 사람은 언제든 만나게 되어 있다. 만나면 안 될 사람을 만났다 해도 우리가 할 수 있는 유일한 행동은, 마음의 빗장을 열어두고 올 사람은 오도록, 갈 사람은 가도록, 남을 사람은 남도록 두는 일이다.

어떤 사람들은 우리의 삶에 나타나 경험을 쌓아주고, 어떤 사람들은 마음을 따스하게 만들어준다. 또한 어떤 사람들은 아무 이유 없이 그저 삶이라는 길고 긴 강 위를 스쳐 지나는 과객에 불과하다.

집착을 버려야 자유로워질 수 있고, 시샘하지 않아야 홀가분해질 수 있다. 우리가 할 수 있는 것은 이 모든 인연을 천천히 내 것으로 만들어 더 나은 내가 되는 것이다.

04

속세의 삶을 살고 있는 우리 모두는 성인군자가 아니다. 보통 사람이라면 당연히 가지고 있을 모든 욕망과 감정을 우리 역시 가지고 있다.

우리는 또한 현자가 아니다. 상실을 두려워하고, 난관을 무서워하며, 자기 자신을 바로 볼 수 없을 때도 있다.

때론 생존을 위해, 때론 생활을 위해, 혹은 원하는 모든 것을 얻기 위해 우리는 본능적으로 주먹을 꽉 쥐어야만 잃어버리지 않는다고 생각하는지도 모르겠다.

그러나 언젠가는 알게 된다. 떠나고자 하는 것은 어떻게 붙들어 매도 결국 떠나가고, 잡히지 않는 것은 어떻게 쫓아가도 결국 따라잡을 수 없으며, 원래 내 것이 아닌 것은 어떻게 가두어놓아도 결국은 탈출해버린다는 것을.

그러므로 우리는 자신을 내려놓고 타인을 내려놓는 방법을 알아야 한다. 그래야만 마침내 내 세상이 점점 열릴 것이다.

우리의 노력은 더 이상 단 한 가지 목표만을 이루기 위해서가 아니다. 자신의 단점을 인지하고 운명의 한계를 인정한다면, 노력이란 더욱 더 풍부하고 다채로운 인생 경험을 가져다줄 것이다.

우리의 삶은 더 이상 오직 행복하기 위해서만이 아니다. 완벽하지 않은 것 역시도 풍경의 일부임을 이해하고, 나에게 일어난 모든 고난과 역경이 나를 더 성장시키기 위한 수행임을 알아야 한다.

우리가 스스로 만들어놓은 감옥에서 빠져나와 더욱 넓은 시각과 넓은 마음을 가지고 자신의 경계를 높여 세상을 바라볼 때, 움츠려 있던 인생이 광대하게 넓어짐을 느낄 수 있을 것이다.